만이

만인

ⓒ 김정현, 2012

2012년 1월 26일 초판 1쇄 인쇄
2012년 1월 30일 초판 1쇄 발행

지은이	김정현
펴낸이	우찬규
펴낸곳	도서출판 학고재

주간	손철주
편집장	김영준
편집	박정철, 강상훈, 김하늬, 조주영, 유정민
디자인	이하나, 박주현
관리/영업	김정곤, 박영민, 이영옥
인쇄	현문

주소	서울시 종로구 계동 101-12번지 신영빌딩 1층
전화	편집 (02)745-1722~3 영업 (02)745-1770, 1776
팩스	(02)764-8592
이메일	hakgojae@gmail.com
홈페이지	www.hakgojae.com
등록	1991년 3월 4일(제1-1179)

ISBN 978-89-5625-167-7 03810

맏이

김정현
장편소설

학고재

작가의 말

아마 맏이로 태어난 이들은 아버지로서의, 어머니로서의 삶을 슬며시 살아보다가 또 그리 되는 게 아닌가 싶습니다. 자꾸 눈치가 보입니다. 맏이인 나로 인해 아우들이 뭔가 부족한 게 아니었을까 하는 생각이 들어서죠. 미안한 마음도 종내 떨쳐버릴 수 없습니다. 나눠주고 해줘야 할 것들은 여전히 잔뜩 많은데 어느 것 하나 마음대로 되지 않으니 말입니다. 설령 아우들이 맏이보다 더 나은 듯싶어도 그건 달라지지 않습니다. 대견해도 여전히 애쓰는 걸 보면 안쓰럽고, 어떤 때는 맏이가 번듯하지 못해 아우의 마음을 쓰게 하는 것도 같아서죠.

뭐, 산다는 게 다 그런 것이기는 하죠. 그런데 이제는 잘났거나 못났거나, '맏이'라는 이름이 그만 전설이 되어버릴 것 같습니다. 맏이는, 고달파도 그게 사랑과 연민, 때로는 아련한 고향 같아서 원망하며 그리워하고, 외면하며 위로받을 수 있는 이름이기도 했는데 말입니다. 어쩔 수 없는 노릇이라면, 그래서 더욱 전설이 되어가는 이름을 되뇌어보고 싶었습니다. 괜한 짓을 했나요?

아, 전설이 되어가는 게 또 하나 있더군요. 그때, 집집마다 맏이가 '맏이'라는 이름으로 불리고 휘둘리던 시절, 맏이라서 이를 악물어야 했던 사람들 말입니다. 그들을 생각하며 이 소설을 썼습니다. 책임감과 염치, 결국 그게 사랑일 텐데, 덩달아 무작정 뒤좇아 가느라 사랑을 망각해 자신마저 잃어버리는 세상이 안타깝습니다. 전설은 믿지 않아도 위안이 되고 마음을 다잡게도 하죠. 다행히 저는 맏이입니다.

2012년 설날 무렵에
김정현

1

세상살이가 그리 녹록치 않다는 것을 모르는 바 아니다. 살아오는 동안에 수없이 뒤통수를 맞았으니까. 물론 실제로 누군가에게 가격을 당했다는 말은 아니다. 뒤통수를 맞은 것처럼 눈앞이 하얘지고 두 다리가 휘청거릴 정도로 충격을 받았지만 사실 남 탓으로 돌릴 수도 없는 일이었다. 그러니 애초에 뒤통수를 맞았달 수도 없었다. 그럼에도 그리 말하는 이유는 전혀 예측할 수 없었기 때문이다. 하지만 과연 그럴까? 정말이지, 그처럼 마음을 놓아도 되었던 걸까? 아니다. 아무리 스스로를 속이려 해도 처음부터 아랫배가 묵직한 불안감을 떨칠수 없었던 것은 부인할 수 없었다. 결국 번번이 아무런 근거 없는 낙관으로 우를 자초한 셈이었다. 대책 없는 낙관주의자, 참으로 한심하다.

이번 일도 그렇다. 차일피일, 예정된 발주를 미룬다는 것은 그쪽도 사정이 복잡하다는 뜻이었다. 그런데도 틀림없이 자신과 계약할 것이라 낙관하여 납품에 필요한 자재까지 미리 들여다 놓았다. 그러다 다른 것도 아닌 후발업체의 '신기술'을 계약 이유로 내세우니, 그야말로 통사정 한번 늘어놓아 볼 수도 없었다. 뒤통수가 멍하고 눈앞이 하얘지는데도 그저 휘청거리는 두 다리며 몸을 가누느라 안간힘을 쓰던 꼬락서니라니!

신기술, 기술력? 그래도 그는 명색이 공고 출신이었다. 그것도 인문계고를 떨어져 울며 겨자 먹기로 택한 학교가 아니라, 나라에서 '공업입국'의 기치를 내세우고 특별히 장학제도와 기숙사까지 마련하여 전국에서 신입생을 가려 뽑은 '특별한' 공업 고등학교 말이다. 수재까지는 아니어도 최소한 지방의 준재俊才는 되어야 들어갈 수 있었는데, 그런 내가 기술에서 밀리다니. 빌어먹을 '컴퓨터!' 아니, 이제는 그놈의 'IT'인지 뭔지 하는 낯선 세상 이야기에 완전히 주눅이 든다.

사실 공고를 들어간 것도 온전히 그의 선택이랄 수는 없었다. 그래도 그는 중학교에서 공부 깨나 한다는 축에 들었다. 그런데 벌목하는 산판에서 관리 일을 하던 아버지가 덜컥 간경화증으로 자리보전하는 신세가 되고 말았다. 5남매의 맏이. 아니, 넷째인 여동생이 다섯 살 되던 해 삶은 계란을 먹고 체한 게 탈이 되어 세상을 버렸으니, 4남매의 맏이였던 그로서는 학비가 면제되는 장학제도만으로도 감지덕지할 판이었다. 게다가 기숙사도 있었다. 덕분에 강원도 산골에서 태어나, 서울로 가는 초등학교 수학여행 때 유일하게 고향을 떠나보고, 경주로 가는 중학교 수학여행은 엄두도 못 냈던 그가 경상도 중소도시까지 유학을 가게 된 것이었다.

어쨌거나 그 덕에 한세월 잘 벌어먹기는 했다. 아니, 인문계 고등학교를 나와 대학에서 머리 쓰는 공부만 하고 '펜대' 굴리며 살던 녀석들보다는 살아가는 데 수월한 면이 있었다. 물론 그도 직장생활을 했다. 그런 녀석들과 다르지 않게, 버젓한 사무실에서 책상 하나 차지하고서 펜대를 굴려가면서 말이다.

젠장! 그의 입에서 거친 불평이 튀어나왔다. 갑자기 보닛 위로 희뿌연 김이 솟아오르며 자동차가 용틀임을 하듯 꿀렁거렸다.

급히 핸드 브레이크까지 당겨 차를 세운 후에 조심스레 보닛을 열었다. 다행히 화재는 아니었다. 자동차가 전자장비로 중무장을 한 뒤부터는 공고 출신인 그도 멀거니 들여다보거나 할 뿐 응급조치는 엄두조차 낼 수 없었다. 눈꼴사나운 전자……! 정말이지, 미워하지 않으려야 않을 수가 없다. 아니, 숫제 증오한다! 이렇게 덜렁 예고도 없이 길거리에서 퍼져버리면 열에 아홉은 견인차를 불러 공장으로 끌고 가야 한다. 그러면 다

시 찾아올 리 없는 객지 고객에게 바가지를 씌울지도 모르거니
와 정상가를 매긴다 해도 견인비며 수리비는 얼마나 나올지.
분명 고물이나 다름없는 자동차 값보다 훨씬 더 나올 게 뻔했
다. 보닛 아래서 사그라지는 뿌연 김이 제 머리통 속으로 빨려
들어 가는 기분이었다.

　그래도 죽으라는 법은 없는 모양이다. 그는 문득 막냇동생
을 떠올렸다. 강원도에서 두 번째로 큰 도시인 가까운 데 살고
있으니 몇 달 만에 느닷없이 전화를 걸자니 염치없기는 하지만
무슨 수가 나올 터였다.

2

　그리 녁살이 좋아 보이지 않는데도 막내는 어딜 가나 주변
사람들과 꽤 좋은 관계를 맺어왔다. 역시나 오늘도 견인차 조
수석에 타고서 득달같이 달려왔다. 제 또래로 보이는 운전자
는 막내에게 깍듯이 '형님'이라 불렀고, 녀석은 태연스레 형님
행세를 했다. 견인차 조수석 옆에 끼어 타면서 몇 살 차이냐고
물었더니 겨우 한 살 아래란다. 객지 사는 처지에, 토박이라는
겨우 한 살 아래 사내에게 그런 대접을 받는 재주가 새삼 놀라
웠다. 하지만 막내 형편은 변변치 않았다. 어쩌면 그래서인지
도 모르지만…….
　자동차는 내일 아침이나 되어야 수리가 끝난다니 도리 없이
여기서 하룻밤을 묵어야 했다. 그는 막내보다 제수씨 보기가

미안해 모텔에서 묵으려 했지만 녀석은 기어이 전화기를 건네 제수씨를 연결해준다.

"에이, 아주버님. 그러시면 저희가 서운하죠. 벌써 저녁 준비도 다 됐는데요. 헤헤."

예의 스스럼없고 애교 어린 웃음에는 그도 어쩔 수 없었다.

그와 막냇동생과는 열네 살 차이였다. 제수씨와는 나이차가 더 났고. 그래서인지 막내의 결혼 초기, 아니 연애 시절부터 제수씨는 스스럼없이 어리광을 부려 정겨웠다.

"아주버님, 이런 건 안 가져오셔도 되니까 자주 얼굴이나 보여주세요. 이 집은 처음이시죠?"

막내와 한참 실랑이를 벌인 끝에 사들고 간 햄 선물세트를 건성으로 받아 내려놓으며 제수씨는 입술을 삐쭉 내밀어 보였다. 예쁘고 정겹다. 그러고 보니 그사이에 또 이사를 한 모양이었다. 큰 도로 건너편에는 고층아파트 단지가 들어섰고 이쪽엔 제법 정갈한 단독주택 단지가 자리 잡았다. 아래층에 간이 자동차정비소가 들어서 있어 마당은 없는 셈이었고, 한쪽에 2층으로 올라가는 계단이 나 있었다. 그래도 계단은 온통 화분으로 가득했다.

"전세냐?"

그의 물음에 막내는 겸연쩍은 웃음으로 얼버무렸다. 월세인 모양이었다. '난 대체 뭘 하고 살았던 거야!' 순간 가슴 한쪽으

로 찌릿하게 전류가 흘렀다. '가는 데마다 빚이라니……'

그는 동생에게 해준 게 없었다. 아니, 녀석은 동생이 아니라 자식 같았다. 막내가 네 살 되던 해 아버지가 돌아가셨을 때 그는 다른 도시에서 고등학교를 다니고 있었다. 학교를 졸업한 뒤에는 우선 군대에 지원했다. 애초에 가진 게 없는 데다 아버지 병수발 뒤끝이라 끼니를 걱정해야 할 처지였다. 그러니 대학은 생각조차 할 수 없었다. 다행히 그 무렵 중동 건설 붐이 일어 공고 기계과를 다니던 그에게도 영문으로 된 건축도면을 읽고 이해할 수 있는 교육 기회가 찾아왔다. 한밑천까지는 아니어도 4남매가 기대고 일어설 등짝 노릇이라도 하려면 중동으로 나가야 했는데 우선 병역을 마쳐야 했다. 전역을 한 후에 곧바로 중동 건설현장으로 나갔고, 돌아오니 막내는 벌써 고등학생이었다. 그때부터 녀석은 깍듯이 '형님'이라고 부르며 그를 많이 어려워했다. 나이차가 많이 나서라기보다는 한 이불 속에서 뒤엉켜 보낸 적이 없어 더 그랬을 것이다. 그런 막내가 내내 마음이 쓰였다. 하지만 항상 마음뿐이었다.

그 무렵 중동 현장으로 나갔던 이들 대부분은 큰돈은 아니어도 고향에 반듯한 집칸이나 얼마간의 전답은 마련할 수 있었다. 그러나 일부는 아내의 불륜이나 이런저런 곡절로 그저 제 한몸 건사했을 뿐 청춘을 허비한 사람들도 있었다. 그는 후자에 가까웠다.

8년 가까이 사막의 뜨거운 바람 속에서 굵은 땀방울을 쏟았지만 나이 서른에 집으로 돌아와보니 남아 있는 것은 변변치 않았다. 특별한 까닭이랄 것도 없었다. 동생 셋의 학비와 가족의 생활비로 쓰였으니……. 고향을 떠나 춘천 시내에 작은 전셋집이라도 마련했으니 그나마 다행이었다. 그는 잠시 서운한 마음이 들기도 했지만 이내 털어버렸다. 동생들 학업이야 자신이 권한 바였고, 돈이야 이제부터 벌면 된다 생각하며.

만 서른하나, 우리 나이로는 서른둘이었으니 적지 않은 편이었다. 그래도 국내 건설경기가 활황이었기에 중동에서 몸담았던 회사에 어렵지 않게 취직을 했다. 무엇보다 기술직이었기에 관리직보다는 수월했고, 고졸임에도 '과장'이라는 직함까지 달았다. 두 번째 맞선에서 아내를 만났고 얼마 뒤 결혼해서 신접살림을 차렸다. 경기도 부천에 월세까지 끼고 전세 아파트를 구한 이유는 '아파트' 살림을 하는 처가에 기죽기 싫어서였다. 아무튼 아내도 한동안 더 직장을 다녔고, 첫 아이 준수가 태어날 무렵에는 인천 부평까지 내려가기는 했지만 스물 몇 평짜리 전세 아파트를 장만할 수 있었다. 아내는 어땠는지 몰라도 그로서는 살 만했다. 무엇보다 그렇게 살아가노라면 언젠가는 다시 서울로 진입하고, 제법 넓은 평수의 아파트도 마련할 수 있으리라는 희망이 있었으니까. 사는 게 뭐 별건가!

"하시는 일은 좀 어떠세요?"

"뭐, 그럭저럭……."

건성으로 대꾸하는데 뒤늦게 조카들이 생각났다.

"경주하고 성주는?"

"학원요. 7시는 돼야 돌아와요."

"으응……."

"에이, 아주버님. 성주가 아니고 송주라니까요."

"아, 참. 송주지, 송주……."

그는 번번이 조카 이름을 틀리게 말해 민망했으면서도 또 그랬다. 제수씨가 맥주병을 들어 술을 따라주며 이번에도 입술을 삐죽거렸다.

"거 보세요. 자주 안 오시니까 그러잖아요."

"미안해요. 항상 생각은 하면서도 이상하게 입에 배어서, 허……."

그가 난처한 기색을 보이자 막내는 제 처를 향해 눈을 흘겼다.

"이 강아지가, 그럴 수도 있지. 그러지 말고 아예 송주를 성주로 바꿔버릴까?"

"그럴까? 헤헤."

스스럼없는 제수씨의 웃음에 그는 가슴이 저릿해 얼른 말문을 돌렸다.

"넌 제수씨한테 강아지가 뭐냐, 말버릇하곤."

"괜찮아요, 귀엽잖아요."

"뭐?"

"헤헤, 경주 아빠가 귀엽다니까 그런 줄 알아야죠, 뭐."

"허……."

그는 실소하고 말았다. 아직 철이 덜 들었나 싶기도 했지만, 둘은 줄곧 알콩달콩 살갑게 살아온 터였다.

"요즘 넌 어떠냐?"

문득 묻기는 했지만 막내가 무슨 일을 했던가, 새삼스러웠다. 한참 전 기억이긴 했지만 동창생 친구와 함께 베이커리를 한다고 했었다.

대답 대신 막내는 멋쩍게 웃었고, 그는 다시 물었다.

"베이커리는 그런대로 돼?"

"에이, 빵집 그만둔 지 오래됐어요, 아주버님. 동석 씨하고 둘이서 그거 차리자마자 곧바로 유명 제과점이 둘이나 양쪽에서 개업을 했는데요, 뭐."

아뿔싸! 베이커리는 자신의 기억으로도 벌써 한참 전 이야기였다. 그만큼 무심하게 살아왔는데 그걸 스스로 폭로해버린 셈이었다. 그는 온 몸뚱이가 화끈거리는 기분이 들어 얼른 맥주잔을 들어 입안에 들이부었다.

"그 뒤에 또 동석 씨하고 돈가스 전문점을 차렸는데 그것도 1년 전에 그만뒀어요. 뭐 제대로 되는 게 없어요."

"동석이는?"

그는 마치 동석이를 탓하기라도 하는 투로 물었다.

"동석 씨는 서울로 갔어요. 돈가스 집에서 권리금도 못 받았으니 뭐가 있어야죠. 요즘 부동산 개발회사에서 일한다는 것 같던데……."

제수씨의 대답에 그는 말문이 막혔다.

산다는 게 정말 호락호락하지 않다. 겨우 입에서 거미줄 걷어내고 아이들 공부시키는 게 고작인데도, 소꿉놀이판 동전 냄새에도 염치도 피눈물도 없이 끼어들어 자기네 씨름판으로 만들어버리는 재벌 등쌀에 없는 사람들은 배겨날 수가 없다. 이걸 동생의 무능으로 돌릴 수도 없었다. 무능이라면 자신의 무능이었고 무책임이었다. 마음은 자식이라 여기면서…… 사실 자식이었다. 결혼해서 아이를 낳기 전에도 막내는 자식처럼 여겨졌다. 아버지 얼굴조차 기억하지 못하는, 고등학교 때 방학이 되어 고향에 돌아가면 겨우 네 살, 다섯 살배기 녀석이 혼자서 담벼락 아래 쪼그려 앉아 황토 흙을 주워 먹는 모습에 얼마나 눈물을 삼켰던가. 어서 졸업하고 돈 벌어서 녀석을 돌봐줘야지, 생각은 하면서도 그러질 못했다.

"그래서 요즘은 뭘 하고 사는 거야?"

염치가 없어 겨우 물으면서도 그의 음성에는 노기가 배어 있었다. 누구랄 것도 없이 자신에게 화가 났다.

"오토바이 퀵서비스 해요."

"……."

제수씨의 대답에 그는 목이 메었다.

"괜찮아요. 경주 아빠 오토바이랑 자동차 운전은 잘하잖아요."

"임마, 일이 잘 안 되면 연락이라도 했어야지!"

기어이 큰 소리를 내고 말았지만 이 또한 자신을 향한 것이리라. 그래도 설날하고 추석, 1년에 두 차례 명절 때마다 집에 와 차례를 지내고 갔으니 그때 자분자분 이야기를 나눴더라면 진작 알 수 있었을 텐데. 도대체 어디에 정신을 팔고 있었고 무슨 이야기를 나눴기에…….

"형님, 괜찮아요, 걱정하지 마세요. 그래도 경주랑 송주 학원도 보내고 할 일 다 하고 살아요."

"맞아요, 아주버님. 고등학교 대학교 들어가면 그때가 걱정이죠, 헤헤. 그때 가면 또 무슨 수가 생길 거예요."

그나마 다행이었다. 그런데 뭔가 이상했다. 아무리 이제 중학생 초등학생인 조카들이고 자신이 그런 물정은 잘 모른다 해도 퀵서비스 일로 가정을 꾸려나가기는 쉽지 않을 터였다. 그래도 조카들이 여태 귀가하지 않고 있으니 분명 학원을 다니는 듯한데, 그는 힐끗 제수씨의 손을 살펴봤다. 역시…….

"제수씨도 무슨 일 해요?"

"헤헤……."

제수씨는 천생이 밝은지라 여전히 맑은 웃음을 흘리면서도 대답은 안 했다.

그는 막내를 돌아봤다. 막내는 겸연쩍은 얼굴로 뒤통수를 매만졌다.

"뭐야?"

그의 눈빛이 엄해지자 막내는 조심스럽게 입술을 뗐다.

"낮에 식당에서……."

"괜찮아요, 아주버님. 낮 시간만 일해서 저녁에 애들 들어오기 전에는 집에 와요."

아……, 손바닥으로 제 얼굴이나 쓸어내릴 수밖에 없어 그의 입에서 나직한 탄식이 새어나왔다.

핸드폰이 울렸다. 전화기를 들여다보니 집이었다. 받을 기분은 아니었지만 평소에 전화가 없는 터라 무슨 일이 있나 싶었다.

"응."

"아빠, 나."

딸 은주였다.

"왜?"

"어디야?"

"지방이야."

"언제 와?"

"오늘 못 들어가. 왜?"

그의 말투에 짜증이 가득 묻어 있었다.

"엄마 아파."

"뭐? 어디가?"

"가슴이 아프다는데 왜 그런지는 모르겠어."

가슴? 느닷없이 무슨 가슴 타령인가 싶었다. 지금 가슴이 아
픈 사람은 자신이었다.

"병원에 가보든가 하라고 그래."

"벌써 6시 넘었잖아."

"그럼 나보고 어떡하라고? 내일 가보면 되잖아!"

"아빠……."

은주는 어이없어 했지만 그는 괜히 짜증만 날 뿐이었다.

"정 아프면 응급실 가보든가! 끊어."

"아주버님, 누가 아프대요?"

전화를 끊자 제수씨가 화등잔만 해진 눈으로 물었지만 그
는 손사래를 쳤다.

"아니에요, 별 일도 아닌 걸로……."

3

그는 며칠을 망설이다 바로 아래 여동생 명희와 셋째인 남동생 정도를 불렀다. 4남매 중 그래도 둘은 대학을 나왔고 살림살이도 비교적 안정돼 있었다. 명희는 꽤 넉넉한 집안의 며느리가 된 데다 결혼 후에도 꽤 오랫동안 직장생활을 하면서 모은 돈을 잘 굴렸고 지금도 주식이니 펀드니 꽤 여러 곳에 투자하는 모양이었다. 정도는 한때 학생운동을 한다고 어지간히 속을 태우기는 했지만 나이 서른을 넘기면서 마음을 바꿔 직장에 들어갔다. 그후 몇 번 전직을 했는데, 요즘은 국내 중견그룹 계열사의 부사장으로 일하고 있었다.

막상 동생들 얼굴을 마주 본 그는 말을 꺼내지 못하고 있었다.

"오빠, 뭐 걱정거리 있어?"

뱅뱅 헛도는 공연한 이야기가 한참 이어지자 눈치 빠른 명희가 물었다.

"걱정은 무슨……."

"왜요? 하는 일이 잘 안 돼요?"

정도도 정색을 했다. 그래도 막내 이야기를 꺼내기는 조심스러웠다.

"아무래도 이제 회사를 정리해야 될 것 같아."

"예? 갑자기 왜요?"

"도무지 희망이 안 보여. 경기도 여전히 그렇지만 IT에 능한 젊은 사람들 신제품이 수시로 나오니 도무지 경쟁을 할 수가 없어. 며칠 전에도 지방 건설현장에 설비 납품 기대했다가 생각지도 않았던 신기술에 밀려버렸다. 틀림없이 될 줄 알고 괜히 자재만 미리 들여놓았다가……."

정도는 고개를 끄덕였다. 그 또한 IT 회사 부사장이었으니.

"그럴 거예요, 요즘 같은 첨단기술 시대에 기술력이 뒷받침되지 않으면 아무리 인간관계를 잘 맺어놓았다 해도 쉽지 않을 거예요. 게다가 건설경기는 앞으로도 희망이 잘 안보이고요. 그렇지만 당장 정리하면 뭘 하시게요? 퇴직했다 생각하고 쉬기에는 아직 이르잖아요?"

"쉬다니 무슨……. 그런데 어정쩡해. 이제 어디서든 자리

를 얻기는 아예 틀렸고, 그래서 기계 쪽으로 돌아가볼까 생각
도 한다만……."

"기계라니요?"

"내가 그래도 명색이 기계과 출신 아니냐. 요즘 어느 분야
나 중국산에 밀려 쉽지 않다고는 하지만 정밀도나 강도 같은
면에서는 여전히 우리 기술력이 우위니까 욕심 부리지 않으면
승산이 있을 것 같아서."

"좀 생뚱맞네요. 형님 기계과 졸업했다고 해도 그쪽 경험은
고등학교 3년뿐이지, 평생 건설회사에 다닌 거나 마찬가지잖
아요. 또 어찌 인력을 확보해서 기술력에서 좀 앞서간다 해도
원가 경쟁에서 밀릴 테니 어디 대량으로 납품하기도 어려울 거
라고요. 무엇보다 초기 투자비용도 만만치 않을 텐데, 그만한
자금 여력도 없잖아요?"

"아니야, 납품 생각하면 지금처럼 소방 설비 쪽에 더 신경
을 쓰지 뭐하러."

"그럼요?"

"대장간한다는 마음으로 시작할까 하는 거지. 기계 몇 대 들
여놓고, 그걸로 직접 땀 흘려 이것저것 만들어보련다."

"오빠, 그 나이에 무슨 대장간이야. 차라리 적당한 품목 선
택해서 대리점이나 해."

"대리점? 그것도 쉽지 않은 거 같더라. 그리고 난 사무실보

다 현장이 좋았어. 현장에서 땀 흘리며 뭔가 만들어지는 걸 내 눈으로 봐야 흥이 났거든. 또 현장에서 사용하는 공구나 자재들 보면서 기술적으로 뭐가 문젠가 항상 생각도 했고."

"그런 공구들 생각하고 계시는 걸 보면, 결국은 시설 확장이 필요하겠네요, 뭐."

정도의 반응이 차가웠다. 벌써 돈 문제를 생각하는 모양이었다. 그는 얼른 고개를 가로저었다.

"아니야. 처음에는 생활에 직접 필요한 걸 하나씩 만들어볼 거야. 요즘 사람들은 다양하게 여가를 즐기잖아. 그러니까 집에서 손수 가구 만드는 데 필요한 공구며 자전거 수리에 쓸 공구도 만들고. 뭐 가볍고 튼튼한 자전거도 직접 만들면 괜찮지 않을까 싶은데……."

"관두세요. 세상 일이 그렇게 쉬우면 왜 다들 그렇게 안달복달하겠어요. 더구나 형님은 직접 구매할 소비자를 염두에 두는 듯한데, 쉽지 않아요. 괜히 뒤늦게 기계 만지며 고생만 하지."

"고생이야 생각하기 나름이지. 내가 재미있으면 그게 무슨 고생이야, 오히려 낙이지."

"그래도 수익성이 확보돼야 낙도 있는 거지, 취미생활하려는 것도 아니잖아요."

"그렇게 어려울까?"

"인터넷이니 직거래니 하니까 다들 겁 없이 나서는데 속내를 들여다보면 그리 녹록칠 않아요. 더구나 형님은 인터넷에 익숙하지도 않잖아요. 그냥 직원들 좀 정리하고 규모 줄여서 기다려보세요. 그래도 건설이 경제에서 차지하는 비중이 큰데, 정부도 계속 방치하지는 않겠죠."

본래 꺼내려는 이야기도 아니었지만 더 계속하다가는 오해만 살 것 같았다. 정도는 소방설비업에 희망이 안 보인다는 말에는 동의하더니, 금세 현상이나 유지하라고 내쏘았다. 아마자신에게 손이라도 벌릴까 염려하는 것이리라.

"며칠 전에 막내 만났다."

그는 더욱 조심스럽게 운을 뗐다.

"명도요?"

명희가 먼저 되물었지만 건성이었다.

"응."

"걔 요즘도 퀵서비스 일 한대요?"

"알고 있었어?"

그는 되물으며 정도의 눈치를 살폈다. 정도는 인상을 조금 찌푸리기는 했지만 처음 듣는 소리는 아닌 듯싶었다.

"한 1년 됐을걸요."

"그런데 어떻게 나한테는 이야기도 안 했어?"

"오빠, 몰랐어요?"

"알아서 뭐하게요?"

정도가 명희의 말을 가로막았다.

"나름대로 성실하게 사는데 어때서요. 요즘같이 어려울 때 그렇게라도 살아야지, 직업에 무슨 귀천이 있어요. 괜히 능력도 안 되는데 헛꿈 꾸면 제 인생만 고달파요."

"맞아. 베이커리도 그렇지만 식당 일이 만만한 게 아닌데, 다들 먹는장사 하면 밥은 안 굶는다고 생각하니, 쯧."

그는 맥부터 풀렸다. 두 사람은 이미 알고 있었으면서도 당연하게 받아들이고 있잖은가.

"그래도 그게 어디 여간 위험한 일이야? 다른 건 몰라도 그건 좀…… 그리고 제수씨도……."

"그러게, 그 녀석은 공부를 좀 열심히 하지! 어디 자리를 알아봐주려 해도 뭐 하나 내세울 게 있어야죠. 아니할 말로 공부라도 열심히 했으면 우리 형제들이 제 뒷바라지 못 해주었겠어요."

정도의 타박을 명희가 받았다.

"맞아. 큰오빠 아니어도 나도 그때는 직장생활하고 있었잖아."

그에게는 제대로 챙기지 않은 자신을 비난하는 말로 들렸다. 사실 그때는 막 결혼한 뒤라 막내에게 신경 쓸 겨를이 없었다.

"그래도 명도가 어머니를 오래 모셨는데……."

"그거야 엄마가 서울 생활 못 하겠다고 해서 그런 거지 뭐."

그의 혼잣소리에 명희는 변명처럼 대꾸했지만, 이 역시 자신의 몫이었다는 생각에 그만 입을 다물었다. 막내는 갑자기 목에 걸린 가시가 되어 가슴을 아프게 했고, 도무지 머릿속을 떠나지 않았다. 제 앞가림 하느라 소홀한 데 미안하기도 했지만 그보다는 죄다 자신의 책임이라는 생각이 들었던 것이다.

결혼이라는 게 그랬다. 당사자들 입장에서는 새로 가정을 꾸미는 일이지만 가족 전체로 보면 한 사람의 식구가 더 늘어나는 단순한 일이기도 했다. 그도 나이가 찼으니 맞선을 보고, 무난하겠다 싶어 결혼을 했으니 처음에는 가족이 한 사람 더 늘어나는 것이려니 생각했다. 그러나 막상 두 사람만의 울타리가 생기자 안온함과 더불어 무거운 책임감이 생겨났다. 그 책임감은 가끔 알 수 없는 두려움을 안겨주었다. 그렇다고 부담스러웠다는 뜻은 아니었다. 여전히 안온하고 포근한 느낌에 아! 행복이 이런 거구나, 생각하면서도 뭔가를 잃어버리고 있는 듯한 허전함이 밀려왔다는 의미 정도일 것이다. 하지만 잃어버리는 게 뭘까, 곰곰이 생각하지는 않았다. 그러기에는 살면서 처음 맛보는 행복이 달콤했고, 여전히 직장생활을 하던 아내의 고단해하는 모습이 안타까웠으니, 아마 그 때문이려니 했을 것이다.

열심히 사는 수밖에 없었다. 또 열심히 사는 데는 자신 있었다. 세상 밖은 최루탄 가스로 매캐한 날이 많았고, 때로는 거리의 분노에 공감해 가슴이 들끓기도 했다. 하지만 그가 산 세상은 미움과 분노보다는 희망을 키우느라 바빴기에 일터로 돌아가면 금세 까맣게 잊었다. 그렇지 않은가. 열사의 땅에서 자신이 땀을 흘리니 동생들이 마음 편히 공부할 수 있었고, 산골짜기에서 도회로 나와 살 수 있는 터전을 마련하지 않았는가! 또 겨우 고등학교를 졸업하는 데 그쳤어도 버젓이 건실한 건설회사 과장으로 자리 잡아 결혼을 하고 내일을 꿈꿨으니 말이다. 그것은 희망이었다. 희망이 있으니 사랑도 얻을 수 있었던 것이다. 굳이 따져 미움과 분노를 말하자면 대학교를 나온 또래의 봉급이 경력과 상관없이 벌써 자신과 비슷하다는 것이나, 별 능력도 없는 듯한데 부모 잘 만난 덕에 이사니 상무니 감투를 쓴 이들에게 머리 조아려야 하는 게 조금 떨떠름했지만 아무럼 어떤가. 눈꼴사납고 배알 뒤틀린다고 내 인생의 행복과 희망을 미루거나 외면할 수는 없는 일 아닌가. 너무도 배고픈 시절을 살았고, 이제 따뜻한 밥 먹는가 싶은데. 또 자신의 인생은 가족과 가정이라는 울타리 안에서 함께하는 이들의 인생이기도 한데.

솔직히 너무 바쁘기도 했다. 입에 밴 변명이 아니라 사실이 그랬다. 본사 사무실 책상은 늘 비워두었다. 서울 시내 현장에 나가 있어도 그는 늘 현장사무실에서 일했고 대부분 지방 근무를 했다. 주말부부, 그것도 말뿐이었다. 언제나 공사 기일은 빠듯했고, 그 시절에는 주말이라는 개념조차 뚜렷하지 않았다.

여름날, 장마라도 들면 휴가는커녕 현장에서 노심초사하며 몇 날며칠 밤을 지새우기 다반사였다. 어쩌다 업무차 서울 본사에 들를 때 잠깐 집을 찾아 아내 얼굴을 보는 게 고작이었다. 두 아이의 얼굴은 거의 못 보고 살아왔다. 그래도 아이들은 잘 커주었고 아내도 그도 불행하다고 생각해본 적은 없었다. 그는 꼬박꼬박 통장으로 들어오는 급여가 얼마인지조차 잘 알지 못했다. 죄다 아내에게 맡겼고, 아내도 살림을 잘해서 조금씩 아파트 평수를 늘려가 마침내 서울의 '아파트'로 입성하게 되었다. 오로지 열심히 일만 하면 되었다. 그러면 잘살게 되는 것이었다. 그런데, 그렇게 사느라 무언가에 소홀했었다. 바로 막내였다. 아니, 요즘 들어 주위를 둘러보니 가족 모두에게 소홀했다. 누군가 그런 판결을 내려도 별로 할 말은 없다. 심지어 명절에도 차례가 끝나면 음복이라고 떡국 한 그릇, 술 한잔 들고 나서는 곧바로 회사 관계자들을 찾아 나섰으니…… 그런데 내가 아주 잘못 산 걸까, 그저 날이면 날마다 열심히 살았을 뿐인데…… 그는 새삼스레 소홀했던 모든 이들에게 미안함이 샘솟았지만 조금 억울하다는 생각도 들었다.

4

 사실 회사를 정리해야겠다고 말은 했지만, 그건 막내 이야기를 꺼내기가 민망해 망설이다가 불쑥 튀어나온 소리였다. 그런데 동생 정도와 대화를 나누다 보니 제법 앞뒤가 맞는 계획이었고, 며칠을 곰곰 생각하니 점점 더 말이 되는 듯했다.

 모든 것은 'IMF 사태'라고 흔히 말하던 금융위기로 비롯되었다. 성도는 멀쩡히 직장에 다니고 있었고, 대다수 보통사람들처럼 IMF 사태를 불러올 어떠한 원인도 제공하지 않았다. 은행의 돈을 떼먹기는커녕 오래전 아파트 살 때 받은 대출금도 이미 갚은 터였고, 가족들도 신용카드 결제 한번 연체한 적이 없었다. 그런데도 일이 터지자 제일 먼저 그와 같은 이들이 불벼락을 맞았다. 당시 '부장' 감투를 쓰고 있던 성도에게 회사

32

는 느닷없이 사직을 종용했다. 그는 회사 방침이 그렇다면 어쩔 수 없다고 생각했지만 무엇보다 회사가 어렵다는데 뻗대는 건 도리가 아니라고 여겼다. 물론 주변에서 '부장님이 무슨 부정을 저질렀나, 왜 제일 먼저 잘려야 하냐?'며 그건 오로지 가방끈이 짧은 탓이니 고분고분 물러나지 말라고 부추기기도 했지만, 성도는 그렇게 생각하지 않았다.

그는 비록 대학을 졸업한 동료들에 비해 연봉은 조금 적었지만 그래도 부장까지 승진했고 일한 만큼의 보수도 받았다고 생각했다. 또 대학을 졸업했다고 모두 이사나 상무로 승진하는 것도 아니었고 그들 중에도 사직을 권유받은 사람은 많았다. 심지어 부장 감투 한번 써보지 못하고 회사를 그만두는 사람도 있었으니 그렇게 따져서 될 일은 아니라고 생각했다. 그리고 솔직히 그동안 얼마나 회사 덕을 보았는가. 아니할 말로 아무리 출장이라지만 자신이 회사에 몸담지 않았다면 그처럼 여러 나라를 돌아보며 견문을 넓힐 수 있었을까? 또 그때마다 번듯한 호텔에서 안락하게 쉬고, 안전하고 편안한 교통편을 이용하고, 정갈한 식당에서 입에 맞는 음식을 맛볼 수 있었을까? 만나는 사람들은 또 어땠나. 자신에게 회사라는 그늘이 없었다면 과연 그들이 만나주기나 했을까? 물론 그런 이야기를 하면 노예근성이라며 혀를 차는 사람들도 있었다. 하지만 그는 자신이 노예라고 생각해본 적도 없었고 설령 노예였다고 할지라도 아내와 자식, 형제들을 그만큼 먹여 살리고 돌보았으니 조금도 부끄럽지 않았다. 사실 부끄러운 일은 따로 있었다. 어떤 이들은 그를 부정과는 거리가 먼 사람으로 대우했지만 그도 업자들과 어울려 밥을 먹고 술을 마셨다. 또 명절 때면 떡값이라는 것도 받았으니, 명절이나 휴가 때마다 윗사람은 물론이고 아랫사람에게까지 체면치레 하면서도 월급은 축내지 않았던 것이다.

아무튼 그는 국민들을 이 지경에 몰아넣고도 아무도 책임지지 않는 몰염치한 나라보다는 회사가 살아남아야 내 자식들이 또 삶을 꾸려갈 수 있을 것이라 생각했다.

회사는 기꺼이 사표를 쓴 그에게 퇴직금에 더해 얼마간의 목돈까지 쥐여주었다. 당시 그는 아직 40줄이었다. 그리고 무엇보다 웬만한 기계는 다룰 수 있는 기술이 있어 주눅 들지 않았다. 아내도 그 기술을 믿었는지 별 반대 없이 고개를 끄덕였다. 자금난에 빠진 면허뿐인 소방설비 회사를 비교적 싼값에 인수한 그는 무엇보다 먼저 공장을 마련했다. 그저 면허만 가지고 공사를 수주해 하도급을 주거나, 여기저기서 싼값에 자재를 납품받아 대충 공사하기보다는 중요한 설비나마 직접 생산해 제대로 공사하고 원가도 절감하겠다는 심산이었다. 모르는 사람들은 기계과와 건축이 무슨 상관이랴 하겠지만 어느 분야든 기본은 통하는 법이었다. 성도가 보잘것없는 학력으로 부장까지 승진할 수 있었던 이유도 그가 담당한 현장에서는 한 번도 사고가 난 적이 없었기 때문일 것이다. 작은 공구 하나에서부터 설비까지 꼼꼼히 기계적으로 살필 줄 아는 기본 덕이었다. 물론 운도 따랐겠지만 말이다.

회사를 시작한 초창기에는 IMF의 여파가 여전했으니 어려웠지만 오래지 않아 경기가 살아나자 그는 한숨을 돌리고 허리를 펴기 시작했다. 거기에는 기술도 기술이지만 함께 일했던 옛 동료들의 도움이 컸다. 무슨 특혜를 주고받은 것은 아니었지만 무슨 일이든 찾아가면 반갑게 맞아서 한마디라도 더 들려주고 긍정적으로 받아주었으니 다른 이들보다는 유리한 면이 많았다. 일종의 전관예우라며 비난할지 몰라도 그는 이 또한 회사가 준 은혜라는 점을 부인할 생각은 없었다. 그렇다고 그냥 혜택을 받기만 한 것은 아니었다. 최소한 설비의 기계적인 면에서는 이상이 없도록 꼼꼼히 점검했고 원가도 줄였다. 다른 이들과 마찬가지로 만나는 사람들에게 밥이나 술을 접대한 건 사실이었지만 구린 돈을 주고받지는 않았다. 그러기에는 간이 너무 작았고, 그랬으니 큰돈은 벌지 못했다. 그저 현상을 유지하며 조금 저축하는 정도에 그쳤다.

공장 2층 난간에서 물끄러미 아래를 내려다보던 그는 이제 자신의 계산이 제대로 맞아떨어진 듯해 내심 흐뭇했다. 어차피 이제 자신의 능력으로는 한계를 맞은 것이었다. 쇠를 깎고 다듬어 기계에 끼워 맞추는 일은 어찌 해보겠는데 그놈의 컴퓨터, 특히 전자 어쩌고 하면 당최 머리가 따라가지를 못했다. 그래도 한때는 배워보려고 애를 썼지만 이미 종種이 다르다는 생각을 떨쳐버릴 수 없을 만큼 컴퓨터와 전자기술은 빛의 속도록 발전해갔다. 안 되는 일은 안 되는 것이었다. 애당초 출발점이 달랐던 만큼 언저리나 맴돌지 아무리 애를 써도 따라잡을 순 없다는 느낌이 들었다. 어쩌면 그것이 이치에 맞는 일인지도 몰랐다. 새 시대를 살아갈 사람들에게는 그들만의 터전이 있어야 하는 법이 아니겠는가. 자리를 물려주어야 할 사람들이 여전히 버티고 있다면 결국은 죄다 시들어갈 뿐이다. 그래도 억울할 건 없었다. 아무리 세상이 바뀌어도 한꺼번에 전부 뒤집히진 않을 테니 여전히 할 일은 남아 있을 터였다.

핑계라 해도 상관없었다. 그는 이제 회사를 접기로 마음을 굳혔다. 어쨌거나 회사를 정리하면 얼마간 돈을 손에 쥘 테니 그걸로 남은 평생 재미있게 일할 작은 공장을 만들자. 그리고 남는 돈으로, 아니 어떻게든 돈을 만들어서 막내에게 뭐라도 해주자, 그런 마음이었다.

지방 중소도시에서라면 지금 있는 전세금에 보태 살 만한 아파트 정도는 사줄 수 있을 것 같았다. 요즘같이 힘겨운 세상에 직업의 귀천을 따지는 것은 사실 염치없는 짓이다. 또 경기가 풀리면 더 안정되고 안전한 일자리를 찾을 수도 있을지 모른다. 하지만 집은 또 다른 얘기다. 막내도 이제 마흔을 넘긴 데다 자식이 둘이니 온전한 보금자리를 장만해야 할 것이다. 아파트 칸이나마 마련하고 나면 녀석이나 제수씨도 얼마나 힘이 날까. 그는 생각만 해도 기분이 흐뭇했다. 그 정도는 동생들에게 손 벌리지 않고, 또 아내도 모르게 해줄 수 있을 듯했다. 그렇지만 여전히 막내의 일자리는 마음에 걸렸다. 생각 같아서는 내친 김에 서울 변두리에 작은 아파트라도 마련해주고 막내를 공장으로 출근시켜 뒤늦게나마 기술을 가르쳐보고 싶었지만, 녀석의 속을 알 수 없었다. 게다가 혼자 힘으로는 아무래도 벅찬 일이었다. 그렇다고 다른 동생들에게 말을 꺼내봐야 소용없을 테고 아내도 선뜻 동의하지 않을 게 분명했다. 조금 아쉽기는 하지만 먼저 생각한 방법이 최선이다. 그는 마음을 다졌다.

"사장님, 퇴근 안 하세요?"

생산담당 이 부장의 목소리에 그는 고개를 돌렸다.

"응, 이 부장……."

어정쩡한 그의 반응에 이 부장은 의아한 눈빛이었다. 그렇지 않아도 줄곧 우두커니 서 있는 사장의 태도가 낯설던 터였다. 공장에 들르면 대부분 아래층 기계들 옆에 머물다가 2층 사무실에는 들르지도 않고 떠나는 경우가 허다했으니 말이다.

"무슨, 걱정이라도 있으세요?"

이 부장은 점점 줄어드는 일감을 생각했다.

"아니야, 걱정은 무슨."

사장의 눈길은 그새 또 아래층을 향하고 있었다.

"심란하시면 제가 소주 한잔 모실게요."

"뭐? 허허, 조만간에 내가 회식 한번 시켜줄게. 알아서 퇴근들 하고, 난 집에 잠깐 들렀다가 시내 사무실로 가봐야겠어."

그가 떨어지지 않는 발길을 옮기는 것처럼 느릿느릿 철제 계단으로 향하자 이 부장은 맥 빠진 웃음을 지으며 혼자서 어깨를 으쓱했다. 벌써 10년을 넘게 모신 사장이지만 그냥 "집에 간다"거나 "퇴근하겠다"는 말은 들어본 기억이 없었다. 언제나 "집에 잠깐 들렀다가……"였다. 지금도 집에 들어가 저녁을 먹고 잠을 잔 뒤, 내일 아침에 시내 본사로 출근할 게 뻔하다. 그러니 퇴근이 분명한데도 사장은 잠깐 집에 들르겠다고 말했다. 단순한 말버릇이 아닌, 아무래도 생각 자체가 그런 듯 보였다.

이 부장도 벌써 40대 중반의 나이였다. 하지만 사장은, 그리고 사장과 친한 몇몇 또래들은 당최 이해할 수 없는 별종들이었다. 그렇다고 집에서 잠을 안 자는 것도 아닌데, 어떻게 집은 항상 잠깐 들렀다 나오는 곳으로 여기는지. 물론 자신들도 집보다는 회사에 있거나 회사 일로 나다니는 시간이 많기는 했다. 그래도 늘상 집이 중심이었고, 가정의 평화를 위해 직장을 다니는 것이라고 최소한, 생각은 했다. 그런데 아직 한번도 물어보지는 않았지만 사장과 그 친구들은 회사를 삶의 중심으로 여기는 게 분명했다. 쯧쯧, 이 부장은 자신도 모르게 혀를 찼다.

5

마음을 정했다고는 해도 막상 집에 들어와 아내의 얼굴을 보니 갈등이 생겼다. 남자보다 여자의 평균수명이 더 길다는데, 아내가 앞으로 살아갈 날이 아무래도 20년은 넘을 것 같았다. 자신이 떠난 뒤에도 10년은 더 살 터였다. 거기에 생각이 미치자 자신이 결코 자유롭지 않으며, 자신의 삶이 자신만의 삶이 아니라는 사실을 아프게 깨달았다. 까짓 자식 놈 둘은 대학까지 뒷바라지해주면 기본은 하는 셈이었다. 물론 아직도 시간은 있고, 또 살아가는 동안 빛을 볼 날도 있을 테니 그때는 녀석들 인생에 작게나마 숨구멍을 터줄 수도 있을 것이다. 그런데 아내는 아니었다. 지금 생각대로 자신이 떠난 뒤 홀로 남아 10년쯤을 더 살아간다면 지금과는 분명 다른 상황이 될 듯했다. 그렇다고 자신이 아내에게 무슨 대단한 존재라도 되는 양하진 않았다. 다만 자신과 함께하는 동안은 아내는 얼마든지 잔소리를 늘어놓고 책임을 미뤄도 되는 상대가 있을 터였다. 그것을 받아주는 것이 바로 자신의 몫이었다.

아침이면 시간에 맞춰 일어나 밥상을 차려주는 것, 미우나 고우나 그가 벗어놓은 속옷이며 양말 쪼가리를 세탁해주는 것, 저녁이면 '이 인간이 집에 와서 먹으려나. 어쩌려나?' 투덜거리면서도 찬거리를 고르느라 시장을 기웃거리는 것, 밤늦게 일에 찌들어 혹은 술에 절어 퇴근해 이를 닦기는커녕 양말조차 벗지 않은 채 쓰러진 몸뚱이에 이불이라도 덮어주는 것…… 그것은 희생도 소일거리도 아닌, 아내라는 존재의 확인일 터였다. 물론 사랑이나 애정이 담긴 보살핌이라면 남자로서는 더할 나위 없는 행복이겠지만 그런 환상은 애저녁에 말끔히 사라졌다. 어쨌거나 이 모든 것은 그녀가 자신의 아내임을 입증하는 행동이었다.

물론 그녀는 아내 노릇을 해야 했지만 또 한편 어미로도 살아야 했다. 그렇지만 어미라는 입장에서는 아무리 헌신한들 공치사를 하거나 자기 몫을 주장할 수가 없다. 내가 널 낳고 키웠으니…… 운운하는 것은 낯간지러운 소리다. 아니, 자식들 앞에서는 미안한 마음이 앞서게 마련이다. 그렇다고 자식들이 아내를 외롭게 버려둘 것이라고 생각하진 않는다. 틀림없이 제 엄마라면 마음속 깊이 애틋해하고 사랑할 것이다. 그렇지만 인간의 삶에는 묘한 구석이 있다. 사내는 어떻게 된 족속인지 아무리 똑똑한 녀석들도 언제나 제 곁에 있는 사람이 우선이다. 그렇다 보니 결혼을 시작으로, 아니 연애를 하면서부터 벌써 부모 형제에게 생각만큼 마음이 가질 않는다. 생각과 마음이 따로 논다……. 그렇다고 여자는 다를까? 모르겠다, 연애를 하거나 결혼을 하면 얼마간은 그럴 수도 있겠다. 하지만 여자는 엄마가 되는 순간 아예 딴사람으로 돌변한다. 그때부터는 오로지 자식뿐이다. 남편은커녕 그토록 끔찍이 여기던 부모, 특히 자신을 낳은 엄마마저 일단은 두 번째가 된다.

아무튼 아내는 혼자가 되는 순간 존재감이 희미해질 게 뻔했다. 그럴 때는 무엇으로 삶을 꾸려가야 하나? 듣자 하니 요즘엔 자기계발이니 뭐니 하며 이런저런 일들을 해보는 모양이었다. 그런 것들은 아무래도 허망한 자기 기만이 아닐까. 뭐, 지나친 말이라고 타박하면 소일거리라 할 수도 있겠지만, 사실이 그렇지 않은가. 아침에 눈을 떠 소중히 맞는 하루를 그저 심심하지 않고 재미있게 '살아내는' 것이 목적이라면 뭐 그리 대단한 삶이라 할 수 있겠는가. 꼭 가치를 따져 묻겠다는 것은 아니지만 그래도 제 몫을 감당하며 하루하루를 살아야 온전한 삶이 아닐까 생각했다. 이제는 아내의 내실 있는 삶까지 고려해야 하니 더더욱 쉽지 않은 일이었다.

"다 먹은 거예요?"

아내의 목소리에 그는 정신을 차렸다.

"어? 아, 으응……."

"입맛이 없으면 숟가락을 내려놓을 일이지 뭘 그렇게 생각해요? 애들 반찬 투정하는 것도 아니고."

"아니야, 입맛이 없는 게 아니고……."

문득 둘러보니 식탁에는 아내와 자신뿐이었다.

"애들은?"

아내는 어이없다는 표정으로 혀부터 찼다.

"은주 날마다 새벽에 나가는 거 몰라요? 걔 고3이에요, 고3. 당신 혹시 준수 군대 간 것도 잊어버린 거 아니에요?"

"이 사람이, 무슨 그렇게까지……."

머쓱해진 그가 슬그머니 수저를 내려놓자 아내는 의자에서 일어나 반찬 그릇부터 정리하기 시작했다.

그가 물 잔을 비우고도 식탁에 앉은 채 머뭇거리자 아내는 손길을 멈췄다.

"왜, 할 말 있어요?"

"응? 아, 아니……."

"그럼 일어나 씻어요. 어떻게 사람이 갈수록 지저분해져요? 나이 들면 냄새도 더 난다는데."

"알았어, 잔소리는."

쭈뼛거리며 일어서던 그는 다시 주춤거렸다. 아직 완전히 결정했다고 하기에는 알아볼 게 많았지만 아무래도 운은 떼어 놓아야 할 듯했다.

아내도 이상한 낌새에 다시 손길을 멈추고 눈을 맞춰왔다.

"저…… 아무래도 회사를 정리해야 할 것 같아. 경기는 도무지 꿈쩍도 안 하지, 어쩌다 일거리가 나와도 요즘 워낙 기술이 빠르게 발전해서……."

"그럼 뭘 할 건데요?"

뜻밖에도 아내는 일단 회사를 정리하겠다는 뜻에는 공감한다는 말투였다.

"뭐, 구체적으로 생각해놓은 건 아니지만 서울 근교에 작은 공장을 마련해서 기계 몇 대 들여놓고 이것저것 만들어볼까 해. 아마 열심히만 하면 그것도……."

"서울 근교면 어디요?"

"일단 파주쯤을 생각하고 있어."

"……?"

아내의 두 눈이 동그래졌다. 그럴 만도 했다. 파주라면 자신이나 아내나 아무런 연고도 인연도 없는 곳이었다.

"거기도 이제는 많이 개발되었지만 조금 외진 델 찾으면 아직은 땅값이 괜찮을 거야. 하다못해 100평 정도라도 사야지, 세를 얻었다간……."

"그렇게 정리하면 돈이 좀 남아요?"

"응, 아무래도 그렇겠지."

"그럼 당신 준비하는 데 들어가는 돈 빼고 남는 거 전부 주세요."

"뭐?"

뜻밖이었다. 회사를 다니며 받은 월급이야 모두 통장으로 들어갔으니 아내가 관리하는 걸 당연한 일로 여겼지만 사업을 시작한 뒤로는 그렇지 않았다. 아내를 믿지 못하거나 감출 일이 있어서가 아니라 회사가 어지간히 괜찮게 돌아간다 싶어도 경영자 입장에서는 자금에 여유를 느끼기가 쉽지 않은 까닭이었다. 그래도 생활비는 항상 제때 주었고, 1년에 두세 차례 목돈을 안겨준 터라 아내는 군소리를 하지 않았다.

"아니, 정리되면 일단 전부 내게 주고 다시 가져다 써요."

다시 잇는 아내의 말에 그의 두 눈이 휘둥그레졌다.

"뭐, 뭐……?"

"왜요? 나 못 믿어요? 내가 그 돈 들고 어디 도망이라도 갈까 봐서요? 아님, 뭐 켕기는 거라도 있어요?"

"이 사람이, 무슨 소리야. 뭐 감출 게 있다고."

"그럼 그렇게 해줘요."

웃음기도 없고 결연하지도 않았지만 결코 농담이 아니었다. 담담한 아내의 표정에 그는 적이 당황스러웠다.

한 번도 이런 적이 없었다. 본시 돈이란 것에 만족을 느낄 수 없는 법이지만 돈 문제로 크게 다퉈본 적은 없었다. 전세 아파트로 옮기고, 작은 아파트를 구입해 몇 차례 평수를 늘려가는 동안 매번 불편한 적이 없었던 건 아니었다. 아내는 대부분 무리를 해서라도 시간을 앞당겨 더 큰 평수로 옮겨 가려 했고, 그는 욕심이라고 탓했었다. 그렇지만 결국은 자신의 무능을 자책하며 아내의 어깨를 다독였고, 지나고 보면 그녀의 선택이 옳았음을 인정해야 했다. 그런 중에도 직장을 다니는 동안에는 쓸데가 있다 하면 액수가 얼마건 두말없이 돈을 내놓았고, 회사를 시작한 후로는 몇 달씩 생활비 말고 따로 가져다주는 돈이 없어도 아내는 회사 사정조차 알려 들지 않았다. 그런데…….

그가 어정쩡하게 등을 돌리는데 아내의 말이 들려왔다.

"당신은 그동안 가져다준 돈이 있으니까 집에 여유가 있을 걸로 생각하겠지만 그렇지 않아요. 이 집 살림 만만치 않아요. 더구나 준수 대학 들어가고 아직 은주가 남았잖아요."

무슨 이야기인지 알 것 같았다. 강남 아이들처럼 특별 과외를 시키지는 않았지만 그래도 학원 몇 개는 보냈을 게고 더구나 은주는 미술을 하겠다고 고집하는 터였다.

"알아, 누가 뭐래……."

"그러니까 이번에는 내 부탁대로 해줘요."

"……."

남편의 대꾸가 없자 아내는 여전히 개수대를 향해 선 채로 말을 이었다.

"당신 얼마 전에 막내 도련님 댁에 갔다면서요?"

"응? 아, 그 동네 지나가다 차가 고장 나서."

그는 까닭 없이 뜨끔했다.

"당신 마음 모르는 거 아니에요. 그렇지만 지금은 아니라고요. 나도 이제야 후회가 되긴 해요. 제대로 마음을 좀 써서 어찌 다른 길을 찾아줬어야 했는데."

"당신도 알고 있었던 거야, 막내?"

그의 말투가 무엇에 걸리는 듯 덜그럭거렸다. 서운했던 것이다.

개수대에서 돌아서는 아내의 표정이 어쩐지 결연해 보였다.

"당신은 서운할지 몰라도 막내 서방님이나 동서는 자기네 살림이 딱히 어렵다 생각하지 않았어요. 고모나 삼촌도 그랬고요."

"그래도 내게 말은 해줬어야지."

"미안해요. 그렇지만 당신 내내 불안정해 보였어요. 삼촌도 경기가 안 좋다면서 당신 신경 쓰게 하지 말자고 했고요."

또 내 무능인가, 생각하며 그는 눈길을 돌렸다.

"어쨌든 이번에는 내 말대로 해줘요."

다시 반복하는 아내의 집요함에 그는 짜증이 났지만 등을 돌려 거실로 향했다.

6

'류머티즘성 심내막염.' 나이를 먹어가며 점점 무릎 쑤시는 날이 잦아졌고 온몸의 관절이 신통치 않다는 느낌도 깊어갔다. 그거야 나이 든 사람들이라면 늘상 달고 사는 증상이니 자신도 그렇게 늙어가나 보다 여겼다. 물론 이제 겨우 쉰을 넘겼는데 생각하면 좀 억울하기는 했지만 딱히 육신을 혹사한 적은 없었으니 원망할 일도 없었다. 처음에는 관절통에 괜찮다는 파스류를 사서 붙이다가 나중에 동네 병원을 찾아 진료를 받았다. 그때 의사는 류머티즘 가능성이 보이니 큰 병원에 가보거나 면역성을 높일 수 있는 음식을 많이 섭취하라고 했지만 한 귀로 흘려듣고 말았다. 사실 마흔 중후반의 나이에 그만한 증세로 대학병원을 찾는 극성을 보일 주부가 몇이나 될까. 또 몸

에 좋은 식단 이야기야 눈만 뜨면 들리는 소리지만 며칠 신경
쓰다 말기 십상이다.

사단이 난 것은 가슴 통증 때문이었다. 언제부턴가 공연히
마른기침이 나오고 가슴에 통증을 느끼는 일이 잦아졌다. 한동
안은 감기인가 생각했고, 나중에는 혼자 고개를 갸웃거리기는
했어도 딱히 병원에 가봐야 할 일이라고까지 여기지는 않았다.
그런데 얼마 전, 갑자기 찾아든 가슴이 찢어질 것 같은 통증에
진땀을 쏟아내며 몸을 가누느라 허우적댔다. 헐떡이고 있는 엄
마의 모습을 그날따라 일찍 귀가하던 은주가 보고 자지러졌다.
아이는 당장 '119'에 도움을 청하려 들었지만 그녀는 이를 악물
고 말렸다. 그만한 일로 구급차에 실린다는 것도 소름 끼쳤지
만, 그 소란을 피우고 아파트 단지 여인네들 얼굴을 어떻게 볼
까 생각하니 난감했던 것이다. 그래 고개를 저어버렸다.

겨우 은주를 달래 약국에서 청심환이니 뭐니 하는 약들을
사오게 해서 먹었더니 다행히 얼마 지나지 않아 통증은 가라앉
았다. 은주는 엄마가 안정을 찾자 이번에는 아빠에게 전화를
걸었지만 무슨 소리를 들었는지 전화를 끊은 뒤에도 한참을 식
식거렸다. 자세히 안 들어도 알 수 있는 일이었다. 그렇지만 딸
은주처럼 화가 나지는 않았다. 처음부터 연애를 한 것도 아니
고 맞선으로 만나 결혼을 했으니 살갑고 애틋한 정은 느낄 겨
를이 없었다. 그렇게 20년 넘게 살아왔다.

그래, 정말이지 겨를이 없었다. 찌릿한 전류가 흐르는 감정을 바랄 수 없는 맞선을 통해 만나 결혼했다 쳐도 살을 맞대고 살면 사랑까지는 몰라도 애틋함은 느낄 수 있었을 터였다. 그런데 남편은 신혼여행에서 돌아오자 곧바로 지방 현장으로 떠나 주말부부가 되어야 했고, 주말에도 툭하면 현장에 문제가 있다며 귀가를 한 주씩 미루기 일쑤였다. 물론 다른 헛짓을 한 적은 없었고 아침저녁으로 꼭 전화라도 해서 남편의 책임감과 정은 보였다. 몇 년 뒤에는 집 가까운 도시의 현장으로 발령을 받았는데, 그때도 별반 다를 것은 없었다. 새벽같이 일어나 아침밥 차려줄 겨를도 없이 집을 나갔다가 자정인지 새벽인지 모를 시간에 귀가하기가 다반사. 오죽했으면 어쩌다 마주치는 얼굴이 낯설어 아이들은 초등학교 3,4학년이 될 때까지 아빠를 보면 머쓱해했을까. 그처럼 아이들마저 감정보다는 이성으로 제 아버지임을 인식할 정도였으니 부부라지만 살갑고 애틋한 정을 느끼기에는 정말이지 '겨를'이 없었다.

　그렇다고 남 탓을 할 생각은 없었다. 그 시절에는 남편뿐만 아니라 다들 그래야 사는 것으로 알았으니까. 또 그렇게 살다 보니 애틋하지는 않아도 무덤덤한 가운데 막연하나마 신뢰가 있어 허전함을 느끼지도 않았다. 하긴, 그래도 남편은 좀 심한 편이었다. 특히 자신의 사업이라는 것을 시작하고는 더 그랬다. 이미 그때는 일요일이나 공휴일은 반드시 지켜야 하는 세상이었고 심지어 주5일제가 정착되었지만 남편은 세상의 흐름에 도무지 적응하려 들지 않았다. 그야말로 집안의 결혼식 같은 특별한 행사가 없으면 공휴일에도 조금 늦은 아침을 먹은 뒤 슬그머니 집을 나갔다가 해가 진 뒤에야 돌아왔다. 하루 종일 텅 빈 공장에서 혼자서 무얼 하고 오는지 모를 일이었지만 잔뜩 피로에 절어서 들어오는 날도 있었다. 한마디로 중독이었다, 일중독.

그래도 언제부턴가 조금씩 서운한 마음이 들기도 했다. 결혼기념일은 진작에 잊었고, 분명 아내 생일조차 기억하지 못할 것이다. 아이들이 그날 아침에 엄마 생일 어쩌고 하면 그제야 흠칫하고는 저녁 무렵에 머쓱하니 케이크 하나 사들고 오니 말이다. 뭐 그것 역시 탓할 바는 아니다. 남편은 자신의 생일조차 기억하지 못하는 사람이니. 내일이 생일이라고 잔뜩 시장을 봐와서 이것저것 음식을 장만해두면 정작 당사자는 지방에 출장 왔다며 며칠 뒤에나 올라간다는 전화로 맥 풀리게 한 적이 어디 한두 번이었던가. 그러니 간혹 서운한 마음이 들어도 내색하기도 어려웠다. 하지만 이번에는 확실히 서운했다. 그러다 보니 지난 일들이 주마등처럼 하나하나 떠올랐다 사라져갔다.

사실 이튿날 병원에 간 건 순전히 은주의 극성 때문이었다. 학교에 가면서 꼭 병원 영수증을 보여줘야 한다고 어리광 같은 고집을 부리더니 매 교시 수업이 끝날 때마다 전화를 해대는 통에 어쩔 수가 없었다. 동네 병원에 갔더니 몇 가지 검사를 해본 뒤 '2차진료의뢰서'인가를 써주며 당장 큰 병원으로 가보라는 것이었다. 가슴이 철렁했다. 그리고 대학병원에서 꽤 여러 가지 검사를 받고 다시 예약을 한 오늘, 의사는 이름도 생소한 '류머티즘성 심내막염'이라고 알려주었다.

"류머티즘이면 관절이나 뭐 그런데……?"

아직 젊은 티를 다 벗지 못한 의사는 둥그렇게 뜬 환자의 두 눈을 힐끔 흘겨본 뒤 진료 차트를 향해 고개를 숙였다.

"류머티즘이라고 관절에만 오는 건 아니에요. 류머티즘은 쉽게 말하면 일종의 염증인데, 환자분의 경우는 오랫동안 방치해서 심장의 승모판막과 대동맥판막에까지 침투했어요. 여기 엑스레이 사진을 보세요. 여기 이 심장 뒤편에……."

의사는 엑스레이 사진을 가리키며 뭐라고 설명을 하는데 그녀로서는 도무지 알아들을 수 없는 소리였다.

"그럼 어떻게 해야죠?"

"수술해야죠."

너무도 태연하고 덤덤한 말투에 외려 오싹 소름이 끼쳤다. 수술이라니, 그러니까 칼로…….

"저…… 수술 말고 약으로는……?"

그녀의 더듬거리는 소리에 의사의 얼굴에는 금방 짜증이 묻어났다.

"환자분은 약물로 치료할 수 있는 상태가 이미 지났어요. 진작 병원에 왔으면 가능했을지 모르지만."

"수술을 하면 어디를?"

"가슴, 심장 부위요."

심장! 그녀의 낯빛이 하얗게 떴다.

"저, 약, 약으로 어떻게……?"

"환자분이 꼭 원하시면 약물치료를 시도해볼 수는 있겠지만 강한 소염제를 계속 투여해야 하기 때문에 위가 견디기 어려울 거예요. 위 검사 결과도 썩 좋지 않은데. 뭐, 본인의 생명과 관계된 일이니 알아서 결정하세요."

의사 입으로 생명까지 들먹이니 그녀는 눈앞이 캄캄해졌다.

"수, 수술이 위험하지는 않나요?"

"수술이란 건 어떤 경우라도 저희가 위험하지 않다고 장담할 수는 없습니다. 사람의 생명이란 게 강하기도 하지만 의외로 약하기도 하니까요."

"수술을 하면 얼마나, 몇 시간 동안이나……?"

"아무래도 가슴을 열어서 심장 뒤편의 염증을 긁어내야 하니까 몇 시간은 걸리겠죠."

연다? 그것도 가슴을……! 의사가 태연한 표정으로 한 말이 그녀에게는 저승사자의 주문이나 다름없었다. 순식간에 오만가지 생각이 뒤엉켜 번갯불보다 더 빨리 스치고 지나가지만,

기껏 50여 년 살아온 인생에 뭐 그리 남겨둔 게 많은지 온갖 상념이 끝없이 이어졌다. 그중에서도 아들 준수와 딸 은주의 얼굴이 또렷이 떠올랐다.

"도대체 내게 왜 그런 병이? 뭘 그리 나쁜 걸 먹거나, 많이 먹지도 않았는데……."

"류머티즘은 대게 유전적 기질에 의한 경우가 많아요. 특별히 염증을 유발하는 음식을 많이 섭취해서가 아니라 신체 자체가 면역력이 약한 경우죠, 보통 사람들보다."

유전적 기질이라니 당장 준수와 은주가 눈앞에 아른거렸다. 자신 때문에 아이들마저…….

"그걸 예방하려면 어떻게 해야 되나요?"

"예방이야 평소에 면역력 증강에 신경 쓰며 생활하는 게 최선이지만 지금 환자분은 거기에 해당하지 않아요."

"아, 알아요. 그, 그럼 수술을 하면 얼마나 더 살 수 있는 건가요?"

"예? 허……."

의사는 실소를 흘렸다.

"아주머니, 이건 그렇게 대단한 병이 아니에요. 수술해서 염증 긁어내고 항생제로 치료한 뒤 면역력 증강에 신경 쓰면서 생활하면 괜찮아요. 약한 관절 쪽 통증은 평생 어쩔 수 없겠지만요."

"시, 심장은요?"

"수술이 잘되면 그때부터는 지속적인 관찰과 적절한 치료로 충분히 재발을 막을 수 있을 거예요. 자, 어떡하실래요? 수술을 받으실지, 약물치료로 하실지…….'

"수술, 수술 받아야지요."

그녀의 단호한 대답에 의사는 책상 위에 놓인 달력을 끌어당겨 날짜를 맞춰보기 시작했다.

지금 그녀의 머릿속에는 오직 두 아이들밖에 없었다. 특히 원인이 유전적 기질이라면 아이들도 날벼락을 맞을 수 있다는 이야기였다. 그럴 수는 없었다. 절대 이대로 둘 수는 없었다. 면역력 강화가 무엇인지는 몰라도 최소한 아이들에게 해가 되지 않도록 해야 했다. 수술이 잘못될 수도 있겠지만 그거야말로 하늘의 뜻일 테고, 그 두려움 때문에 망설이다가 잘못되어 아이들이 위험에 내몰린다면 그야말로 천벌을 받을 일이었다.

7

"어이, 장성도! 공돌이로 돌아오더니 갈수록 신수가 훤해지는데."

뒤늦게 들어서는 그를 향해 양호가 먼저 손을 흔들어 보이자 다른 동창들도 친근한 눈길을 보내왔다.

"양호 저 친구는 아무리 중증 노안이라지만 내 얼굴 보고 신수가 좋다면 어떻게 되는 거냐?"

"아니야, 너 진짜 좋아 보여. 이 어려운 시절에도 멀쩡한가 봐?"

"어떻게 괜찮을 수가 있냐. 벌써 1년도 넘게 손 놓고 있는 꼴이다."

"그럴 거야. 특히 요즘 건설 쪽은 사대강 사업에 끼어들 토

목이라면 모를까, 나머진 다 위태위태하지."

"그런데 성도 쟨 어떻게 얼굴색도 안 변해? 완전히 포커페이스잖아."

"저 친구 원래 낙천적이었잖아."

"맞아, 대책 없는 낙관주의자였지. 그래서 유신이다 뭐다, 세상이 아무리 시끄러워도 다 잘돼가는 과정일 거라며 제 할 일만 했지."

"그래서 눈총도 받았고."

"하마터면 요즘말로 왕따당할 뻔했지."

"그래서 무슨 잘못된 거라도 있어? 세상 잘못 굴러간다고 떠들던 사람들은 뭘 그리 잘나서? 기껏 나라 거덜낸 사람들 혼쭐만 빼놨잖아."

"맞다, 나도 그때 하마터면 완전히 거덜날 뻔했지. 생각해보면 안 된다, 안 된다 하는 놈들은 정말 되는 일 하나도 없고, 안 될 것 같아도 될 거라고 믿고 움직이는 놈들이 뭐든 만들어냈어."

저마다 한마디씩 거들다가 창주가 나서자 모두 한꺼번에 고개를 끄덕였다. 창주는 고등학교 동창들 중에서 가장 규모가 큰 기업을 경영하고 있었다. 비록 재벌그룹 자동차회사에 기계부품을 납품하지만 창주 회사에 문제가 생기면 자동차 공장의 생산라인이 멈출 정도의 규모에 기술력도 세계적으로 인정

받는 터였다. 대학도 나오지 않은 공고 출신이 일군 성과로는 가히 기적이라 할 만했다.

"어쨌든 이제 성도까지 모였으니 우리 건배 한번 해야지. 자! 한국공고, 한국 공돌이들을, 위하여!"

"공돌이, 파이팅!"

모두가 가난으로 대학이라는 꿈을 버리고 공고를 택해야 했던 친구들이었다. 서러웠고, 모진 세상 속에서 부대끼며 마음속에 원망이 가득했다. 인문계 고등학교 교복을 입은 또래 아이들을 보면 까닭 없이 주눅 들었고, 여학생을 마주치면 창피한 생각이 들었다. 괜한 자격지심이 아니었다. 인문계 사내 녀석들은 은근히 깔보는 눈치였고, 여학생들 중에는 숫제 경멸의 눈빛을 감추지 않는 경우도 흔했다. 그렇지만 주눅 들고 창피하다고 다른 길을 찾을 수도 없었고 원망하고 미워하기에는 살아내야 할 일이 더 급했다. 아니, 원망하고 미워할 시간조차 없었다. 무엇이든 해야 했다. 그 시절 '불가능은 없다'는 나폴레옹의 금언만이 그들의 등불이었다.

그렇다고 모두 공돌이가 된 것만은 아니었다. 성도 자신처럼 전공과 상관없이 건설회사에 들어가 청춘을 살아낸 사람도 있었고, 양호처럼 기어이 대학을 들어가 기술연구소의 연구원이 되거나, 공고 선생이 되어 저들 말마따나 '고급 공돌이'가 된 친구도 있었다. 그러나 대부분은 고등학교를 졸업하자마자 각자

전공에 따라 공돌이, 아니 공장 생산라인이나 현장의 기능공이 되었다. 그래도 지나고 보니 다들 잘 살아냈다. 또 지금도 그럭저럭 잘 살아가고 있었다. 다른 어떤 이들보다 말이다.

사실 기술 있는 사람은 생각보다 훨씬 유리한 패를 쥔 격이었다. 비록 처음에는 시커먼 기름때를 묻히고 햇볕 따가운 현장에서 구슬땀을 흘려야 했으니 고되고 볼썽사나웠지만, 결국엔 다른 누구보다 크고 흔들리지 않는 보상을 얻을 수 있었다. 굳이 '명장'이라는 타이틀을 거머쥐어 '경영 CEO'와 어깨를 나란히 하는 '기술 CEO'가 될 만큼 출세하는 경우는 드물어 제쳐두더라도 각자의 분야에서는 책임자 노릇을 했다. 회사가 완전히 문을 닫지 않는 한 숙련 기술자의 자리는 쉽사리 흔들리지 않았고, 회사가 어려우면 어려울수록 기술력으로 활로를 찾는 경우가 많았다.

"성도, 넌 그래도 그 바닥에서 잔뼈가 굵었으니 견딜 만하지?"

초창기에 동창들과 달리 공돌이 세상에서 조금 벗어나 부러움 어린 눈총을 받는 동안 가까워진 양호가 살갑게 물었다.

"야, 전관예우가 어디 한평생 가냐. 게다가 그 아이틴지 뭔지 때문에 이젠 한계에 왔다. 회사 넘길까 생각 중이야."

"그래? 그럼 뭘 하게?"

양호는 별로 놀랍지도 않다는 반응이었다. 그럴 수밖에, 기술의 세상이란 말로 감추거나 속일 수 있는 곳이 아니니 돌아가는 사정이 뻔했다.

"파주쯤에 작은 공장 하나 만들어서 기계나 몇 대 들여놓고 이것저것 한번 만들어봤으면 싶은데 어떨지 모르겠다."

"느지막이 기계과 전공으로 돌아가겠다? 뭐, 나쁘지 않네."

"너, 네 일 아니라고 무성의하게 그러기야?"

"아니야, 진심이야. 기술자 소리 들으며 월급 꼬박꼬박 받다가 회사 어려워져 그만둔 친구들도 다들 비슷한 길 가잖아. 뭐, 개중에는 저 사는 동네에서 이것저것 수리해주는 가게를 연 친구들도 있더라."

"그런 가게가 돼?"

"요즘 사람들 전기 퓨즈만 끊어져도 어쩔 줄 몰라 하는 경우 많잖아. 남자 없이 사는 집들도 많고. 괜히 허황한 욕심 부리다가 헛발질하느니 마누라랑 둘이 노후 걱정 안 하고 살 길 찾아야지. 그거 괜찮나 보더라."

"그럼 나도 한번 해볼까?"

"자식. 불가능은 없다, 무조건 잘될 거야, 하며 밀어붙이던 뚝심은 다 어디 가고?"

"양호야, 성도 저 자식 부자 몸조심하는 거다."

"그런가?"

앞자리 친구의 비아냥에 양호도 짓궂은 눈빛으로 이죽거렸다.

"그래, 아들 하나 있으니 부자父子는 맞다. 그런데 회사는 정리해봐야 몇 푼 남지도 않을 거다, 이놈들아."

"하하, 그래도 기왕 마음먹은 거 한번 해봐. 넌 출장 핑계로 돌아다니며 본 게 많으니 차분히 생각하면 대박거릴 찾아낼지도 모르잖아. 그땐 연락해라, 나도 때려치우고 동업할게."

"뭐? 너 진짜다. 그동안 기술지도도 좀 해다오."

"허, 자식이 바로 발목 잡네. 그래, 좋다. 하하하."

약속이 될 수야 없겠지만 그래도 마음 든든했다. 성도는 아내 생각에 찜찜하던 마음이 한결 개운했다. 사실 일이 잘 안 돼 남겨줄 게 없을까 걱정이지, 제대로 되기만 한다면야 그럭저럭 살아갈 터였다.

"성도 너, 지금 공장부지가 얼마나 돼?"

다른 친구들과 말을 섞고 있던 창주가 물어왔다.

"그건 왜?"

"너 회사 정리할 거면 공장부지 나한테 넘겨. 넌 나름대로 실적이 괜찮으니 면허를 넘기기는 수월해도 아마 요즘 같은 불경기에 공장까지 넘기기는 쉽지 않을 테니까."

"그 공장부지에서 뭐하게?"

"우리 기술연구소를 서울 근교로 옮길 계획이야. 아무래도 연구소가 지방에 있으니까 능력 있는 인재들을 확보하기 어려워."

"그래도 우리 공장부지는 너무 작을 거야. 그나마 내 소유지는 얼마 안 되고 나머지는 자치단체에서 임대한 거야."

"그러니까 내가 임대권을 승계받으면 자금 부담이 적을 거 아니냐. 대신 임대권에 대한 권리금은 제대로 쳐줄게. 또 우리 연구소 샘플 제작에 협조도 좀 하고."

"내가 어떻게 너희 같은 고급 연구소 샘플 제작을 할 수 있겠어?"

"너 기계과 출신이잖아. 또 네 얘기 들었는데 그런 마음 먹을 정도라면 그동안 기계에 관심은 두고 있었다는 이야기네. 기본을 갖춘 데다 정직하고 뚝심 있으면 되는 거지 뭐. 요즘 사람들 된다 하는 가능성보다는 먼저 이익부터 생각하는 잔머리에 아주 질렸어. 그래서야 같이 일해볼 마음이 생기겠어? 일을 하다 보면 손해를 보기도 하겠지만 또 한편 그게 자산이 되기도 하잖아. 그렇다고 너무 겁먹지는 마라. 너한테 손해를 끼칠 만큼 철면피는 아니니까."

"그런 건 아니야. 오히려 내가 제대로 못 해내서 너한테 피해를 줄까봐 걱정하는 거지."

창주 말대로면 나쁘지 않았다. 그런데 하나 걸리는 게 있었다. 다름 아닌 직원들이었다. 원래는 고용승계를 조건으로 공장까지 일괄로 넘기려 했는데 창주의 제안에 따르자니 서른 명 가까이 되는 직원들은 모두 일자리를 잃을 판이었다.

8

기껏 업계 관계자 서넛을 만나 회사를 매각할까 운을 뗀 정
도였는데 벌써 소문이 들려온 모양이었다. 말은 안 해도 술렁
이는 분위기가 단박에 느껴졌다. 어떻게든 직원들의 자리는 지
켜보겠다는 사장 생각을 알 턱이 없으니 더욱 그럴 것이었다.
하지만 짧아도 3~4년 이상을 같이 일해왔는데 그처럼 못 미
더워하다니 싶어 조금 서운했다. 공장보다는 사무실 직원들이
더 그런 듯했다. 아무래도 경기가 불안할 때는 기술직보다는
사무직 쪽이 더 자리 잡기가 어려울 테니 그럴 만도 했다. 어쨌
거나 무슨 큰 죄라도 짓고 있는 기분이 들었다.

공장의 이 부장이 사무실에 들른 것은 퇴근 무렵이었다. 자
리에 마주 앉아서도 쭈뼛거리는 품이 특별한 용무 때문은 아

닌 눈치였다.

"왜, 소주 생각이라도 나서 들어온 거야?"

성도는 얼마 전 공장에서 소주를 사겠다던 말이 생각나 무심히 물었다.

"아닙니다, 술은 요즘 날마다 마셔대고 있습니다."

대꾸가 뒤틀려 있었다. 성도는 무슨 일인가 싶어 물끄러미 그를 바라보며 다음 말을 기다렸다.

"회사 내놓으셨다고요?"

"응? 아, 뭐 꼭 그런 건 아니고……."

이렇게 대놓고 물으리라고는 생각지 못했던 터라 성도는 순간 당황하여 더듬거렸다.

"벌써 업계에 소문이 파다합니다. 다들 그래도 탄탄한 회산데 무슨 일이냐 묻고요. 심지어 공장 직원들은 10년 넘게 직원들 피땀으로 키워온 회사를 사장님 개인회사로만 생각하는 거 아니냐 서운해합니다."

이 부장의 말투에 가시가 돋은 이유를 짐작할 수 있을 듯했다. 어쩌면 구색만 갖추고 있던 노조가 텔레비전으로나 보던 일을 벌일지도 모른다는 생각이 들어 성도는 등줄기가 서늘했다. 그로서는 본사의 사무직을 걱정했는데 생각지도 않게 공장 직원들이 동요하는 모양이었다.

"이 부장도 알잖아, 벌써 몇 년째 현상유지도 어렵다는 걸."

"그렇다고 회사를 팔면 공장 직원들은 어떡하라고요? 정히 어려우면 일부 직원을 내보내더라도 경기가 나아지길 기다려 보든가 해야지요."

"누굴 내보내?"

"예? 그, 그건……."

"이 부장이 먼저 나갈 거야?"

성도의 질문에 이 부장은 입을 다물며 고개를 숙였다.

"직원들이 술렁거려도 이 부장 같은 사람이 다독여야지, 같이 그러면 어떡해? 당장 무슨 결정이 난 것도 아니지만 난 어떤 경우든 직원들 고용승계를 최우선 조건으로 할 생각이야. 그리고 공장 직원들은 다들 기술이 있는데 뭐가 걱정이야. 사무실 직원들이 걱정이지."

"아무리 기술이 있어도 일자리가 그리 쉽게 찾아지나요. 뭐. 대부분은 열악한 환경에서……."

이 부장은 또 슬며시 입을 다물었다. 말을 하다 보니 지금 환경이 나쁘지 않다는 사실을 스스로 인정하는 꼴이 된 것이다. 성도는 모르는 척 말을 돌렸다.

"그리고 자네들 피와 땀이라고 하는데, 물론 나 역시 그거 모르지 않고 고맙게 생각해. 그렇지만 내 무능도 있지만 세상이 회사를 이리 어렵게 만들 때 자네들은 무슨 책임을 지는데? 공장부지 융자금이나 기계 리스 대금도 다 못 갚았는데 그런 건 죄다 내 책임 아니야? 책임은 나만 지고, 회사는 자네들 피땀으로 만들었다니 좀 지나치잖아. 아니, 그보다 지금 결정된 게 뭐 있어? 나도 운만 떼어본 거고, 결정을 내릴 때가 되면 어련히 자네들과 상의하겠어? 그러지들 마. 이웃이 장에 간다고 우르르 따라가면 앞으로 누군들 무슨 일을 벌이려 하겠어."

"뭐 꼭 그런 뜻은 아니었고…… 다들 걱정이 되니까……."

"불안한 마음들은 알아. 그래도 날 믿고 기다려봐. 사실 회사를 매각할지 여부도 확실히 결정한 건 아니야. 조건이 안 맞으면 나도 억지로 정리할 생각은 없어. 다만 그럴 경우 사람을 줄여야 되는데…… 그건 정말 못 할 짓이잖아……."

"알겠습니다. 그럼 그렇게 알고……."

이 부장은 쭈뼛거리며 자리를 털고 일어섰다.

"온 김에 저녁이나 같이 하고 가든지?"

"아닙니다. 다음에 공장에 오시면 그때 제가……."

막내일로 뒤숭숭했던 마음이 엉뚱한 곳으로 흘러가버린 셈이었다. 한번 마음이 흔들리자 쉽게 가라앉지 않았다. 무엇보다 회사 사정이 어렵다고 일부 직원만 내보내는 일은 절대 하고 싶지 않았다. 그럴 때 회사를 나가야 하는 사람들의 열패감과 낭패감은 자신이 직접 겪어서 누구보다 잘 아는 터였다. 동료들에 비해 자신만 어딘가 부족한 사람 같았고, 특히 아내나 자식들과는 한참을 눈길조차 마주치기가 어려웠다. 내가 낳아 기른 자식인데도 뭘 똑바로 하라는 소리조차 할 수 없이 부끄럽고 무능한 신세를 절감하던 날들…… 죄인도 그런 죄인이 없었다. 아침이면 아무 갈 곳도 없으면서 쫓기듯 집을 나와 처음에는 개인사업을 하는 친구들 사무실이라도 기웃거렸지만 그것도 하루이틀이지 눈치가 보이게 마련이었다. 그렇다고 등산이나 다니기는 싫었다. 그렇게 한번 도피를 시작하면 다시 세상 속으로 돌아오지 못할 것 같았기 때문이다.

'난 공돌이가 되려고 결심한 적도 있었는데!' 어느 날 문득 그런 생각이 들었다. 그리고 '내가 명색이 기계과 출신이잖아!' 하는 생각이 이어졌다. 뭔가 할 수 있을 것 같았다. 아무런 꿈도 꿀 수 없는 채로 오로지 살아남아야 한다는 생각뿐이었지만 그래도 무작정 '할 수 있다!' '해낼 거야!'라는 투지와 희망을 갖게 되자 훨씬 살 만하지 않았던가. 누가 예측하고 생각이나 했을까. 그 빈주먹의, 꿈조차 꿀 수 없는 처지에서 가족을 건사하며 이만큼 살아낼지. 그래, 이번에도 할 수 있을 거야! 그게 뭔지는 몰라도 해낼 수 있을 거야! 더구나 난 기계과 출신이잖아! 오래 접어두기 했지만 그래도 배워둔 기술이 있잖은가!

그의 뜻에 아무 말 없이 가족의 비상금이 될지도 모를 퇴직금을 내준 아내도 회사가 자리를 잡자 그랬다. "당신이 아무 기술도 없이 음식점이나 편의점 같은 걸 하자고 했으면 절대 퇴직급 안 내줬을 거예요. 기술이 뭔지는 몰라도 기계과 출신을 들먹이는데 믿어도 될 것 같은 마음이 들었어요."

그런데 어찌된 노릇인지 기술을 가진 공장 직원들이 사무실 직원들보다 먼저 엉뚱한 생각을 하고, 그런 말을 입에 담다니. 못내 씁쓸했다.

요즘처럼 전망이 어두운 상황에서 완전한 고용승계라는 조건을 지켜내기는 아무래도 어려울 것 같았다. 아무도 다치지 않게 하려면 일단 원점으로 돌릴 수밖에 없는데 그럴 경우 회사는 서서히 고사할 판이었고, 무엇보다 막내를 돌볼 수가 없었다. 하지만 어떻게 그럴 수 있겠는가. 지금도 천금 빚을 진 기분인데 아예 모르는 척 외면할 수는 없는 노릇이었다.

다시 생각에 골몰하던 그는 문득 창주를 떠올렸다. 아예 창주가 제의한 대로 해버려……? 못 할 것도 없었다. 사실 이 부장의 그런 태도에 정나미가 떨어지기도 했다. 자신들의 피땀이라고? 어떻게 그게 저희들만의 피땀이겠어! 나는 가족의 비상금이 될지도 모를 전부를 걸었고, 40년 넘게 인연을 맺어온 이들에게 마음의 빚을 지며 회사를 지켜왔어. 저들은 가족을 먹여 살리기 위해 피땀을 흘렸지 회사를 그만큼 생각한 건 아니었잖은가. 회사가 잘못되면 그들 중에서 책임을 나누자고 나설 사람은 아무도 없어. 그럼에도 난 저들이 마음에 걸려 최선의 방안조차 포기할 생각을 하고 있는데! 생각할수록 배신감에 울화가 치밀었다. 좋다, 막내를 생각하자, 나만 생각하자.

그는 전화기를 꺼내 창주의 번호를 찾아 통화 버튼을 눌렀다.

9

 남편은 무슨 언짢은 일이 있었는지 오늘도 잔뜩 취해서 들어와 양말을 신은 채로 침대 위에 쓰러졌다. 벌써 며칠째 병에 관한 이야기를 꺼내보려던 윤미는 점점 서운한 마음이 더해갔다. 아직 이야기를 꺼내지도 않았으니 서운해할 건 아니라고 마음을 달래보기도 하지만 말할 기회조차 안 주는 남편의 행동에 어쩔 수 없이 서운함이 밀려왔다.

 함께 산 세월이 스무 해가 넘으니 그녀도 남편을 모르지 않았다. 술을 즐기기는 하지만 대부분 회식이나 인간관계를 유지하기 위한 자리에서 마실 뿐이었다. 그렇게 술을 마신 뒤에는 취기에 따라 호기를 부리는 날도 있었지만 대개는 미안한 기색으로 조용히 잠자리에 들었다. 간혹 아주 기분이 좋은 날에는 자신을 식탁이나 소파에 앉히고 손수 안줏거리를 챙겨와 한잔하는 날도 있었다. 그런 때는 사소한 집안일이나 아이들 이야기를 나눴다. 하지만 좋지 않은 일이라도 있어 술을 마시는 날에는 대부분 폭음이었고, 오늘처럼 양말도 벗지 못한 채 꼬꾸라졌다. 혹여 적게 마셨거나 아예 마시지 않았다면, 침대에 눕기나 안방 조그만 의자에 앉아 두 눈을 꼭 감고 침묵에 잠겨 집안 분위기를 긴장시키곤 했다. 그러니 요 며칠 음주는 분명 좋지 않은 일로 깊은 고민에 빠져 있다는 증거였다.

아마 전 같았으면 남편의 고민이 무엇일까 이것저것 되짚고 따져봤을 테니 갑자기 회사를 정리하겠다던 얼마 전의 이야기를 떠올렸을 것이다. 그러나 지금은 그녀도 자기 생각에만 빠져 있었다. 사실 그날 회사를 정리하겠다는 이야기에 선뜻 동의한 것도 자신의 생각에만 빠져 있던 탓이었다. 그녀는 자신의 병이 가볍지 않다는 사실을 알면서부터 내내 두 아이들만을 생각했다. 대개 여자가 남자보다 오래 사는 편이니 자신이 남편보다 먼저 세상을 떠나리라는 생각은 해본 적이 없었다. 그런데 이제는 그게 아니었다. 수술이 아무리 잘된다 하더라도 의사 말을 종합해보면 결코 완치될 병이 아니었고 결국 남편보다 일찍 세상을 뜨고 말 듯했다. 그럴 경우 아이들은…….

물론 남편을 믿지 못하는 것은 아니었다. 남편은 자상하지는 않아도 심지가 깊은 사람이었다. 자신이 먼저 떠나도 여전히 자식들의 아버지로서 최선을 다할 것임을 믿어 의심치 않았다. 그러나 세상살이가 마음먹은 대로 되는 일인가. 남편은 한마디로 대책 없는 낙관주의자라 할 수 있었다. 그녀의 걱정은 '낙관주의'가 아니라 '대책 없는'에 기인했다. 그렇다고 남편이 '불가능은 없다' 같은 거창한 의지를 가진 것도 아니었다. 그저 '잘될 거야' '하면 될 거야', 그리고 성과가 없으면 '어쩔 수 없잖아' '다음번에는 잘되겠지' 식의 대책 없이 헐렁한 낙관주의자. 어쩌면 그렇게 낙관적인 데다 어렵다고 판단되면 오기 부리지 않고 재빨리 포기하는, 무력해 보이는 성품 덕에 큰 굴곡 없이 이만큼이나마 살아왔는지도 몰랐다. 그러니 탓을 할 바도 아니었다. 하지만 자식들의 장래를 그런 남편에게 전적으로 떠맡길 수는 없었다.

아마 남편은 변하지 않을 것이다. 얻으면 얻는 대로 잃으면 잃는 대로, 어떤 경우에도 큰 불평 없이 무슨 일인가를 하면서 있는 듯 없는 듯 살아낼 것이다. 평생 그렇게 살아왔다. 직장에서도 보직이나 승진에 목을 매지 않았고, 사업을 시작하고서도 큰 성공을 바라지 않았다. 그냥 숨을 쉴 수 있고 살아낸다는 것에 만족하는 사람 같았다. 그녀도 살아간다는 것이 무엇보다 소중하다는 점에는 이의가 없었다. 하지만 '살아낸다'는 것과 '살아간다'는 것은 분명히 다르지 않겠는가. 그녀와 남편은 네 살 차이가 났지만 세월이 흐르면서 나이차는 잊어버렸다. 하지만 그 4년이라는 세월은 가끔씩 넘을 수 없는 벽처럼 느껴질 때가 있었다.

남편은 많은 것을 소중하게 여겼다. 자신의 손때가 묻고 땀이 밴 것이라면 더 그랬다. 지금도 옷장 한 귀퉁이에는 결혼 전에 중동 근무할 때 입었다는 낡은 작업복 한 벌이 세탁소 비닐에 쌓인 채 가지런히 걸려 있었다. 다시 입을 일도 없고 몸에 맞지도 않았지만 그는 가끔씩 작업복을 꺼내 좀이 슬지 않았나, 살펴보는 눈치였다. 땟거리를 걱정해야 하는 절박한 가난에 시달리던 세월이었으니, 삶이 생존으로 여겨졌을 고비를 넘어온 그였으니 이해하지 못할 바는 아니었다. 하지만 그만큼 절박하지는 않았어도 그녀 역시 고졸로 학업을 끝내야 했을 정도로 가난이라는 시대의 아픔을 함께 겪었다. 그런데도 남편처럼 살아냈다는 생각은 들지 않았다. 살아왔을 따름이다.

4년이라는 세월이, 가파른 변화 속에 시대의 질곡을 관통한 4년 세월이 그토록 큰 차이를 가져온 걸까?

어쨌거나 이제 아이들은 달랐다. 예쁘고 가슴 벅찬 꿈으로 가득했다. 자신이나 남편으로서는 생각조차 해보지 못한 바람들이었다. 군대에 가 있는 아들 준수는 컴퓨터로 만화영화를 만들겠다는 꿈을, 딸 은주는 그림으로 세상 사람들에게 제 마음을 펼쳐 보이겠다는 소망을 품고 있다. 따져보면 전에도 어떤 사람들은 비슷한 꿈을 꾸었겠지만 지금 아이들의 꿈은 밝기가 다른 듯했다. 살아내기 위해, 살아가기 위해 꾸는 꿈이 아니라 그 자체로 장밋빛인 꿈을 꾸는 아이들. 사실 그게 무엇인지 명확히는 모르지만 그렇게 마음껏 꿈을 꾸며 살 수 있도록 뒷받침을 해주고 싶었다. 그런데 남편은 그런 아이들의 꿈은 조금도 생각하지 않는 것 같았다. 준수가 컴퓨터를 전공으로 선택할 때도 그럼 취직은 무난하겠구나 한마디 했을 뿐, 기술자나 엔지니어의 전공 정도로만 받아들였다. 은주가 그림을 그리겠다고 했을 때도 생계를 책임지지 않아도 되는 여자니까 별 상관없다는 눈치였다. 그런 남편에게 어떻게 아이들의 미래를 맡길 수 있겠는가.

마침 무슨 까닭인지 남편은 회사를 정리하겠다는 뜻을 내비쳤다. 그 순간 그녀는 이제 아이들 장래를 위해 제대로 준비할 수 있겠구나 하는 생각만 들었다. 그렇게만 할 수 있다면 지금의 서운함도 훌훌 털어버릴 수 있는 티끌처럼 여겨질 터였다.

"엄마, 나 배고프고 졸려."

자정이 가까워서야 지친 몸을 끌고 들어서는 은주가 어리광부리듯 말했다.

"이 밤에 뭘 먹니, 살찔 텐데? 토마토 주스 만들어줄까? 그래, 그거라도 한잔 마시고 자."

"응, 그런데 아빠는 안 들어왔어?"

"아니야, 일찍 들어와서 주무셔."

"또 술?"

은주는 이내 인상을 찌푸렸지만 윤미는 그저 가볍게 고개를 끄덕이며 냉장고를 열었다.

"아빠, 무슨 안 좋은 일 있는 거야?"

"뭐 큰일이야 있겠니. 이럴 때도 있고 저럴 때도 있지."

"하긴. 그런데 난 진짜 아빠는 이해가 안 돼."

"뭐가?"

"어쩌면 그렇게 자신을 아낄 줄 몰라? 우리 집이 그렇게 가난하진 않은데도 만날 일일일, 오직 일밖에 모르잖아. 엄마 그거 생각나? 나 중학교 1학년 때 우리 모두 일본 여행 갔을 때."

남편이 직장에서 퇴직하고 회사를 차린 몇 년 뒤였다. 그때까지 처음이었고 아직까지도 유일한 가족동반 해외여행. 그것도 남편이 마음먹고 떠난 게 아니라 큰 공사가 끝나고 발주를 했던 시공사에서 협력업체에 선물로 준 여행상품권으로 떠난 것이었다.

"그때 아빠 때문에 우리가 얼마나 창피했어?"

그랬다. 한 가족만이 아니라 다른 협력업체 사장 가족들도 함께 떠난 여행이었는데 남편은 어딜 가나 건물의 소방시설을 살펴보느라 일행을 놓치기 일쑤였다. 다른 곳으로 이동해야 하는데 한 사람이 없어졌으니 기다리다 못해 몇 사람이 찾아나서다 보면 건물 중앙에 서서 천장을 바라보며 넋을 놓고 있

거나 복도의 소화전 같은 데서 골똘히 생각에 잠겨 있었다. 어
느 날 하루는 숫제 아침부터 몸이 안 좋다며 투어에서 빠지더
니, 저녁 무렵 돌아와 보니 하루 종일 기계 상가와 서점을 돌
며 사다놓은 여러 부품과 책을 들여다보며 혼자 생각에 빠져
있기도 했다.

"창피할 건 뭐 있어. 나중에는 다른 사장님들도 아빠한테 배
워야 할 점이라고 그랬잖아."

"피, 그래도 여행은 여행인데. 아무튼 난 그런 면은 정말 싫
어. 아니지, 가끔은 불쌍하다는 생각이 들기도 해, 쉬고 즐길
줄 모르니."

은주의 불쌍하다는 표현에 윤미는 피식 웃음이 나왔다. 버
릇없이 들릴 수는 있어도 그 마음은 기특했다. 이해하지는 못
해도 미워하지는 않는 그 마음이. 하긴, 미워할 까닭이 없었다.
아버지이고, 생각은 조금 달라도 자식 일이라면 누구보다 사려
깊은 사람이라는 건 누구보다 아내인 자신이 잘 알았다.

"넌 가난이란 걸 몰라서 그래."

"치, 사람들 대부분은 자신이 가난하다고 생각해. 그렇지만
가난이란 마음먹기 나름인 거야. 자기 삶의 주인공이 되면 결
코 가난하다는 생각을 할 수 없어. 화가는 그림 자체를 사랑해
야지, 이 그림이 얼마에 팔릴까를 생각하면 그때부터 내내 자
신이 가난하다는 생각에서 헤어나오지 못하고 좋은 그림은 절

대 그릴 수 없게 되는 거야."

너무도 어른스러운 말에 윤미는 두 눈이 휘둥그레졌다. 은주는 이내 까르르 웃음을 터트렸다.

"사실은 오늘 레슨 하는 선생님이 그렇게 말했어."

"그래서, 그 말이 이해는 되니?"

"아니, 내가 그걸 어떻게 이해하겠어. 지금 내 머릿속엔 오로지 실기시험 생각뿐인데."

천연덕스러운 은주의 대꾸에 그녀는 자기도 모르게 웃음 지었다. 어쨌거나 도화지에 색이 스미듯 곱게 물들어가는 딸의 마음이 예쁘게 느껴졌다. 그래서 더더욱 아이들 뒷바라지에 신경을 쓰게 되는지도 몰랐다.

"그래, 네 생각대로 해보렴. 그렇지만 아빠는 아빠대로 이해해야 해. 절박한 가난, 그건 정말 겪어보지 않은 사람은 알 수 없는 거야."

"절박한 가난?"

"응, 아빠가 공고를 간 이유는 수업료도 안 받고 학교에서 먹여주고 재워주기까지 했기 때문이야."

"우와! 그런 학교가 있었어?"

은주는 믿기지 않는다는 표정이었다.

"응. 그때 우리나라는 아주 가난했거든. 세계에서 가장 못사는 나라를 꼽으면 금방 몇 손가락 안에 드는. 그래서 나라에서는 자원도 없고 사람 머릿수만 많은 우리가 살 수 있는 길은 기술 인재를 양성하는 것뿐이라고 생각해서 가난한 인재들에게 그런 혜택을 주고 기술교육을 시켰던 거야. 덕분에 이만큼 잘사는 나라가 된 거고. 그러니까 아빠는 우리나라가 가난을 벗어나는 데 꽤 공헌을 한 셈이고, 괜찮은 기술자, 아니 엔지니어지."

"아, 엔지니어. 그래서 아빠가 기계 만지는 걸 그렇게 좋아하는구나."

"그렇지."

"그런데 학비도 못 내는 가난을 벗어났으면 이젠 가끔 쉬어도 되는 거 아니야?"

"그러게. 그런데 내가 보니까 너희 아빠는 이제 치료할 수조차 없는 일중독증에 걸린 것 같아."

"일중독증? 아, 무슨 뜻인지 알겠다. 내가 뭐랬어, 아빠가 불쌍하다고 했잖아. 아, 참. 엄마, 병원에서는 뭐래? 가슴은 좀 어때? 검사 결과는 나왔어?"

은주는 일중독증 얘길 하다 뒤늦게 생각이 났는지 긴장한 얼굴로 물었다. 윤미는 은주가 비운 주스 잔을 집어 들고 개수대를 향해 돌아섰다.

"응, 별거 아니래. 약 먹고, 안정하면……."

"아빠는 여태 모르지, 엄마 아픈 거?"

"내가 애길 안 했어. 별것도 아닌데 뭐하게."

"그래도 남편이라는 사람이 아내 아픈 것도 제꺼덕 눈치 못 채? 그러니 아무리 잘해도 결국은 꽝인 거야. 아무래도 내가 내일 아침에 바가지 좀 긁어야겠다."

"못써! 그리고 아빠 요즘 힘든 거 같더라."

"그런가? 에이, 그거만 아니면 나도 바가지 긁는 연습 좀 하겠는데, 봐준다."

"이번 주말에 엄마랑 같이 오빠 면회 한번 갔다 올까?"

"뭐하게? 이제 곧 휴가 나올 텐데."

"그래도……."

"피, 아들이라고. 뭐, 그러던가. 그럼 나도 핑계 김에 이번 주말에는 땡땡이 칠 수 있는 거네. 와우!"

수술 전에 준수 얼굴이라도 보고 와야 할 것 같았다. 혹시 수술이 잘못되기라도 한다면…… 그 생각이 들자 괜스레 눈이 아려왔다.

10

 땅과 관련한 각종 서류들과 공장 설계도 따위를 꼼꼼히 살펴
본 창주가 마침내 고개를 끄덕이며 눈길을 들었다.

 "응, 오래전에 한 번 본 기억만으로 너희 공장부지가 괜찮
겠다고 생각했는데 역시 그래. 좋아, 가격 조건도 그 정도면 충
분히 수용할 수 있고. 그런데 넌 새 공장을 생각한다면서 땅은
봐둔 거야? 파주 어디라면서?"

 창주가 일단 별다른 이의 없이 만족해하니 마음이 놓이기
는 했지만 성도의 마음 한켠은 여전히 무거웠다. 생각지도 않
았던 공장 직원들의 태도에 화가 치밀어 창주를 만났지만 격
한 감정은 잠깐이었다.

 "아니, 그보다도……."

성도의 머뭇거림에 창주는 여유 있는 웃음을 지어 보였다.

"괜찮아, 뭐든 말해. 돈이 급한 상황이라면 일부는 내일이라도 입금해줄게."

"아니, 그런 게 아니라…… 우리 직원들 그대로 쓸 수는 없을까?"

"뭐? 야, 성도야. 너흰 소방설비고 우린 자동차 부품이야. 같은 영업이라고 해도 방향이 전혀 달라."

"아니, 본사 직원들 말고 공장 직원들."

"공장?"

터무니없어 하던 창주의 표정이 조금 가라앉자 성도는 술잔을 들어 입술을 적시고 조심스럽게 운을 뗐다.

"응, 한 서른 명 되는데 무작정 공장을 없애면 직장을 잃게 되잖아. 다들 딸린 가족이 있는 사람들인데."

잠깐 생각에 잠겼던 창주는 보일 듯 말 듯 고개부터 내저었다.

"그건 아무래도 어렵겠다. 말이 같은 기계지 자동차부품하고는 기본적으로 달라서 적응하긴 어려울 텐데."

"그래도 기계를 다루던 사람들이니까 금세 숙련될 수 있을 거야."

"그뿐만이 아니야. 너희 공장 직원들도 경력을 인정받으려들 텐데, 그건 우리뿐 아니라 대부분 부담스러워하지. 차라리 외국인은 괜찮은데, 몇 명이나 돼?"

"일곱 명."

"체류허가나 비자는 문제없어?"

"응, 다섯 명은 문제없어."

"그 사람들은 신규채용 조건으로 받아줄 수 있어."

"그럼 비자에 문제 있는 두 사람은 내가 새 공장으로 데려갈 테니 나머지 사람들도 한번 고려해봐."

성도는 점점 애원하는 투가 되었다. 미우나 고우나 10년 넘게 한솥밥 먹은 사람들인데 아무래도 마음에 걸렸던 것이다.

"마음 독하게 먹어. 아무런 문제도 없는데 땅 팔아서 노다지 챙기려는 것도 아니잖아. 이미 꼴아박은 건설경기 사정이야 그 사람들도 잘 알 거 아냐. 원칙대로 퇴직금 정산해주고 정리해."

"그래도 그게……."

"인정으로만 살 순 없다고. 그 사람들 네가 월급 줘서 먹고 살았잖냐. 여차하면 같이 망할 수도 있는데."

"창주야, 그래도……."

성도는 너무 구차한 게 아닌가 싶었지만 자신이 매달려 해결할 수 있으면 이보다 더한 짓이라도 할 수 있을 것 같았다.

"노조 차원에서 무슨 이야기가 나온 거지?"

갑자기 창주의 말투가 차가워졌다.

"아, 아니야. 우리 노조야 뭐 유명무실하지…….."

"노조에 무슨 유명무실이 있어. 요즘 너무 일상화돼서 억지만 부리면 뭐든 조금이라도 더 얻어낼 수 있다고들 생각해. 유명무실하던 게 하루아침에 투사가 된다고, 그게 노조야. 그 사람들, 투자한 사람의 자본은 하늘에서 떨어지기라도 하는 줄 아는지…… 정말이지 지긋지긋해. 이만큼 회사 키워오는 동안 별의별 일을 다 당해봤어. 막말로 하루아침에 알거지가 될지도 모른다는 불안감에서 하루도 헤어나본 적이 없었다니까. 아니, 그건 지금도 마찬가지야. 대기업에 납품하면서 불리한 대우 안 받으려면 기술로 당당히 끗발 세울 수밖에 없어. 그런데 그게 돈이 좀 들어가는 일이냐. 또 개발한다고 번번이 성공하는 거야? 돈만 잔뜩 집어먹고, 아무 쓸모 없거나 어느새 소용없어지고 마는 개발, 기술. 열에 아홉은 그렇다고. 난 그걸 전부 껴안아야 해. 여차 잘못되면 순식간에 길거리에 나앉게 된다는 이야기라고. 정말이지, 허울이 좋아 사장이고, 성공이지. 좀 좋은 차 타고 고급 식당이며 호텔 들락거리기는 한다만 매 순간 피가 마른다, 피가 말라! 그런데 그 사람들 뻑하면 딴죽이야. 매년 임금협상 때마다 파업은 당연한 수순이고. 난 이제 노조 차원의 뭐라고 하면 진절머리가 난다. 겁이 나서 뭘 할 수가 없어."

"아니, 노조 차원이 아니라니까. 그냥 내가 마음이 쓰여서 그러는 거야."

"네가 아무리 그렇게 말해도 속사정 뻔히 안다. 야, 솔직히 대기업은 또 어떤지 모르겠다만 우리 같은 중소기업에서마저 그러면 결국은 다 망하는 거야, 다 망한다고. 하지만 더 고통스러운 쪽은 그 사람들이야. 솔직히 나도 큰애 나가 있는 미국에 집 한 칸은 마련해뒀다. 겨우 고등학교 나와서 오늘까지 피땀흘려 일했는데 마지막 순간에 오갈 데 없이 죽을 수는 없잖아. 그래도 그 사람들, 이런 이야기 들으면 도둑놈, 매국노, 별 소리가 다 나올 거다. 그게 오늘 우리의 현실이야."

성도는 공연히 가슴이 뜨끔했다. 아니, 공연한 게 아니라 이 부장의 태도에서 자신도 그런 징조를 느꼈다. 회사를 자기네들 피땀으로 키웠다니…….

"그래, 그 심정 모르지 않아. 그렇지만 그 사람들도 처지가 막막하니까……."

혼자서 열을 내던 창주는 열을 식히기라도 하려는지 연거푸 두 잔이나 목구멍에 털어넣었다.

"난들 왜 모르겠냐. 바로 내가, 우리가, 공돌이 출신인데. 그런데 우린 그러지 않았잖아. 조금 억울하고 부당해도 다 죽어서는 안 되니까, 그래서는 우리 새끼들이 다시 우리가 걸었던 길을 걷게 될 테니까, 나 혼자 일단 깨지자. 그리고 다시 길을 찾았잖아. 그게 우리 살아온 생각, 아니 정신 아니야? 그런데 요즘 놈들은 그런 게 없어. 나중은 어떻게 되든 당장, 오직 지금만 중요해. 그래서 끝장을 보자고 덤비잖아. 자기 일이, 그게 자식이나 마찬가진데, 자식 생각도 안 해!"

"진정해. 그런 소리 백날 해봐야 씨알도 안 먹힌다. 세상이 바뀐 거야."

"세상? 젠장, 세상이 바뀌면 자식도 없고 내일도 없는 거야?"

"너 무슨 일 있었던 거야?"

성도는 뒤늦게 이상한 생각이 들었다. 창주도 그제야 멋쩍은 웃음을 지으며 고개를 저었다.

"그래, 내가 좀 흥분했다."

"왜?"

"가을이 다가오니까 또 들썩거린다. 이번에는 또 며칠이나 파업을 해서 얼마를 올려달라고 할지. 아, 요즘에는 비정규직까지 들고 나오니 정말 아득하다."

성도는 고개를 끄덕였다. 그리고 보면 자신은 지난 10여 년 간 그 방면으로는 큰 어려움 없이 회사를 끌어온 셈이었다. 별 다른 임금협상 한번 없이 매년 자신이 결정한 대로 받아들이고 소주잔 기울이는 회식에서 '위하여!'를 외쳤으니 말이다.

"뭐, 크게 걱정은 안 해. 이젠 연례행사니까 또 며칠 소란피우다가 그럭저럭 넘어가겠지. 그러니까 이렇게 다음 일을 생각해 연구소 옮기겠다고 널 만나고 있잖냐. 허허, 세상이 다 쇼 같다는 느낌이 들 때가 많다."

"지나치게 감정적이고. 언제나 좀 이성적으로 얘기하며 살 수 있을지……."

"그게 다 권력 때문이다. 일은 안 하면서 자리만 차지하는 권력. 진짜 노동자들 생각하면 그럴 수는 없는 건데."

"맞다. 희망을 갖게 해줘야 하는데 미움과 증오만 쌓게 하니 어떻게 이성을 찾을 수 있겠어."

생각이 다른 사람들도 있을 것이다. 하지만 두 사람은 그렇게 생각했다. 그들에게는 무엇보다 살아내는 게 중요했지만 그마저도 자식의, 후손의 내일과 미래를 위해서라면 기꺼이 포기할 용의가 있었다. 다시는 학비가 없어서 좌절하는 일은 없도록 하고 싶었다. 그것은 밥을 굶는 일보다 슬프고 두려운 악몽이었다. 꿈을 꿀 수 없고 희망을 가질 수도 없는 일이기 때문이다. 그러기 위해서는 보다 큰 무언가를 생각해야 하지 않을까. 당시 그들에게 그것은 나라였다. 눈앞이 캄캄한 청년에게 살 수 있다는 희망을 주었으니까. 비록 기름때 묻히는 꿈일망정 분명한 길을 열어주었다. 성도와 창주는 그 배움의 힘으로 이만큼 살아냈고 오늘도 살아가고 있는 것이었다.

이제 세상은 바뀌었다고 말한다. 그들이 살아낸 세월 동안 무수한 일이 일어났고 그들도 세상사를 모르지 않으니 바뀌기는 많이 바뀌었을 것이다. 그렇지만 바뀐 세상이 아무래도 수

상했다. 마지막이다 싶을 때 손 내밀어주었던 희망의 언덕은 도무지 보이지 않았다. 그래서 그들은 대단치는 않더라도 제 자식들에게 언덕 노릇은 해주어야겠다고 굳게 결심했다. 그런데 희망을 살리기 위해 희생 제물을 자청해보지도 않은 사람들은 자꾸 그들을 비난했다. 투쟁할 줄 모르는 나약한 사람들이라고. 자신과 자식만 생각하는 이기적인 속물이라고. 참으로 안타깝고 복장 터질 노릇이었다.

11

남편의 얼굴에서 옅은 술기운이 보이자 윤미는 굳은 얼굴로 먼저 소파에 등을 붙였다.

"얘기 좀 해요."

성도는 오늘 같은 날은 그냥 좀 내버려두지 생각하면서도 맞은편 소파에 지친 듯 주저앉았다.

"왜요? 밖에서 무슨 일 있었어요?"

"뭔데? 말해."

지친 남편의 모습에 윤미는 주춤했지만 성도는 만사 귀찮다는 듯 눈길도 마주치지 않은 채 퉁명스럽게 대꾸했다. 윤미는 은근히 서운함과 함께 울화가 치밀어 올랐다.

"회사 정리한다더니 어떻게 됐어요?"

"뭐?"

성도는 황당했다. 점점 어려워지기는 했지만 아직은 생활비를 늦게 준 적도 없었고, 두어 달 전에도 전보다 줄어들긴 했지만 얼마간 목돈을 가져다줬다. 그때 준 돈이 적어서 회사의 어려움을 짐작하고 정리를 하라는 것일까?

"당신, 회사가 어려워진다고 이젠 나까지 못 믿겠다는 거야? 그래서 회사 정리하라는 거야?"

"내가 언제 정리하라고 그랬어요? 당신이 먼저 정리한다고 했고, 정리되면 일단 그 돈 전부 나한테 주기로 했잖아요."

성도는 어이가 없었다.

"그래, 그렇게 말하기는 했어. 하지만 그렇다고 당신이 이렇게 재촉하듯 말할 필요는 없잖아!"

"내가 뭘 재촉했어요? 그냥 어떻게 되어가는지 물어보는……."

미안한 마음에 윤미가 말끝을 흐렸지만 성도는 입장이 달랐다. 정말이지 여기저기서 은퇴 은퇴하니까 자신마저 퇴물 취급하나 싶어 서러움마저 느꼈다.

"그게 재촉이 아니면 뭐야! 그리고 정리를 하면 내가 다른 공장을 한다고 얘기했는데 무슨 돈을 다 달라는 거야! 이제 무능력하니 손 놓고 놀라는 거야!"

"내가 언제 손 놓고 놀래요? 일단은 나한테 줘보라는 거지······."

"그게 그 소리지 뭐야!"

윤미는 여차하면 남편이 마음대로 해버릴지도 모르겠다는 생각이 들었다. 그럴 수는 없었다. 남편이 아무리 성실하게 노력한다 해도 위험은 어떻게 닥칠지 몰랐다. 더구나 남편은 직원들을 언제나 가족이라고 말하는 사람이었다. 말뿐이 아니라 진심으로 그렇게 여기는 사람이었다.

"아무튼 나한테 약속했으니까 지켜요."

그녀의 말투에서 고집이 느껴지자 성도는 더 화가 치밀었다.

"뭐? 그렇겐 못 해! 당신이 바깥일을 뭘 안다고 이래라 저래라야!"

"약속했잖아요!"

그녀로서는 당장은 그렇게 대꾸할 수밖에 없었다.

"그게 무슨 말이 되는 소리라고 약속이야, 약속이! 내가 어디 나 혼자 분탕질 치자고 하는 짓이야? 다 같이 살려고 애쓰는데 도대체 갑자기 왜 그래?"

"나는 다 같이 사는 거 관심 없어요. 나한테는 준수, 은주가 우선이에요."

"뭐? 아니, 그래서 이제 나는 못 믿겠으니 다 내놓으라는 거야? 나는 그놈들 애비 아니냐고. 어떻게 준수와 은주만 생각해! 나한테는 형제도 있어!"

"형제가 뭐 어때서요? 다들 잘살잖아요."

"뭐라고? 다들 잘살아? 그래서 막내가 그렇게 사는 걸 알면 서도 나한테는 철저히 숨겨온 거야?"

윤미는 그제야 번쩍 스치는 생각이 있었다. 남편은 막내 서방님 집에서 묵고 온 뒤에 며칠이 지나서 회사를 정리하겠다고 얘기했던 것이다.

"그래서, 결국 당신은 막내 서방님 때문에 회사를 정리하겠다고 한 거군요?"

"……."

"어떻게, 어떻게……."

기가 막혀서 윤미는 말을 잇지 못했다.

사실 지난해 설날, 막내네 형편을 알게 된 그녀는 바로 남편에게 이야기하려 했지만 둘째 서방님과 시누이가 반대하고 나섰다. 특히 둘째 서방님은, 형님이 알면 회사 사정도 안 좋은데 분명히 뭔가 하려고 나설 테니 절대 이야기하지 말라고 신신당부했다. 며칠 뒤에는 시누이도 전화를 해 둘째가 일자리라도 알아봐주려고 하니 오빠에게는 말하지 말라고 다짐을 받듯 했다. 그런데 마치 자신이 모든 걸 감춘 양 몰아세우는 것도 억울했지만 정말이지 감추기를 잘했다는 생각이 들었을 뿐 아니라 아내인 자신의 삶이 통째로 무너지는 느낌이었다.

"어차피, 회사는 정리할 수밖에 없는 상황이야."

"그래도 결국 당신은 서방님 형편 때문에 결심한 거 아니에요? 그럴 순 없어요. 이제 당신도 당신 말대로 작은 공장이나 하나 남겨서, 거기서 소일할 뿐이지 뭘 더 기대할 수는 없는 처지예요. 그건 당신도 잘 알잖아요. 그렇지만 아이들 뒷바라지는 이제 시작이라고요."

"그 정도는 해줄 수 있어!"

"당신 가진 게 얼마나 된다고요?"

"그래도 쟤들 공부는 마저 시켜줄 수 있어. 결혼할 때 전세금 정도도 마련해줄 수 있고."

"겨우 그거예요?"

"그럼? 대학 공부 시켜주고, 살아갈 터전 만들어주면 되지, 뭘 더?"

"기껏 그래서 당신처럼 살라고요. 그저 살아내는 것처럼요? 안 돼요, 그렇게는 절대 못 해요!"

"뭐? 그저 살아내는 거? 그래, 난 그 정도야. 그래서 뭐? 부끄러웠어? 한심했어? 그런 놈하고 여태 어떻게 살았어! 좋아, 난 그런 인생이야. 이제 내 인생에서 남은 일은 막내가 사는 것처럼 살도록 돕는 거야. 당신 마음대로 해! 집을 팔든 뭘 하든!"

감정이란 게 그랬다. 한순간 통제력을 잃어버리면 그야말로 고삐 풀린 망아지처럼 마구 날뛰어 결국엔 본심마저 잊어버리게 하기 일쑤였다. 그래서 감정이 격해지기 전에 둘 중 한 사람이 먼저 입을 다물거나 자리를 피해왔지만 오늘은 달랐다. 창주를 만나고 온 성도도 가슴이 들끓었지만 윤미는 이틀 뒤에 수술을 받아야 하는 상황이었다.

성도는 전에 없던 아내의 언행에 뭔가 이상하다는 생각이 들었다. 그렇지만 새삼스레 진지하게 묻기에는 자존심이 상했다. 답답한 속에 또 마음에 없는 소리가 튀어나왔다.

"이참에 아예 이혼소송이라도 내지그래? 남편이라는 작자가 동생 때문에 딴마음 먹고 있으니 위자료라도 제대로 챙겨야지."

윤미는 억장이 무너졌다. 아무리 홧김에 하는 소리라지만 어떻게 이혼까지 들먹일 수 있단 말인가.

"그래요, 그렇게 해요. 다 내놔요!"

"뭐, 뭐……? 참, 내가 저런 사람을 믿고 평생을 살아왔으니. 당신 같은 사람이 내 속을 어떻게 알겠어!"

"그러는 당신은 내 속을 알아요?"

"알지, 아주 잘 알지. 무섭고 무서운……."

"흐, 흐흑……!"

와락 터지는 아내의 울음소리에 성도는 말을 흐렸다. 이게 아닌데 하면서도 당장 어찌해야 할지 난감했다. 자리를 박차고 일어서기도 그랬고, 우두커니 앉아 있기도 난처했다. 다행히 아내가 먼저 벌떡 자리에서 일어섰다.

"너무해요. 난 당장 모레 수술 받으러 병원에 가야 하는데, 제대로 말도 못 하게……."

"뭐, 뭐……?"

성도는 딱 벌어진 입을 다물지 못한 채 등을 돌려 발길을 내디디려는 아내의 한 팔을 붙잡았다.

"수, 수술이라니?"

"심장, 심장 수술 받아야 한다고요. 흐흑."

하늘이 노래지고 눈앞이 캄캄해지며 다리가 휘청거렸다. 성도는 아내를 붙잡긴커녕 그녀의 팔에 의지해 겨우 버티고 있는 느낌이었다.

"무, 무슨 소리야? 심장이라니? 말해봐, 자세히. 도대체 무슨 이야기야? 누가? 당신이, 당신이 수술을 받는다는 거야?"

두 사람 다 여태 아프다고 해봐야 기껏 감기몸살이 전부였다. 팔다리가 쑤시는 거야 세월 탓일 터였다. 건강보험공단의 정기검진도 꼬박꼬박 받았고, 심장 이상은커녕 이렇다 하게 복통조차 앓은 적이 없었다. 그런데 심장이라니, 가슴? 그래, 가슴이 아프다는 이야기는 얼마 전 은주를 통해 얼핏 들은 적이 있었다. 그런데 며칠 전에 가슴이 아팠다고 심장 수술이라니, 말도 안 되는 소리였다.

"병원에서 그랬다는 거야? 아니, 정말 당신이 그렇다는 거야?"

93

아내는 대답 대신 털썩 소파에 주저앉으며 두려움에 어깨를 떨었다.

성도는 덥석 아내의 어깨를 잡고 얼굴을 뚫어지게 바라보았다.

"진짜 병원에서 그랬다고?"

"……."

묵묵부답이 더 확실한 대답이었다.

"어디? 어느 병원!"

분노하는 듯한 성도의 고함에 윤미는 울음을 참으려 애썼다.

"동네 병원에서도 그랬고, 대학병원에서도 똑같이 그랬어요. 류머티즘성 심내막염이라고……."

"뭐, 류머티즘? 이런 돌팔이 새끼들! 아니야, 가만, 가만…… 그래, 정도는 알 거야."

갑자기 시동생 이름을 들먹이더니 핸드폰을 꺼내드는 남편의 손이 사시나무 떨리듯 했다. 윤미는 오히려 그런 남편이 걱정스러웠다. 저렇게 부들부들 손까지 떨며 화를 내는 모습은 본 적이 없는데, 저러다 무슨 일이라도…….

"여, 여보. 괘, 괜찮아요……."

자신이 괜찮다는 것인지, 남편에게 묻는 것인지 어정쩡했다. 하지만 남편은 그 소리가 들리지도 않는 모양이었다.

손이 떨려 저장된 번호를 찾다가 핸드폰을 떨어뜨리기까지 했다. 성도는 신호가 가자 바짝 귀를 곤두세웠다. 두 손은 여전히 부들부들 떨리고 있었다.

"예, 형님."

"응, 너, 너, 의, 의사……."

그새 입안이 바싹 말라서 제대로 소리도 나오지 않았다. 윤미는 자신보다 남편이 더 걱정스러워 얼른 물 잔을 내밀었다.

"형님, 무슨 일이에요? 왜 그래요?"

벌컥벌컥 물을 들이켜다 사레가 들어 한바탕 기침을 해댄 뒤에야 성도의 입에서 겨우 갈라진 소리로나마 말이 되어 나오기 시작했다.

"너, 의사, 잘 알지? 아니, 잘 아는 의사 있지? 대학 나왔잖아."

"이 밤중에 갑자기 왜요? 어디 아파요?"

"아니야, 내가 아니야. 하여간 의사, 심장 잘 아는 의사 있어, 없어?"

"심장요? 예, 뭐 있기는 해요. 그런데 왜요?"

"지금 당장 연락 좀 해, 당장."

"아니, 왜 그래요? 그리고 지금 한밤중이에요."

"야! 의사가 밤중이라고 환자 안 보면 돼?"

"아니, 응급이면 빨리 119에 연락해요!"

정도가 기함을 하며 소리쳤다. 성도는 그제야 퍼뜩 정신이 돌아왔다.

"아, 아니야, 응급이 아니라……."

"그럼 뭐예요?"

"너희, 너희 형수에게 어떤 돌팔이 같은 놈이 류머티즘인가 뭐라며 심장수술을 하라고 했단다. 이런 빌어먹을 새끼! 그러니까 제대로 된 의사한테 지금 당장, 아니 내일 아침에는 꼭 진찰을 받을 수 있게……."

안도하는 정도의 한숨 소리가 윤미에게도 들렸다.

"휴— 난 무슨 큰일이라도 난 줄 알고 깜짝 놀랐잖아요. 아무튼 알았어요. 제가 알아보고 전화드릴게요."

"그래, 미안한데 지금 당장 좀 어떻게…… 미안하다."

전화를 끊고서도 남편의 두 손은 여전히 떨리고 있었다. 윤미는 또다시 왈칵 눈물이 쏟아졌다. 이번에는 설움이나 두려움의 눈물이 아니라 까닭 모를 눈물이었다. 수술 한마디에 그처럼 놀라는 남편이 고마웠고, 또 한편 안쓰럽기도 했다.

12

남편은 한마디도 말은 하지 않았지만 지난밤부터 내 잡은 손목을 놓으려 하지 않았다. 여전히 입이 마르는지 연신 마른 침을 삼키는 모습이 안타까워 오히려 윤미가 수시로 물병을 내밀 정도였다. 이이에게 이런 애틋함이 있었나, 참으로 새삼스러웠다.

윤미가 갔던 대학병원의 담당 의사와 전화통화를 하고, 엑스레이 사진과 몇 가지 검사결과를 찬찬히 들여다보던 성도 또래의 의사가 마침내 고개를 끄덕였다.

"수술을 하긴 해야겠네요."

"예? 꼭, 꼭 수술을 해야 됩니까?"

남편의 하얘진 낯빛을 보며 의사는 푸근한 웃음을 지었다.

"어유, 남편분이 더 겁을 먹으시네요, 허허. 괜찮아요, 걱정 마세요. 본래 이 류머티즘성이라는 게 염증인데, 부인께서는 너무 오래 모르고 지내셨어요. 그래서 이런 경우는 수술로 염증을 깨끗이 긁어내는 게 훨씬 안전해요. 후유증도 덜할 거고요."

"정말 심장에도 류머티즘이라는 게 있는 겁니까?"

"그럼요. 오진 아닙니다, 허허."

"수술, 그거 해도 다른 이상은⋯⋯?"

의사는 성도의 질문을 금방 알아들었다.

"허허, 우리나라 의술 세계적인 수준이에요. 그리고 심장이라고는 하지만 이 정도는 어느 대학병원에서나 수월하게 합니다. 다행히 그쪽 병원의 담당 부장이 제 친구라서 이야기를 해봤더니 내일은 자기도 수술 일정이 겹쳐 있어서 할 수 없고, 닷새 뒤에 직접 집도를 하겠답니다. 허허, 지금 담당 의사도 아무런 문제는 없습니다만, 정도 씨 부탁이 하도 간곡해서 저도 전례 없이 억지를 한번 써봤습니다. 그러니 마음 놓으세요."

"고맙습니다, 정말 고맙습니다. 그런데 왜 이런 병이 생긴 겁니까? 특별히 뭐 잘못한 게 있어서⋯⋯?"

성도의 목소리가 기어들어갔다. 아내가 이리된 것이 다 자기 탓인 듯 마음이 아렸다.

"허허, 아닙니다. 정확히는 모르지만 유전적 기질 때문일 확률이 높습니다."

"예에…… 그럼 수술만 하면 괜찮을까요?"

"예, 수술 받으시고 면역력을 높일 수 있도록 잘 관리하면 별 문제 없을 겁니다."

성도의 얼굴에 마침내 핏기가 돌아오며 두 눈 가득 눈물이 그렁거렸다. 밤을 꼬박 새우긴 했지만 눈물은 나오지 않았었다.

사랑, 돌멩이처럼 흔하게 굴러다니는 그 말의 의미를 성도는 제대로 생각해본 적이 없었다. 사는 게 바빠서, 혹은 너무 흔한 말이라 그랬을까? 아내를 만나기 전까지는 그야말로 살아내는 것만이 전부였으니 사느라고 바빠서였다고 말할 수도 있을 것이다. 그러나 아내를 만난 뒤에는 딱히 사랑이라는 걸 생각해볼 필요가 없었다. 그때는 이미 누구를 만나도 숨이 막히거나 넋이 달아날 만큼 가슴이 뜨겁지 않았고, 사랑이라는 언어는 애당초 책 속에나 있는 환상임을 깨달았다. 그래도 살아가는 데는 아무런 불편이 없었다. 처음 아내와 입맞춤을 하던 날에는 사람의 입술이 이처럼 달콤할 수도 있구나 놀랐고, 결혼을 하고도 한참이 지난 뒤였지만 처음 아내의 속살을 보았을 땐 눈부시기도 했다. 하지만 그런 달콤함이나 눈부심은 그리 오래가지 않고 이내 익숙함으로 변했다. 물론 가슴이 뛰거나 얼굴이 달아오르던 뜨거운 감정도 점차 느껴지지 않았다. 그래도 아내를 아내로 생각하는 마음에는 변함이 없었다. 달콤하고 눈부시지 않은 대신 오랜 친구처럼 편안한 마음이 들었고 믿음이 깊어갔다. 티격태격하는 날도 없지 않았고 처음에는 격하게 부딪혀 언성까지 높이는 날도 있었지만 언제부턴가는 먼저 한 사람이 알아서 물러나는 방법도 깨쳤다. 대신 사는 것은 더 덤덤하고 밍밍해져갔다. 그렇지만 무슨 상관이랴. 아내는 여전히 그의 유일한 여자이고 세상이 다 무너져도 끝까지 함께할 사람이었나. 아니, 어쩌면 진작에 둘이 하나가 되어버린 까닭에 특별한 감정을 느끼지 못할 수도 있는 일이었다.

"먹어요."

둘이서만 집 밖의 식당에서 마주앉은 게 얼마 만일까. 그런데도 아내의 말투는 집 안에서와 다름이 없었다.

"응, 당신은 왜 안 먹어?"

병원을 나서며 곧바로 집에 가겠다는 걸 겨우 달랬더니 기껏 찾은 식당이 삼계탕 집이었다.

"먹잖아요."

하지만 대답만 그렇지 젓가락으로 고기 몇 점 깨작거리더니 그마저도 성도의 접시에 놓았다. 멍청하긴, 먼저 우겨서 괜찮은 일식집이라도 데려갈걸! 성도는 제 머리통을 쥐어박고 싶은 심정이었다.

"그래, 너무 맛없다. 우리 일식집으로 옮기자. 내가 잘 아는 데 있어."

성도가 젓가락을 내려놓자 윤미는 얼른 숟가락을 들어 국물을 뜨며 한 손을 내저었다.

"돈이 썩어나요? 입맛이 없어서 그렇지 맛은 있어요. 얼른 먹어요. 맛있기만 하네 뭐."

이럴 때는 정말이지 울화통이 터진다. '젠장! 모르는 척 말 좀 듣지, 쇠고집!' 하지만 어쩌랴, 지금은 아무 소리도 할 수 없는 것을.

"미안해."

"뭐가요?"

"어제 일도 그렇고…… 그동안 너무 무심…… 그러게 진작 병원을 가보든가 말을 하지."

"내가 말하면 당신이 꿈쩍이나 하고요."

"뭐? 이 사람이 내가 그렇게 못된 사람인 줄 알았어?"

"됐어요, 그냥 해보는 소리예요."

윤미의 입가에 편안한 미소가 흐르고 있었다. 그 미소에 눈 주위가 아려 성도는 얼른 삼계탕 뚝배기에 고개를 묻었다.

신기했다, 저 남자에게 저런 여리고도 절절한 구석이 있었나. 정말이지, 목석인 줄 알았다. 돈에 목을 맨 건 아니지만 일중독 자임엔 분명했다. 물론 어린 시절의 가난이라는 한 때문이라는 걸 모르지 않았기에 어쩔 수 없다 여겼지만, 아내로서 자신의 삶은 무언가 생각할 때마다 마음 한켠이 버석거렸다.

그렇게 살고 싶지는 않았다. 사는 것처럼, 살아가는 순간순간이 가슴 저린, 그런 삶을 살고 싶었다. 그런 삶이 무언지는 알 수 없지만, 최소한 이건 아닌데 싶을 때가 참으로 많았다. 눈 뜨면 밥하고 설거지하고 세탁기 돌리고 청소하고 빨래 널고 빨래 걷고, 또 시장 봐서 밥하고 설거지하고……. 매달 끊긴 적 없었던 월급이며 생활비도 결국은 자신의 손을 거쳐간다 뿐이지 가족 모두의 것이었다. 사업을 시작한 뒤로 남편은 생활비 말고도 이따금씩 얼마간의 목돈을 가져다주었지만 그걸로 자신만의 생활을 설계해본 적은 한 번도 없었다. 가끔씩 밖에 나가 친구들을 만나기도 했지만, 잠깐 바람을 쐰 것일 뿐 삶에 특별한 의미를 부여할 만한 일은 아니었다. 오히려 설핏 들은 이야기로는 친구들과의 만남에서 경쟁과 질투로 스트레스를 받기도 한다니 그런 적은 없어 다행이다 싶었다.

도무지 삶이 무슨 의미가 있는지 모를 지경이었다. 그래도 견뎌온 건 두 아이들 때문이었다. 내 배 속에서 나온 그 소중한 생명들만 아니었다면…….

남편? 아니, 남자? 남편도 남자인 적이 있었다. 가슴 떨며 받아들였던 입술, 온몸에 소름이 끼치는 긴장과 희열로 받아들이던 몸. 사랑이라는 말 따위는 없어도 좋았던 날들. 곁에만 있어도 마음 든든하고 가슴 훈훈하던 느낌. 처음에는 땀 냄새인가 살 냄새인가 하면서도 싫지 않은 게 이상했는데 문득 그게 내 남자의 냄새라는 걸 깨달으며 설레어 절로 미소가 지어

지던…… 그런데 시간이 흐르는 사이 그러한 삶의 기쁨과 위안이 되던 감정들은 점차 흐릿해져갔다. 그리고 언제부턴가 자신이 여자인지, 남편이 남자인지조차 알 길 없이 밋밋하고 지루한 날들이 이어졌다. 그래도 살아왔다. 살아 있으니 그냥 살았던 것이다. 어쩌면 자식 때문인지도 모른다. 그렇게 집착하듯 매달리는 것도 자식 때문인지 모른다.

윤미는 힐끗 남편을 바라봤다. 잘못을 저지르고 혼이라도 난 사람처럼 뚝배기에 머리를 박고 있는 그의 이마에 굵은 땀방울이 가득 맺혀 있었다. 집에서도 뜨거운 국을 먹을 때면 그랬던 것 같았다. 제대로 챙겨주질 않았구나. 아이들이 그랬으면 당장 눈에 띄었고, 영양제라도 챙겨 먹였을 텐데…… 자신만 서운했던 게 아니라 저 사람도 서운했을 수 있겠구나. 아니, 어쩌면 저이는 그마저도 생각하지 못했을지 몰라. 아는 것이라곤 오직 일뿐이었으니. 그렇게 무심한 사람에게 그처럼 깊은 정이 있었다니. 그러고 보면 자신도 너무 오래된 감정이라 까맣게 잊고 있었을 뿐이지 여전히 남편에게 모든 것을 의지하고 살아온 듯싶었다. 그렇지 않고서야 이리도 격한 감정에 휘말린 채로 남편의 떨리는 손이 단박에 눈에 들어오고 안쓰러울 수 있을까. 지금도 남편의 이마에 맺힌 땀방울을 보자 단박에 눈이 시리지 않은가. 성도가 고개를 들자 이번에는 윤미가 얼른 뚝배기 그릇에 고개를 묻었다.

13

"언니는 왜 그렇게 미련해요. 몸이 그 지경이 되도록 아무것
도 모르고 있었다니, 쯧."

"그래도 이쯤에서 알게 되었으니 다행이에요. 너무 걱정 마
세요, 형님. 요즘 우리나라 의료 기술은 세계적으로 알아준대
요, 뭐."

"어이구, 참⋯⋯."

"그거야 그렇지만 언니 병은 수술로 끝나는 게 아니라 그 뒤
에도 주의를 해야 하니까 걱정이지."

"면역력이라는 건 누구나 신경 써야 하는 거예요. 특히 나
이가 들면 더 그렇고요. 그러니까 너무 심각하게 생각하지 말
고 의사 말 잘 따르면 돼요."

"에이, 걱정 마세요, 형님. 다 잘될 거예요. 수술도 잘되고, 나중에도 별 탈 없을 테니까요. 저도 면역력에 좋은 게 뭐 있는지 알아볼게요."

"아유, 막내 동서는 가만 있어. 요새 민간요법이니 뭐니들 하는데 잘못 쓰면 오히려 화가 되는 수도 있어. 병원 처방만 잘 따라도 돼."

"아니야, 면역력은 약만으로 되는 게 아니라 식이요법도 중요해."

"어이구, 참……."

"명도 넌 왜 아까부터 그렇게 어이구, 어이구 하고 있어?"

형제들 부부가 모두 찾아와 걱정을 하는 중인데 한숨만 내쉬는 막내에게 명희가 눈을 흘겼다. 그래도 많이 배운 누나나 둘째 형수는 무슨 이야기를 해도 다 그럴듯한데 자신이 무슨 말을 할라치면 왠지 엇나갈 것 같아 아예 입을 다무는 편이지만 아픈 형수를 보자니 저절로 한숨만 나왔던 것이다.

"저 사람 걱정하는 게 저렇잖아요, 헤헤."

막내 동서의 저 헤헤거리는 웃음과 붙임성이 언제나 정겹게 느껴졌는데 오늘은 까닭 없이 거슬렸다. 그렇다고 타박을 할 생각은 없었다. 천성이 밝은 사람이니 그럴 일도 아니었고. 윤미는 그런 자신이 오히려 한심했지만 생각과 마음이 언제나 같을 순 없는지 불편한 기색은 자꾸만 드러났다.

"언니 불편하나 보네? 그래, 몸이 그러니. 그럼 난 그만 가 볼게요."

명희가 기다렸다는 듯 먼저 몸을 일으키자 둘째 동서도 슬며시 일어나 옷매무새를 가다듬었다.

"막내 동서는 안 갈 거야?"

둘째 동서의 물음에 막내는 밝은 얼굴로 고개를 저었다.

"전 수술 끝날 때까지 여기 있으려고요. 아주버님이랑 은주 식사도 챙겨야 할 텐데 큰형님이 하실 순 없잖아요."

"그래, 그럼."

"아니야, 동서도 그만 내려가. 내가 해도 돼."

윤미가 손사래를 치며 나섰지만 막내 동서는 여전히 밝은 얼굴로 말했다.

"에이, 저희가 있는데 수술 받을 분이 그럴 순 없죠, 헤헤."

"경주와 송주도 있잖아."

"괜찮아요, 다 커서. 애들도 저희들 아빠랑 음식 해 먹는 거 좋아해요."

"아유, 나도 불편하고 은주 아빠도 불편해. 내려가."

"아주버님이 아무리 절 불편해하셔도 형님이 밥 차리시는 거보다는 덜 불편하실 거예요."

"그러세요, 형수님. 불편하시더라도 그렇게 하세요."

"그래, 난 불편할 거 없어. 그렇잖아도 회사도 나가 봐야 하는데 당신 혼자 두고 나갈 수가 있어야지."

이번에는 성도까지 거들고 나섰다. 그러고 보니 남편은 벌써 이틀째 회사도 나가지 않은 채 곁에만 있었다. 윤미도 더는 말릴 수가 없었다.

"아무튼 그건 여기 식구들이 알아서 하고, 난 그만 가볼게요."

명희가 앞장서자 둘째 동서도 따라나섰고, 떠나는 이들이며 보내는 이들의 인사치레가 끝나자 집 안은 금세 조용해졌다.

남편은 회사를 가려는지 안방으로 들어갔고, 명도는 여전히 머쓱하게 식탁 의자에 앉아 있었지만 막내 동서는 벌써 찻잔이며 과일 접시들을 거두어 개수대로 향했다. 지금 이 상황에서 막내 시동생네를 보며 다른 생각을 하는 사람은 자신뿐인 것 같았다. 남편도 들어오는 막내에게 건성으로 알은척을 했을 뿐 눈길은 줄곧 자신을 향해 있지 않았던가. 윤미는 내가 자꾸 왜 이러나, 생각하며 보일 듯 말 듯 고개를 가로저었다.

가족. 오늘처럼 시누이까지 포함해 시댁 4남매가 한꺼번에 얼굴을 마주하는 날은 드물었지만 그래도 명절이나 1년에 몇 차례 있는 제사 같은 집안 대소사 때면 시동생들은 대부분 아이들까지 데리고 찾아왔다. 결혼 후 한동안은 여러 식구들이 모여 복닥거리는 것이 도무지 익숙하지 않고 불편해, 모두가 돌아간 뒤에는 며칠씩 심하게 앓기도 했지만 차츰 세월이 지나면서 조금씩 익숙해지더니 언제부턴가는 아예 무덤덤했다. 윤미는 이렇게 가족이 되어가나 보다 생각했다. 하지만 또 한편 의례적으로 치르는 행사려니, 형제라는 이름의 핏줄에 따라붙는 피할 수 없는 의무려니 하는 생각이 무의식중에 자리를 잡아가고 있었다. 가족이라는 이름으로 마주하긴 하지만, 과연 그 이름만큼 살갑고 애틋한 정에 다들 얼마나 갈급했는가 생각해보면 적잖은 사람들이 금세 고개를 끄덕일 법한 일이었다.

남편부터도 그랬다. 1년에 몇 차례씩 대소사가 있으니 길어야 석 달에 한 번은 모이는 것이고, 또 전화통화를 하거나 밖에서 형제가 따로 만나기도 하겠지만, 그래도 특별한 집안 모임인데 남편은 겨우 시간에 맞춰 들어오거나, 명절 때는 차례만 지내고 쌩하니 나가기 일쑤였다. 어쩌다 함께하는 시간이 길어진다고 다를까. 음복이든 무엇이든 술상이라도 차려지면 처음에는 아이들 커가는 이야기나 세상 돌아가는 이야기로 대화가 오래 이어질 듯싶다가도 이내 한 사람 두 사람 말수가 줄어들었고 다들 텔레비전에 눈길을 모은 채로 지루함을 감추고 있었다. 까닭은 분명했다. 삶이 다르니 당연히 생각도 다를 터였다. 당장 둘째네는 부부가 온통 주식이나 펀드 따위에 목 매달고 살았다. 반면 막내네는 주식은커녕 완전히 다른, 혹은 알 수 없는 삶의 방식 때문에 애초에 입을 열려고도 하지 않고 처음부터 선하품을 하곤 했다. 그렇다고 남편이 큰형으로서 형제들 모두 공유할 만한 화제를 꺼낼 주변머리가 있는 것도 아니었다. 남편 역시 주식이니 펀드니 하는 데는 문외한이었고, 어떤 야심이나 의지를 가지고 추구하는 바도 없었으니 말이다.

마주하고는 있어도 각자의 생각에서 벗어나지 못하고, 누군가에게 깊은 관심을 쏟지도 않는 건조한 관계가 가족이라는 이름에 합당한 것일까? 아니, 그럼에도 가족이라는 딱지를 붙일 수는 있는 걸까? 그래, 어쨌거나 핏줄의 운명과 서로에 대한 의무를 어쩌진 못할 테니 가족이라면 가족이랄 수는 있을 것이다. 하지만 윤미는 그 '가족'을 진작부터 가슴으로 실감할 수는 없었다. 또한 의무라는 허울마저도 자신과 남편이 눈을 감으면 아이들 대에는 저절로 해제되리라 생각했다.

그랬다, 무엇보다 그것만은 분명한 일이었다. 윤미는 아들 딸 두 아이를 두고 있지만 그 아이들에게 사촌은 이미 아무런 의미 없는 형식상의 친척에 불과했다. 누가 억지로 그렇게 몰아가는 게 아니라 저절로 그리되는 것이었다. 당장 시누이는 달랑 아들 하나를 두고 있기도 했지만, 그 아이는 둘째 은주와 동갑내기인데도 사촌 간에 교류는 거의 없다시피 했다. 처음부터 그랬다. 새삼스럽게 출가외인 운운은 핑곗거리도 되지 않을 일이었고, 아무래도 살아가기 급급한 친정 쪽보다는 형편 넉넉한 시댁 쪽에 더 마음이 기울 수밖에 없을 터였다. 게다가 시누이는 자기 남편의 동생과 절친한 대학동창이었으니 이러구러 마음이 편했을 것이다. 둘째네도 단출하게 딸 하나만 두었지만 그쪽 역시 큰아버지나 삼촌네보다는 외가와 훨씬 더 가까웠다. 물론 아이를 데려오지 않은 명절이면 동서는 외가 쪽에 또래가 있어서라고 변명처럼 말하지만, 시누이 아들과는 제법 나이차가 나는데도 교류가 잦은 눈치인 걸 보면 꼭 그 이유만은 아닌 듯도 했다. 게다가 둘째네 조카는 어릴 적부터 체계적으로 교육을 받은 덕택인지, 아니면 총명한 머리를 타고났는지 외국어고등학교에서도 뛰어난 성적을 자랑하고 있었다. 또 딸 둘을 두고 있는 막내 삼촌네 아이들은 우선 준수 은주와는 나이차도 있지만 서울과 지방이라는 거리 때문에라도 자주 오가기 어려웠다. 어쨌거나 가족이라면 서로를 잇는 끈이 두터워야 할 텐데 아이들 대에 이미 이런 형편이니 부모 세대의 가족이라는 울타리는 여기까지이고 저들은 저들대로 새 울타리를 만들게 될 터였다. 물론 그것이 '가족'이라는 이름으로 불릴지 다른 무엇으로 불릴지는 알 수 없는 일이지만.

"넌 어쩔 거냐? 별일 없으면 나 올 때까지 있든지. 소주라도 한잔하게."

조금 전까지 입고 있던 옷에 점퍼만 걸치고 안방에서 나오던 성도가 막내 시동생에게 말을 건네자 윤미는 또 신경이 곤두섰다.

"예? 소주는요. 저도 가봐야죠."

"왜? 늦지 않도록 올 테니 저녁이나 하고 가."

"아닙니다. 애들도 있는데요."

"참, 그렇지. 그럼 조심해서 내려가."

"예, 형님. 잘 다녀오십시오."

그것으로 전부였다. 처연한 눈빛으로 성도는 윤미를 향해 고개를 끄덕여 보인 후 명도에게는 눈길도 주지 않고 현관을 나갔다. 윤미는 뒤늦게 남편의 구겨진 바지에 생각이 미쳤다.

14

"뭐라고? 노조라니!"

사무실에 들어서자마자 허겁지겁 다가온 최 이사의 보고에
성도는 두 눈이 휘둥그레졌다.

"조만간 공장이 폐쇄되고 회사는 매각될 거라는 이야기가
퍼지면서 공장 직원들이 노조 차원에서 대책 없는 공장 폐쇄
를 반대한다고……."

"공장 폐쇄? 그게 무슨 소리야? 아니, 도대체 누가 그런 소
리를 해!"

"벌써 알 만한 사람은 다 아는 소문입니다."

"뭐? 알다니? 누가, 무슨 소문을?"

"그건 뭐…… 하여튼 사장님께서는 갑자기 출근도 안 하시

지, 휴대폰은 꺼져 있지 하니까 공장에서는 당장 무슨 계약이라도 체결하는 걸로 알고…….'

"휴대폰이 꺼져 있으면 집으로 전화하면 될 거 아니야!"

"집에 전화드렸더니 받지도 않으시고…… 또 사장님이 언제 집에 계시면서 출근 안 하신 적이 있었어야죠."

사정을 설명하는 최 이사가 연신 성도의 눈치를 살폈다. 그 역시 소문을 사실로 받아들이고 있다는 얘기였다.

이틀 밤을 눈 한번 붙이지 못하면서도 미처 휴대전화 배터리를 충전할 생각은 하지 못했다. 어제 아침 회사로 전화를 걸어 앞뒤 없이 며칠 못 나갈지 모른다고 짧게 알린 후에 병원을 오가는 동안에는 집에 사람이 없었으니 전화를 받지 못해 오해를 키운 모양이었다. 하지만 아무리 그렇더라도 불과 이틀 사이에 자기들 멋대로 짐작하여 벌써 농성을 생각하고 있다니, 성도는 밀려드는 배신감을 떨칠 수 없었다.

"이 사람아! 집사람이 수술을 해야 한다는데 내가 무슨 정신으로 회사에, 아니 전화에 신경을 쓸 수 있어!"

그제야 최 이사도 당황하는 눈치였다.

"예? 사모님이요?"

"당신들하고 나하고 어디 하루이틀 일해왔나? 만에 하나, 내가 회사를 어떻게 하더라도 아무렴 내가 당신들 생각을 안 할 것 같아!"

"아니, 그런 게 아니라, 공장 직원들이……."

"아무리 공장 직원들이 그렇더라도 당신은 명색이 이사 아니야! 그런 사람이 어떻게 직원들 다독거릴 생각은 안 하고 같이 흔들려!"

"아닙니다. 흔들린 게 아니라……."

"됐어! 일단 공장부터 가보자고!"

누가 그랬다. 이제는 자신들이 살아온 세상과는 전혀 다른 판국이라고. 살아내는 것이 소중하던 세상이 아니라 어떻게든 살아지는 세상이라고. 살아가면서 무엇을 이루어내는 것보다는 하루를 어떻게 사느냐가 더 중요한 세상이라고. 인생의 목표 따위를 위해 지금 이 순간을 포기하는 것은 미련한 짓이라고. 그런 세상이라고.

미쳤다. 살아내는 것이 소중했던 이유는 절박한 가난 때문이었다 치더라도, 그저 살아진다고 살아가면 그게 진정 사는 것인가. 또한 살아가면서 아무것도 이루지 못한 채 그저 하루하루만 잘 지내면 그걸 온전한 삶이라 할 수 있겠는가. 아니, 꼭 이루어내지는 못하더라도 인생에서 간절히 소망하는 무엇 하나는 있어야 하지 않겠는가, 감히 인생에서 목표 따위라는 소리를 입에 올리다니! 아무런 목표도 없이, 아니 오직 순간과 순간을 위해 목표나 목적을 미루고 접을 수 있다는 게 도대체 말이나 되는 소리인가!

성도 자신도 떡하니 내세울 만한 뭔가를 이루어낸 것은 아니었다. 하지만 최소한 살아냈다. 그저 살아져서 산 게 아니라 두 눈 부릅뜨고 이 악물고, 목숨을 걸고 치열하게 살아낸 것이다.

그게 무에 그리 대단한 일이냐고? 아니다. 산다는 것은, 스스로의 의식과 의지로, 설움과 유혹을 견디며, 때로는 비루함과 치욕에 입술을 깨물며, 진탕의 수렁과 메마른 벌판을 삶의 터전으로 만들며 살아냈다는 것은 참으로 대단한 일이다. 더구나 아무것도 들려 있지 않은 두 손으로 가시덤불을 헤치고 맨발로 뚜벅뚜벅 걸어서 말이다!

안다, 텅 빈 두 손과 맨발이 번번이 내세울 유세거리는 아니라는 것을. 그렇지만 주어진 운명 속에서 살아낸 이들에게는, 그렇기에 삶은 더욱 소중하고, 그래서 살아냈다는 것이 참으로 대단하게 여겨지기도 하는 것이다. 그 삶이 온전히 그들 자신만을 위한 것도 아니었다. 그들이 흘린 땀방울은 곧바로 다른 누군가에게 작은 자양분이 되었다. 어린 형제에게는 배고픔을 덜어주는 한 줌 양식이 되기도 했지만, 무엇보다 꿈꿀 수 있는 희망의 끈이 되어주었다. 그거야말로 감히 위대하다고 말할 수 있으리라. 허기를 면하는 것보다 훗날을 생각하고 꿈을 꿀 수 있는 것 말이다.

성도는 회사를 인수해 제 사업을 시작한 뒤로 다른 것은 몰라도 직원 자녀들의 교육에 대해서는 최대한 배려하려 했다.

초등학교든 중학교든 입학을 하면 그달에 얼마간의 축하금을 지급했고, 대학생이 되면 입학금 전액을 무상으로, 이후의 등록금은 절반을 지원해왔다.

아비에게 자식은 어떠한 경우라도 권리의 대상이 될 수 없다고 성도는 굳게 믿었다. 부모가 자식에게 얻을 수 있는 것은 오직 하나, 지켜보는 기쁨뿐이었다. 그 밖에는 모두 의무였다. 한恨을 갖지 않게 해야 할 의무, 욕심에 젖어 제 인생을 수렁에 빠트리지 않도록 지켜줘야 할 의무, 각자의 능력과 소질에 맞추어 세상을 살아갈 수 있도록 바른 길을 찾아줘야 할 의무, 현실과 타협하여 꿈을 버리는 비겁함에 빠지지 않도록 격려해야 할 의무, 시기하고 미워하는 마음보다 연민하고 사랑하는 마음을 갖게 해야 할 의무…… 그중에서도 가장 중요한 것은 자신과 제 삶을 소중히 여기도록 북돋우는 의무였다. 그것을 위해 성도는 원하는 교육만은 받을 수 있도록, 적어도 자신의 울타리 안에 있는 이들에게는 배려를 아끼지 않았다. 그런데 그들이 지금 막무가내로 농성부터 하겠다니 배신감을 느끼지 않을 수 없었다.

"뭐, 아직은 조용하네요."

차에서 내린 최 이사가 공장 안을 흘끔거리며 혼잣말처럼 중얼거렸다.

퇴근시간이 가까운 공장 안은 조용했다. 아니, 굳이 퇴근시간이 아니더라도 일거리가 별반 없었으니 조용할 터였다. 연락을 받았는지 공장 입구에서 서성거리던 이 부장이 느릿한 걸음으로 다가오며 건성으로 고개를 숙여 보였다.

"직원들은?"

"퇴근시간이 다 되었으니까요…… 사모님이 편찮으시다고요?"

진심이 담겨 있지 않은 떨떠름한 말투였다.

"뭐…… 그런데 도대체 무슨 생각들을 하기에 이상한 소리가 들리는 거야?"

"우리야 뭐 생각하고 말고 할 게 있습니까, 처분이나 따라야지요."

"무슨 말이 그래, 이 부장."

"사장님이야말로 어떻게 그러실 수 있습니까? 아무것도 결정된 바 없다고 하시더니."

"무슨 소리야? 도대체 나도 모르게 뭐가 결정됐다고 그러는 거야?"

"허, 참……."

어이가 없다는 듯 노골적으로 혀를 차는 이 부장의 태도가 아무래도 이상했다. 웬만한 일로는 이렇게까지 막 나갈 사람은 아니었다. 게다가 곁에 선 최 이사도 뒷짐을 진 채 우두커니 하늘로 시선을 둔 것이 이 부장의 태도에 동조하는 기색이

역력했다.

"이 사람들이, 도대체 뭐하자는 거야!"

성도의 언성이 높아지자 이 부장은 기다렸다는 듯 두 눈을 부릅떴다.

"그건 저희가 할 소리입니다! 바로 며칠 전, 아니 지금도 결정된 게 없다고 말씀하시는데, 그럼 벌써 땅을 보러 오는 사람들은 뭡니까?"

"뭐? 땅을 보러 와?"

"정말 너무하십니다! 아무리 사장님이 만든 회사라지만 저희도 가만히 놀면서 월급 받은 건 아닙니다. 그런데 하루아침에 마음대로 정리를 하시면 우리는 어떻게 됩니까? 퇴직금에 월급 몇 달치 더 주면 그만이라는 겁니까? 진짜 섭섭합니다. 사장님 그렇게 생각 안 했는데 정말 실망이고요!"

그럼 창주가 벌써 사람을 보내기라도 했다는 것인가, 성도는 말문이 막혔다.

"이대로 하루아침에 실업자가 될 수는 없습니다! 죽든 살든 끝까지 같이 가시든지, 아니면······."

성도는 얼른 전화기를 꺼내 창주의 번호를 누르며 두 사람에게서 떨어져 공장 밖 길가로 나갔다.

"응, 성도. 어쩐 일이야, 벌써 마음 정한 건가?"

"아니, 자네 혹시 우리 공장에 사람 보냈어?"

118

"응. 기왕 진행될 거라면 우리도 미리 계획을 세우는 게 좋을 것 같아서 실무자들에게 한번 살펴보라고 했어."

"아, 이 친구……."

"왜, 무슨 일 있어?"

"난 아직 결정도 안 했는데 사람들이 땅을 보러 왔다니까 직원들이……."

"직원들이, 뭘? 무슨 농성이라도 하겠다는 거야?"

"……."

"그래? 그럼 난 자네 직원들은 더더욱 받을 수가 없겠구만. 듣기로는 자네 직원들에게 꽤 인간적으로 대했다던데 집단행동부터 하려 들다니, 아주 형편없는 친구들이군."

"뭐 꼭 농성을 한다는 건 아니고, 그 사람들도 놀랍고 막막하겠지."

"아무리 그렇더라도 일단은 자네 결정을 따른다는 자세가 되어 있어야지. 회사가 어디 저희들 거야."

"그 사람들 입장도 생각해줘야지. 당장 실업자가 될지도 모르는 판이잖아."

"자네도 그렇게 안일하게 생각할 거면 아예 회사 정리하겠다는 마음을 접어. 자네가 말 안 해도 그 바닥 사정 뻔한데, 그 사람들도 잘 알 거 아니야. 그럼 결국은 어떻게 되겠어? 결국 다 말라죽는 거라고. 그럼 그 사람들에게는 남는 게 있나? 자

기들 몇 달, 몇 년 더 편하게 살아가겠다고 회사와 경영자는 말
려 죽이려 해? 정신 바짝 차려. 자네도 어쩔 수 없어서 정리하
겠다는 거지, 무슨 큰돈 챙겨서 호의호식하겠다는 게 아니잖
아. 그리고 무엇보다 회사 주인은 자네야, 그걸 생각해. 자네
가 투자하고, 자네가 일거리 받아와서 그 사람들 일한 만큼 월
급 줘서 먹고살게 한 거야. 그 사람들 눈치 볼 기 하나도 없이.
아니할 말로 여차 잘못되면 그 사람들이 책임을 나눠 질 거야?
제일 먼저 자기들 퇴직금부터 걱정할 거고, 그다음에는 자네야
어찌되든 눈도 깜짝 안 할 사람들이야."

　　딴은 그랬다. 아무리 자신은 그들을 가족처럼 여겼어도 결
국 돌아서면 남이나 다름없는 사람들이었다. 당장 이렇게 말하
고 있지 않은가. 죽든 살든 끝까지 가자니…….

　　"나보고 독하다는 사람들도 많더라만, 경영자 입장에서는
독하지 않으면 살아남을 수가 없는 거야. 때로는 나도 자네처
럼 다 정리하고 홀가분하게 하고 싶은 일이나 하며 살고 싶지
만 난 이제 그마저도 불가능해. 멈출 수 없는 두 발 자전거 위
에 앉아 있는 신세라고. 매년 임금협상 때마다 그 곤욕을 치른
다만, 그렇게 다투면서라도 회사를 살려내야 하는 내 입장은
왜 헤아리지 못하나 모르겠다. 아니, 회사가 살아남지 않으면
저들이 어떻게 계속 일하고 월급 받아서 가족을 부양할 수 있
겠어. 그런데도 회사야 죽든 말든 당장 월급만 더 내놓으라니,

빌어먹을! 아무튼 자네도 잘 생각해. 그리고 직원들 생각이 그 모양이면 난 절대, 단 한 사람도 떠안을 수 없어. 그래도 난 자네가 직원들 걱정하는 게 안쓰러워 재교육을 시키더라도 전부 받아줄까 생각 중이었는데, 쯧."

그래, 같은 세상을 살아온 사람들 중에서도 그런 무책임한 부류의 인간들이 있었다. 책임에는 무감각하면서 오직 권리에만 목청을 높이는 이들.

온전히 혼자 힘만으로 일구어왔다고 생각하는 건 아니었다. 직원들 말대로 그들도 땀을 흘리고 노력했다. 그렇지만 그들은 스스로 창조하지도, 위험을 무릅쓰려고도 하지 않았다. 모든 것을 책임져야 하는 고독과 두려움에서 완전히 자유로웠다. 그저 공사를 수주하여 자재를 매입하고 하도급을 주어 마무리하는 수월한 경영을 할 수도 있었다. 그럼에도 자재를 개발하고 직접 생산해 공사 및 판매까지 하겠다는 생각은 성도 자신이 했다. 그래서 자금을 투자했고, 비록 주식회사 형태를 띠긴 했지만 아파트와 신용을 담보로 융자도 받았다. 만에 하나 실패하면 모두 잃는 것이다. 그렇게 만든 회사에 그들은 일을 시켜달라고 자원했고, 한 달도 거르지 않고 일한 만큼 급여를 받아갔다. 재고가 쌓여 공장 느슨하게 돌아간다고 월급이 줄어든 적도 없었다. 외려 공장이 바쁘게 돌아가면 특별상여금 명목으로 그들의 땀을 위로해주었을 뿐이다. 그런데 이제는 한계가 보였다. 계속 살아가려면 기술을 개발하고 설비를 개선하고 생산효율성을 높여야만 했다. 그러려면 더 많은 돈을 투자하고 사람을 교체해야 했다. 아이디어도 없고 생산성은 떨어지는데도 여전히 임금은 매년 올려 받아야 하는 줄 아는 그들을 설득할 자신이 없었다. 더구나 있는 사람 내보내고 인력을 새로 뽑는다니, 꿈도 꾸지 못할 일이었고 성도 자신이 그런 쓸은 보고 싶지 않았다. 게다가 더 많은 돈을 투자하기에도 겁이 났다. 이제 겨우 빚을 면한 정도인데 다시 빚을 얻어 투자하는 위험을 더는 무릅쓰고 싶지 않았다. 책임을 혼자 감당해야 하는 그 고독이 밀려올 때면 정말이지 깊은 물속에라도 들어가는 듯했다. 그래도 어떻게든 그들의 일자리만은 지켜주고 싶어 이러지도 저러지도 못하고 있는데 기껏……!

최 이사와 이 부장은 전화를 끊고도 우두커니 길거리에 서 있는 성도의 눈치를 살피며 공장 마당을 서성거리고 있었다. 하나둘 퇴근길에 나선 직원들도 힐끔힐끔 눈치만 살필 뿐 누구 한 사람 제대로 인사를 건네는 사람도 없었다. 성도는 울컥 욕지기가 치밀어 성큼성큼 걸어가 차를 되돌렸다.

15

회사 일은 한번 마음이 돌아서자 생각도 하고 싶지 않았지만 당장은 코앞으로 다가온 아내의 수술이 문제였다. 수술대기실에 누운 아내는 억지웃음을 지어보였지만 얼마나 겁에 질려 있는지 두려움이 창백한 표정에 고스란히 드러나 있었다.

"은주 넌 그만 학교에 가봐."

성도의 말에도 은주는 연신 눈물만 훔칠 뿐 미동도 없었다. 그래도 애써 울음을 참고 있는 딸의 모습이 더 안쓰러웠다.

"아빠가 엄마와 할 얘기가 있어서 그래."

"그래, 은주는 학교 가. 너 수업 마치고 오면, 엄마 수술 끝나고 병실에 있을 거야. 오늘은 선생님께 말씀드리고 정규수업만 마치고 와."

"그래라. 명도 네가 내 차로 은주 학교 좀 데려다 줘라."

"예, 형님. 은주야, 나가자."

은주도 그제야 마지못해 삼촌의 뒤를 따라 나갔다.

"제수씨들도 이제 그만 집으로 돌아가요. 수술 받는 동안에는 내가 있을 거예요."

혹시 어찌될지 모르는 수술이니 부부가 따로 나눌 이야기가 있을 것이라 여겨 그네들도 윤미에게 고갯짓으로 인사를 대신하고 대기실을 나갔다.

성도는 살포시 아내의 손목을 잡았다. 이렇게 아내의 손목을 잡아본 게 얼마만인가, 새삼스러웠다. 이처럼 아무렇지 않게, 언제나 잡을 수 있는 손목인데 대체 그동안 무슨 생각으로 살았는지, 참으로 무심했구나 싶었다.

"걱정 마, 별일 없을 거야."

"걱정 안 해요."

울먹이진 않았어도 촉촉한 기운이 느껴지는 성도의 음성에 윤미는 슬며시 눈길을 돌렸다.

"그래, 내가 수술실 밖에서 지키고 있을게. 정말 아무 일 없을 거야."

"왜요? 저승사자라도 찾아올까 봐요."

아내는 웃음기도 띠지 않고 섬뜩한 소리를 농담처럼 건넸다. 성도는 머리카락이 쭈뼛 서는 기분이었다.

"이 사람이⋯⋯."

"혹시라도 잘못되면⋯⋯."

"어허, 참! 수술도 여기 부장님이 직접 해주신다는 데 무슨 소리야."

그러나 아내는 작심한 듯 말을 이었다.

"준수하고 은주, 잘 돌봐줘요. 대학까지 공부시키면 부모 노릇은 한 셈이라지만, 그래도 너무 힘든 세상이잖아요. 부모가 애쓰는 만큼 더 잘될 거예요. 나는 그래도 당신 만나서 평범하지만 큰 걱정 없이 살았지만 당신은 힘들었잖아요. 그러니 자식들은 힘들지 않게 해줬으면 좋겠어요."

"알아, 이 사람아. 나한테 당신하고 자식들 빼면 뭐가 있다고."

"당신이 소홀하면 아이들이 외로울 거예요. 더구나 당신은 속마음하고 다른 소릴 잘하잖아요."

"알아. 그러니까 이 사람아, 늦게라도 아이 하나 더 만들어두자니까."

윤미는 맥없는 웃음을 지어 보였다.

"그러게요. 둘이라도 잘 기르자는 생각만 했지 외로울 거라는 생각은 못 했어요."

"그러니까 애들 외롭게 하지 않으려면 당신이 마음 단단히 먹어. 별것도 아닌 수술이라는데 뭘 그리 겁을 먹나. 괜찮을 거야."

"알아요, 겁 안 먹어요."

윤미는 자신보다 더 겁에 질려 있는 핏기 없는 남편의 낯빛에 가슴이 저렸다.

본래 속정을 드러내 보이지 않는 사람이기는 했지만 그래도 언제부턴가는 저 사람에게 정이라는 게 남아 있기는 한 걸까 의심스럽기도 했다. 그저 자식을 낳고 살아왔으니 부부라는 이름으로 남아 있을 뿐 자신을 여자로, 진정한 아내로 느끼지는 않는 듯싶었다. 그렇지 않고서야 말다툼할 때가 아니면 제대로 눈길 한번 맞추지 않는 일상을 어쩌면 그리도 태연히 살아낼 수 있는지. 지금껏 머리 모양 한번 봐주지 않았다. 그러긴커녕 한여름에 두터운 겨울옷을 입고 있다 해도 무감각할 사람이었다. 아픈 기색을 보여도 그저 아픈가 보다, 기껏 '병원에 가봐' 한마디가 전부였던 이. 어쩌다 가장으로서 관심을 보인다고 해봐야 겨우 아이들에 관해 몇 마디 할 뿐이었다. 그렇다고 바람이라도 피워 가정을 흔든 적도 없이 오직 일뿐인 사람이었기에 그나마 덤덤하게 살아온 것이었다. 그러나 솔직히 아이들이 있으니 살아왔을 뿐 자신이 누군가의 여자로 산다는 실감은 없었다. 다시 태어난다면? 특별히 바라는 것을 생각해본 적은 없지만 최소한 저 사람과 이런 무료한 삶을 다시 살고픈 생각은 조금도 없었다. 그런데 그런 사람에게……

마침내 수술실 문 앞에 이르자 남편은 애써 환한 웃음을 지으며 한 손을 불끈 쥐어 보였다.

"힘내. 편안하게 한숨 푹 자."

윤미는 여전히 한 손으로는 이동용 침대를 잡고 있는 남편에게 손짓부터 했다.

"집에 가서 좀 쉬어요."

"내 걱정은 하지 마."

"얼굴이 그게 뭐예요. 나가서 밥이라도 먹고 들어와요."

"그래, 알았어."

"이제 들어가야 합니다."

차분한 음성으로 간호사가 주의를 주고 이동용 침대에서 손을 떼게 하자 성도는 그 자리에서 얼어붙었다. 윤미가 가볍게 고개를 끄덕여 보이는 순간 성도의 눈자위가 순식간에 벌게졌다.

"조금, 조금 있다가 봐……."

뭔가 더 할 말이 있는 듯했지만 더 잇지 못한 채 고개를 떨어뜨리는 남편의 뺨 위로 눈물이 주르륵 흘러내리는 게 보였다. 윤미는 얼른 두 눈을 감았다.

내가 저 사람에게 그토록 소중한 사람이었나, 선뜻 믿겨지지 않았다. 그게 두려움이나 잠깐의 연민 때문이었다 할지라도 윤미는 그것으로 수십 년 쌓인 서운함을 씻어버릴 수 있을 것 같왔다. 한지붕 아래 살면서도 서로의 마음속에 남편이나 아내라는 존재가 없는 줄 알았던 공허한 시간들. 자식이라는 연결고리만 없으면 금세 먼지가 되어버릴 것만 같던 푸석하던 일상들. 그러고 보면 삶은 지루했다기보다 차라리 메마른 갈증에 조금씩 조금씩 길들여지고 있었는지도 모를 일이었다. 목이 마르면 물을 찾아서 나누고 마셔야 하는 법인데 그저 서로를 우두커니 지켜보며 함께 고사枯死의 길을 걸어가던 어리석음이라니. 윤미는 벌써 마음이 촉촉이 젖어오는 것 같았다. 어쩐지 수술도 별일 없이 잘 끝날 듯한 예감이 들면서 불안감도 잦아들고 있었다. 수술실 천장에 매달린 밝은 전등 불빛이 눈을 부시게 하는데도 안도감과 함께 서서히 졸음이 밀려들었다…….

피를 마르게 하는 시간은 더디게도 흐르고 있었다. 막내 명도가 몇 번이나 복도 의자로 데려가려 했지만 성도는 수술실 문 앞에 쪼그려 앉아 일어설 줄을 몰랐다.

지금껏 한번도, 단 한번도 아내와 헤어지리라는 생각은 하지 못했다. 언제가 때가 되면 앞서간 이들이 그러했듯 아내도 세상을 버리겠지만 자신이 떠날 때도 아내가 곁을 지켜주리라는 믿음은 참으로 철석같았다. 그녀를 만나 결혼한 이후 항상 그래왔다. 자신이 어디에서 무엇을 하든 아내는 언제나 집에 있었고, 꽤 멀리 떨어져 있을 때에도 항상 아내가 함께하는 느낌이 들었기에 더 그랬다. 무심하다는 말을 얼핏 들은 적도 있지만 무엇이 무심하다는 것인지, 오히려 답답했다. 굳이 믿음을 들먹일 것도 없이 너와 내가 구분조차 되지 않는 일체감, 세월이 흘러도 여일한 이런 느낌보다 더 진실한 것이 있을까.

늘상 함께 눈 뜨고, 아내가 차려주는 밥을 먹고, 준비해둔 옷을 갈아입고 집을 나와서 일을 보고, 밖에서 별다른 걱정을 하지 않아도 아이들은 집 안에서 탈 없이 자랐다. 그 밖에 사소한 일들도 대부분 순조롭게 풀려나갔다. 얼마나 좋은가. 이보다 더 소중하고 다행스러운 일이 있을까? 이토록 소중한 안정과 평화가 부서지지 않도록 조심하며 지켜온 날들이었다. 하지만 이 소중한 삶의 중심에 있던 아내가 위험에 처한 것이다.

눈앞이 캄캄하고, 어느새 입술은 메마른 황토 바닥처럼 갈라지고 터졌다. 아내가 없는 삶이라니! 어떻게 살아갈 수 있을까? 아니, 그보다 부서질까 두려워 조심하느라 미안하다는 말 한마디 못 건넸고, 고맙다는 말과 함께 등 한번 토닥거려주지 않은 이 몰염치를 어떻게 하라고! 진심으로, 자신이 할 일은 아내와 자식들을 궁핍하게 하지 않고, 최소한 내일과 모레에도 다르지 않으리라는 안정을 보장해주는 것이라 생각했다. 먹을거리 걱정은 진작에 면했다지만 그로서는 결코 마음을 놓을 수 없었다. 꼭 먹을거리 걱정은 아니라도 흡족하게 해주지 못한 것들이 너무도 많았다. 무엇을 어떻게 해주어야 가장의 책임을 다할 수 있는지, 또 어찌해야 자신의 갈증을 면할 수 있는지도 모른 채 그는 허덕거렸다. 그런 성도에게 일은 유일한 희망이자 도피처였다.

아내에게는 특히 더 미안했다. 채 씻어내지 못한 피로를 부스스한 머리 끝에 달고 해가 뜨기도 전에 주방으로 향하는 아내의 기척을 느낀 이가 무슨 낯으로 밥상머리에 앉아 그 노곤한 얼굴을 똑바로 마주할 수 있었겠나. 무심해서가 아니라 미안해서 등 뒤로 인사를 받고 또 건네며 집을 나설 수밖에 없었다. 그러고도 저녁이면 무슨 만남이 그리도 많은지, 거의 하루도 거르지 않고 무거운 졸음을 몰아내느라 애쓰며 기다리는 이에게 술 냄새, 마늘 냄새만 잔뜩 풍겼으니. 피치 못해서, 작은 덕이라도 볼까 기대하며 참석한 자리도 있었지만 어제그제의 늦은 귀가가 미안해서 공연히 거리를 헤매며 술잔을 비운 날도 있었다. 모든 것이 못난 자신의 죄였다.

'별일 없을 거야, 그래도 부장이라는 원로 박사님이 직접 수술을 해준다는데, 심장이라고는 해도 기껏 염증을 긁어내는 수술이라니……' 수술실 문을 흘끔거리며 가슴 터질 것 같은 순간마다 성도는 주문처럼 중얼거렸다.

16

수술이 끝날 시간이 다가오자 막내 제수를 시작으로 하나
둘 형제들이 모여들기 시작했다. 역시 명희와 정도 부부는 어
려운 수술은 아니라며 태연했고 막내 부부만 초조한 기색으로
어쩔 줄 몰라 했다. 태연한 쪽은 그래서 마음 든든했고 막내에
게는 지극한 애정이 고마워서 위로가 되었다.

"오빠, 사돈댁에는 연락 안 했어요?"

"장인 장모님 두 분 다 연로하신데 무슨 좋은 일이라고."

"하긴 그래요. 젊은 사돈께 이야기해도 금방 다 알 테니. 언
니 퇴원하고 어지간히 좋아지면 그때 말씀드려요."

"그럴 생각이다."

"형님, 전 아무래도 중요한 약속이 있어서……"

명희의 신랑인 매제가 손목시계를 들여다보며 쭈뼛거렸다.

"그래, 얼른 가봐. 여기 일은 명희가 있으니 신경 쓰지 말고."

"죄송합니다. 그럼. 내일이라도 퇴원하시기 전에 들르겠습니다."

"그럴 거 없어. 금방 퇴원할 수 있다고 하니까. 나중에 내가 연락할 테니 저녁이나 한번 하자고."

쭈뼛거리며 다른 식구들과 인사를 한 매제는 정도와 잠깐 이야기를 나눈 뒤 복도를 걸어갔다.

매제는 정도와는 가깝게 지내는 눈치였지만 성도와는 같은 서울에 살면서도 1년에 두어 차례 볼까 말까 했다. 손위 처남이라서 어려워하는 듯도 했지만 그보다는 서로 다른 세상을 살아간다는 느낌이 더 컸다. 어쩌다 자리를 함께할 때도 정도와는 대화가 끊이지 않았지만 자신이 끼어들면 금방 화제가 끊겨 머쓱해지기 일쑤였다.

예정시간보다 20분쯤 늦게 수술실 문이 열리며 초록색 가운 차림의 의사가 먼저 나왔다.

"서, 선생님, 수, 수술은?"

긴장으로 몸이 뻣뻣해진 성도는 말까지 더듬었다.

"아, 예. 일단 잘 끝났습니다. 회복실에서 경과를 본 뒤 내일 오전에 일반 병실로 옮기든가 하죠."

"그럼 이제 별일 없는 건가요?"

"사람 몸이라는 게 누구도 섣불리 장담할 수는 없지만, 특별한 상황만 없으면요. 대신 앞으로는 사모님 면역력을 높일 수 있도록 신경을 많이 쓰셔야 할 겁니다. 정기적으로 검진도 받고요."

"면역력을 높이려면 어떻게……?"

"병원에서 처방하는 약도 복용해야겠지만 아무래도 식사와 운동 같은 데 신경을 써야겠죠."

비로소 조금 마음이 놓였다. 무심코 던진 한마디에 심히 곤란해질 수도 있겠지만 의사들은 지나치게 신중하다는 생각이 들었다.

"무슨? 식이요법 같은 거 말입니까?"

"예, 식이요법도 좋은 방법입니다."

"보약이나 뭐 그런 건?"

"허허, 갑자기 약을 과하게 쓰면 독이 될 수도 있습니다. 천천히 하십시오."

"정말 괜찮은 거죠, 박사님?"

지켜보고 있던 정도가 끼어들었다.

"뭐 그럴 겁니다, 부사장님. 가족분들이 아주 화목해 보이십니다."

"예, 뭐. 아무튼 수고하셨습니다. 조만간 백 박사님과 같이 약주 자리 한번 만들겠습니다."

"허허, 좋죠."

"저기……."

형들 사이에서 나서는 법 없는 막내가 정도의 눈치를 살피며 걱정 가득한 눈빛으로 끼어들었다.

"예, 말씀하시죠."

"그 식이요법이라는 건 한의사와 상의해도 되는 건가요?"

"예, 나쁘지 않습니다. 아무래도 그분들은 자연재료에 지식과 경험이 깊으니까요."

"알겠습니다, 고맙습니다."

"허허, 막냇동생분이신가 본데……."

다시 수술실 문이 열리며 이동용 침대가 나오는 바람에 의사의 이야기는 끊어졌다.

"여, 여보……."

아직 의식이 돌아오진 않은 모양이었다. 산소마스크에 링거며, 몇 가지 의료 기구에 둘러싸인 아내를 보자 성도는 다시 다리가 휘청거렸다. 별일 없을 거라니 안도하면서도 수술실에 들어갈 때와 달리 의식 없는 아내의 모습에 가슴이 철렁한 것이었다.

허둥지둥 이동용 침대를 뒤따르는 성도와 다른 가족을 대신해 정도는 의사에게 인사치레를 하고 있었다.

의식이 돌아오지 않은 게 아니라 진통제를 맞고 잠이 든 거라는 회복실 의사의 말에 성도는 비로소 마음을 놓았지만 이번에는 복도 의자 위에서 움직이려 들지 않았다.

"아주버님, 잠깐 내려가셔서 식사라도 하고 오세요."

하루 동안에 눈에 띄게 초췌해진 성도의 모습에 명도의 처는 애가 타는 모양이었다.

"아니에요, 아직 생각이 없어요. 수고스럽지만 제수씨가 은주 데리고 집에 가셔서 뭘 좀 챙겨서 먹여주세요."

"싫어, 나도 밥 생각 없어. 여기서 엄마 깨어나는 거 보고 갈 거야."

"아니야, 수술 상처의 통증 때문에 진통제를 써야 하니까 엄마 한참은 더 자야 해. 들어가서 자고 내일 아침 학교 가기 전에 들러. 그럼 엄마하고 얘기할 수 있을 거야."

"그럼 아빠가 들어가. 내가 여기 있을게."

"어허, 엄마가 잠깐이라도 눈 떴다가 너 여기서 이러고 있으면 마음이 편하겠냐? 어서 말 들어. 제수씨, 좀 부탁해요."

다른 가족들은 모두 진즉에 돌아갔고, 막내 부부만 남아 있었는데 명도는 무슨 생각을 하는지 주변의 소리도 들리지 않는 눈치였다.

"명도야, 여기 은주하고 제수씨 집으로 좀 모셔 가라."

"예? 아, 예."

놀란 듯 화들짝 정신을 차리더니 더는 말도 없이 꾸벅 고개를 숙여 인사만 하고 앞장서는 막내의 모습이 좀 이상했다. 무슨 생각에 그리 빠져 있었던 걸까, 성도는 혹시 무슨 일이 있나 싶어 걱정이 들었다. 하지만 제수씨의 태도로 봐서는 별다른 일은 아닌 듯싶었다.

저희 빌어먹고 살기도 힘들 텐데, 명도네 부부의 성의가 새삼 갸륵했다. 그들은 집안에 무슨 일이라도 있으면 언제나 맨 먼저 발 벗고 나서서 정성을 다해 일을 처리했다. 가진 것이 없어 뭘 내놓을 수는 없어도 좋은 일 궂은일 마다않고 제 몸으로 할 수 있는 일이라면 무엇이나 먼저 하려 드는 그 마음을 성도는 모르지 않았다. 그럼에도 지금껏 명색이 맏형이라면서 아무 도움도 못 주고 또 신세를 지고 있는 것이었다. 면목은 없었지만 그래도 막내는 제일 만만했고 미더웠다. 하지만 그런 까닭에 돌아서면 금세 잊어버리고 여태 의무와 도리를 다하지 못한 셈이었다. 그래도 이번에는 생각난 김에 무엇이든 해주고 싶었는데, 아무래도 또 미뤄야 할 것 같았다. 아니, 어쩌면 영원히 기회를 놓치고 죽는 날까지 마음의 빚을 안고 살아야 할지도 몰랐다.

성도는 이제 아내의 마음을 알 수 있을 것 같았다. 그저 곁에서 지켜보는 것만으로도 지옥에라도 갔다 온 느낌인데 당사자는 오죽했을까. 아마 수술이라는 이야기를 듣는 순간 이미 반

쯤은 혼이 나갔을 터였다. 그러니 어찌 자식의 앞날이 절박하
게 다가오지 않았겠나. 백번이고 천번이고 이해할 수 있는 일
이었다. 그것은 비단 아내만이 아니라 자신도 마찬가지일 터였
다. 그래도 살아서 함께 숨을 쉴 것이라 생각하니 '이만큼 가르
쳐줬으면 제 힘으로 살아야지' 운운할 수나 있는 것이다. 다시
는 볼 수 없이 그것들만 남겨진다고 생각하면······.

비록 아내의 생명에는 큰 위험이 없다지만 어쩌면 자신이 눈
감는 아내의 곁을 지켜야 할지도 모를 일이었다. 이런 생각은
아내도 하게 될 터였다. 그런 아내에게, 남아 있을 아내가 아니
라 먼저 갈지도 모르는 아내의 마음을 상하게 해서는 안 될 노
릇이었다. 물론 아내가 더 오래 남는다 해도 큰 재산을 물려줄
것도 아니니 별 다를 바는 없었다. 그래도 곁에서 숨 쉬며 지켜
볼 수 있으니 얼마나 좋은 일인가. 그러니 이제 모든 것은 아내
의 뜻에 따를 요량이었다.

어쩔 수 없었다. 막내에게 진 이 빚은 이제 자신의 죄로 안
아야 했다. 아내와 동생, 둘 중에 누가 더 우선이라는 이야기가
아니라 세상에 아비로, 부모로 태어난 자로서는 무엇보다 자
식이 우선일 수밖에 없는 일이기 때문이다. 그래도 마음에 걸
리는 이유는, 막내는 그에게 동생이 아니라 자식이나 다름없
기 때문이었다.

17

"당신은 아까부터 무슨 생각을 그렇게 해?"

집에 와서도 넋이 빠져 있는 명도의 모습에 정옥은 숟가락을 들다 말고 동그래진 눈으로 물었다.

"응? 아, 아니야, 아무것도."

정옥은 힐끔 은주를 돌아보며 목소리를 낮췄다.

"왜? 무슨 안 좋은 소리라도 들었어?"

"아니야, 그런 거."

덩달아 은주까지 동그랗게 눈을 뜨고 숟가락을 멈췄다. 그래도 명도는 여전히 혼자만의 생각에서 깨어나지 못한 표정인데 때마침 휴대전화 벨이 울렸다. 화들짝 놀란 명도는 발신자도 확인하지 않고 전화를 받았다.

"예."

"아빠. 나야, 송주!"

"응, 우리 딸 송주구나."

은주의 두 눈이 동그래졌다. 한껏 정겨운 삼촌의 대꾸에 왠지 손이 오글거리는 느낌이 들었던 것이다.

"큰엄마는?"

"응, 큰엄마 수술 잘 끝나셨어. 지금은 병원에 계시는데 며칠 더 있으면 퇴원하실 거야."

"나도 큰엄마 보고 싶은데."

"역시 우리 딸은 착하구나, 큰엄마 걱정도 할 줄 알고. 그런데 이번에는 수술을 받으셔서 한동안 조용히 쉬셔야 해. 그러니까 퇴원을 하셔도 당장은 안 돼. 알았지?"

"응, 그런데 엄마는 며칠이나 있어야 와?"

"그건 정확히 모르겠고, 대신 아빠는 조금 있다 내려갈 거야."

"오늘은 아빠도 안 내려온다던데?"

"원래는 그러려고 했는데 아빠가 우리 딸들 보고 싶어서."

"와! 정말이지? 언니하고만 있으려니까 무서웠는데……."

명도가 전화를 끊자 정옥은 동그래진 눈으로 무슨 까닭인지를 묻고 있었다.

"그냥 애들 걱정돼서."

"경주가 잘하는데 왜 그래? 혹시 당신 무슨 걱정거리 있어?"

"걱정은 무슨."

"무슨 일 있으면 미리 신고해."

정옥은 짓궂은 표정이었고 명도는 대수롭지 않게 고개부터 가로저었다.

"허, 참, 아니라니까. 차는 그냥 주차장에 두고 갈 테니까 내일 당신이 병원으로 끌고 가, 은주하고 같이."

"언제 올 거야?"

"몰라. 전화할게."

은주는 여전히 숟가락을 멈춘 채 막내 삼촌 부부의 하는 양을 지켜보고 있었다. 낯설고 신기하기까지 했지만 좋아 보였고 부러웠다. 어떻게 딸에게 그처럼 정답게 이야기할 수 있는지, 분명 사는 형편이 조금 어렵다고 들었는데도 삼촌과 숙모는 서로를 이해하고 아끼는 게 어린 눈에도 훤히 보였다. 아빠와 엄마도 저렇게 지냈으면, 내게도 저렇게 정겹게 말해줬으면…… 그렇지만 갑자기 아빠가 저렇게 말해주면…… 아마 손이 오글거리는 정도가 아니라 온몸이 가려울 거라는 생각이 들어 은주는 실없이 미소 지었다.

밥그릇을 다 비우지도 않고 일어선 명도를 배웅한 뒤 정옥은 잠깐 생각해봤지만 도무지 알 수 없는 노릇이었다. 언제나 집안 어른들 일이라면 끔찍이도 챙기는 사람이었는데, 특히 큰 형님 댁 일이라면 자다가도 벌떡 일어나는 사람이었다. 이번에도 수술 이야기를 들은 뒤부터는 내내 좌불안석 어쩔 줄 몰라 하며 서울을 하루에 한 번씩 오르내린 사람이었다. 그런데 저녁만 먹고 나면 당장 병원으로 갈 줄 알았던 사람이 집에 가는 것은 그렇다 쳐도 어쩌면 내일은 서울에 오지 않을지도 모른다니 의아했다. 그렇다고 집에 무슨 걱정거리가 있는 것은 아닐 터였다. 비록 사는 형편이 조금 어렵기는 했지만 부부가 서로를 속이거나 불신하여 불화하지는 않았다. 뭔가 다른 생각이 있나 보다, 때가 되면 말을 하겠지, 생각하며 정옥은 너무 심각하게 여기지 않기로 했다.

고속버스가 출발하자 명도는 두 눈을 감고 깊은 생각에 잠겼다.

큰형님에 대한 기억은 겨우 초등학교 3, 4학년 무렵으로 거슬러 올라간다, 아주 짧은 기억이다. 그때 큰형님은 막 군대에서 제대해 초등학생인 자신을 대견하다는 듯 넓은 가슴으로 껴안거나 업어주었다. 사실 그보다 더 뚜렷하게 머릿속에 남아 있는 기억은 형님이 세상의 어떤 풍파에서도 자신을 지켜줄 것 같아 너무나 든든해 가슴이 터질 듯 기뻤다는 것이다. 어머니 품에서 자라고 보살핌을 받아왔지만, 어머니에게서 느끼는 포근함이나 위안과는 다른 감정이었다. 그러고 나서 다시 큰형님은 오랫동안 곁을 떠나 있었다. 물론 간간이 편지와 사진, 혹은 과자 같은 선물을 받기도 했지만 특별히 감동하진 않았고 그저 반가울 따름이었다. 오히려 그런 소식들은 알지 못할 그리움만 더해주어 외려 서운한 생각이 들기까지 했다.

지금 생각하면 가슴앓이였던 것도 같은데 그런 감정이 시간이 흐르면서 점점 무디어질 무렵인 중학교 졸업식을 앞두고 큰형님은 다시 곁으로 돌아왔다. 초등학교 졸업식 때 자신도 모르게 연신 뒤를 흘끔거렸던 까닭을 명도는 중학교 졸업식을 치르면서 알게 되었다. 큰형님의 부재 때문이었다는 사실을……. 그날, 명도는 큰형님이 꽃다발을 들고 와 있다는 사실이 얼마나 든든하고 가슴 벅찼던지 하마터면 졸업사진을 찍을 때 눈물을 쏟을 뻔했다. 졸업식 뒤에 먹었던 짜장면은 아마 그의 생애에서 결코 잊을 수 없는 한 그릇 밥이었으리라. 물론 형님은 곧바로 곁을 떠났다. 그렇지만 이번에는 아주 멀리가 아니라 버스를 타면 두어 시간이면 닿는 서울이었다.

명도가 고등학교를 다니는 동안에 큰형님은 결혼식을 올렸다. 서울에서 형님을 본 것은 이때가 유일했다. 물론 일부러 형님을 만나러 서울에 갈 필요도 없을 만큼 명절이나 주말을 이용해 춘천에 내려오기도 했지만 결혼식 뒤에는 왠지 형님을 대하기가 어려웠다. 한동안은 어느 날 불쑥 나타난 낯선 사람이

형님의 곁을 지키고 있어선가 싶었지만 이내 그게 아니라는 사실을 깨달았다. 사실은 형님이 너무 큰 어른이 되어 있었던 것이다. 예전의 든든한 느낌은 여전했지만, 초등학생일 때 막 제대한 큰형과 고등학생일 때 일가를 이룬 형님을 대하는 느낌은 확연한 차이가 있었다. 얼핏 거리가 멀어진 느낌도 들었지만, 어리광을 부리기엔 자신도 이미 어른이 되어 있었으니 조심스러울 수밖에 없었다.

그래도 큰형님은 형제들 중 누구보다 명도에게 마음을 썼고 너그러웠다. 고등학교 3학년 때 다른 학교 동급생 아이들과 큰 싸움이 있었고, 학교에서 가장 주먹이 셌던 명도는 몇 사람에게 큰 상해를 입혀 문제가 커진 일이 있었다. 명도는 눈물바람을 하는 엄마보다 큰형을 어떻게 봐야 하나 싶어 난감했다. 그때도 여전히 춘천 집의 생활비는 물론이고 명도의 학비까지 전부 형님이 대주고 있었으니 말이다. 그러나 경찰서로 찾아온 형님은 먼저 명도는 다친 곳이 없는지를 확인하고 상대편과 합의를 끌어내는 데만 애를 썼다. 어렵게 합의서를 받아내 명도를 경찰서에서 데리고 나온 뒤에도 형님은 그저 한마디를 던졌을 뿐이었다. "싸움질하지 말고 공부나 해"라고.

그런 큰형님이 명도에게 몹시 서운한 눈빛을 보인 건 대학 진학을 포기하겠다고 털어놓았을 때였다. 그때 형님은 서울에 올라와 학원이라도 다니며 재수를 하라고 했지만 명도는 단호

히 고개를 저었다. 더는 형님에게 부담을 지울 수 없다는 생각
도 없지 않았지만, 우선은 명도의 성적이 바닥권인 데다 공부
에는 도통 관심이 없었다. 어쩌면 그게 형님에게 큰 상처가 되
었을지도 모른다는 생각이 나중에야 들었지만 명도는 그런 만
큼 형님을 실망시키지 않도록 잘 살아보자, 마음을 다졌다. 하
지만 살기가 만만치 않았다. 여태 형님에게 마음의 부담을 주
고 있었으니…….

어쨌거나 명도에게 큰형님은 특별한 존재였다. 물론 형수님
도 이제는 형님의 아내라서가 아니라 존재 자체로 특별하고 소
중했다. 그런데 위험에 빠진 형수에게 자신은 아무것도 해줄
것이 없었다. 다른 형과 누이는 그래도 봉투나마 건네는 눈치
였다. 솔직히 자신은 그런 깜냥이 안 될뿐더러 그래봐야 형님
이 화를 낼 게 뻔한 처지니…… 그래도 가만있을 수는 없었다.
뭔가 하지 않으면 도저히 사람의 도리가 아닐 것 같았다. 아니,
뭐라도 드리고 싶었다, 형수님께.

18

아내가 힘겹게 눈꺼풀을 밀어올리자 얼른 한 손을 움켜잡는 성도의 두 눈에 눈물이 그렁그렁했다.

"정신이 들어? 나 알아보겠어?"

눈을 뜬 윤미는 힘겹게 고개를 돌리며 주변을 살폈다. 성도는 누구를 찾는지 금방 알았다.

"은주는 집에 들여보냈어. 지금 시간이 새벽 2시야. 아침에 학교 가기 전에 들를 거야."

윤미는 그제야 조금 안심하는 눈빛으로 성도를 바라봤다. 그녀는 어쩔 수 없이 어미였다.

"당신은 왜 안 들어가고……?"

"어떻게 당신을 두고 들어가? 수술은 잘됐다니 걱정하지 마.

잘 버텨줘서 고마워, 정말이야."

성도의 눈에서 눈물이 방울방울 굴러 떨어졌다. 몇 번인가
남편의 눈물을 본 적이 있기는 했지만 온전히 자신을 위해 흘
리는 눈물은 처음이라는 생각에 윤미도 가슴이 시렸다.

"사실 나 겁났어요. 다시 눈을 못 뜨는 게 아닌가……."

"나도 그랬어. 얼마나 겁이 났다고. 방금 당신이 눈을 뜨기
전까지도. 그렇지만 이젠 됐어. 음식 잘 먹고 운동도 조금씩 하
고, 괜한 일에 신경 쓰지 말고 마음 편하게 살아. 그럼 아무 문
제 없을 거야. 당신이 나보다는 아이들에게 훨씬 든든한 존재
니까 오래 살아야지."

설핏 남편이 서운해하는 걸까 싶었다. 하지만 눈빛을 보니
그렇진 않은 듯했고 사실 그럴 사람도 아니었다.

"은주 밥은 어떻게……?"

"막내하고 제수씨."

윤미는 이렇다 할 대꾸 없이 슬며시 눈을 감으며 고개를 돌
렸다. 이미 퇴원한 뒤에도 며칠 동안은 막내네가 집안일을 돌
보는 것으로 결정했는데 깜빡 잊은 모양이었다. 아니 새삼 불
편한 모양이었다.

"그냥 도우미 아주머니 부를까?"

성도의 조심스러운 말투에 윤미는 눈을 뜨며 억지로 미소
를 흘렸다.

"그럴 거 없어요. 동서는 우리 살림도 잘 아는데……."

그리고 윤미는 힘들다는 듯 가볍게 인상을 찌푸리며 다시 눈을 감았다.

눈을 떴으니 진통제 효과가 줄어들었을 테지만 꼭 통증 때문에 인상을 찌푸린 것은 아닐 터였다. 결국 막내에게는 아무 도움도 주지 못할 처지에 괜히 말을 꺼내 아내를 편치 않게 만든 자신의 아둔함에 성도는 고개를 저었다. 아니, 아둔함보다는 능력이 닿지 않은 탓이니 차라리 한심하다고 해야 할 터였다. 세상사, 어차피 원하는 바를 다 얻을 수는 없는 일이었다. 차라리 이쯤에서 원상태로 돌려놓아야겠다는 생각이 들었다.

"여보. 나 회사……."

윤미는 잠시 못들은 척 반응이 없었지만 결국 천천히 눈을 떴다.

"나, 회사, 아무래도 그냥……."

"당신 뜻대로 해요. 난 바깥일 잘 모르잖아요."

"그래, 힘들어도 그냥 끌어갈 테니까 이제 당신도 괜한 일에 마음……."

윤미가 고개를 가로저어 말을 막았다.

"당신 많이 지쳐 보였어요. 억지로 끌고 가려고 하지는 말아요. 이제 당신 뜻대로, 하고 싶은 일 해도 돼요."

"아니, 아니야. 그냥 다시 한 번 잘 꾸려볼게. 그러니까 당신도……."

윤미가 이맛살을 잔뜩 찌푸렸다. 다시 통증이 찾아드는 모양이었다. 그래도 윤미는 힘겹게 입술을 뗐다.

"그러던가요. 뭐든지, 이젠 편하게, 원하는 거 해요."

잔뜩 찌푸린 이마 위로 송송 땀방울이 배어나오고 있었다. 성도는 마음속 갈등이 더 심한 통증을 유발하는구나 싶었다.

"당신 퇴원하면 준수도 휴가 나올 거야. 전화 왔는데 당신 수술 받았다는 이야기는 안 했어, 놀랄까 봐."

"잘했어요. 아……."

"어, 여보! 간호사, 간호사!"

새어나오는 신음소리를 참느라 입술을 깨무는 아내를 보며 성도는 다급하게 간호사를 찾았다.

진통제가 투여되자 윤미는 이내 다시 잠이 들었다.

19

　며칠을 비웠더니 그새 회사는 활기라고는 찾아볼 수 없이 축 처진 분위기였다. 그동안 수주를 추진하던 몇몇 공사는 이미 경쟁사에 낙찰되었고 나머지도 긍정적인 기미는 보이지 않았다. 그렇다고 새로운 공사에 대한 정보가 있는 것도 아니었고 공장에서 생산되는 소방자재 영업도 시원찮아서 기존 거래처에서 들어온 소량의 추가 주문 말고는 실적이 없었다. 도무지 직원들이 일을 하고 있는지 알 수 없을 정도였다. 이미 수주 받아 진행 중인 현장의 공정은 차질 없이 진행되고 있어 그나마 다행이었다.

　축 늘어진 어깨로 마지못한 듯 보고를 마친 최 이사가 고개를 숙인 채 성도의 말을 기다렸다.

"아무래도 소방자재 쪽 개발을 적극적으로 해보는 게 어떨까 싶은데, 어차피 지금 상황으로 봐서 공사 수주에 매달려서는 답이 안 나올 것 같지 않아?"

"……?"

최 이사는 무슨 소리냐는 듯 어리둥절한 표정이었다.

"꼭 공장을 가지고 있어서 하는 소리가 아니라 이럴 때 제조 쪽을 탄탄하게 다져놓으면 나중에 경기가 풀렸을 땐 유리할지도 몰라."

"무슨 신제품에 대한 좋은 아이디어라도?"

"이제부터 생각해봐야지. 그 아이티인지 뭔지 하는 신기술도 적용해서. 사실 우리처럼 현장을 잘 아는 사람들이라면 분명히 획기적인 아이디어를 찾아낼 수 있을 거야."

"그러려면 사장님, 상당한 투자가 있어야 할 텐데요."

"투자? 얼마나?"

"사장님은 얼마나 생각하고 계신데요?"

"글쎄…… 뭐, 우리 공장을 담보로 융통했던 부분이 거의 정리됐으니 그걸 이용하면 얼마간 자금은 마련할 수 있을 텐데……."

최 이사는 황당했다. 아이티까지 들먹이며 신제품 개발 운운하더니 자금이라고는 기껏…… 그보다 며칠 전만 하더라도 회사를 매각하려는 뜻이 분명해 보였는데 새삼스레 제품 개발을 들먹이는 게 아무래도 속내가 의심스러웠다.

가뜩이나 좁은 바닥이었다. 더구나 장기간의 불경기로 모두 촉각을 곤두세우고 있었으니 소문은 마른 들판의 불길처럼 번져나가 이제 업계에서 '진화설비'의 매각설은 공공연한 사실이었다. 당연히 수주는 불가능한 상태였다. 언제 주인이 바뀔지 모르는 업체에 공사를 맡길 회사는 없었으니 말이다. 그렇다고 매각도 쉽지 않았다. 사실 건설 관련사의 매각이라는 것은 대형 종합건설사가 아닌 다음에야 기껏 건설업 면허를 팔고 사는 것에 불과했고, 그간의 수주실적과 도급한도액에 따라 가격이 결정되었다. 물론 진화설비의 경우는 도급순위에서 제법 앞쪽에 있었으니 아무리 불경기라 하더라도 잘만 하면 나쁘지 않은 조건에 주인을 찾을 수도 있었다. 이는 사실 도급한도액이 큰 면허를 원하는 사람들의 조건을 충족시켜줄 수 있는 경우이고, 진화설비가 갖추고 있는 설비제조공장은 요즘 같은 불경기에는 오히려 거추장스러운 혹이었다. 그러니 그 혹을 제거하지 않고 매각설만 번져 있는 상태에서 시간을 끌다가 수주부진으로 도급한도액마저 줄어든다면 회사는 하루아침에 깡통이 될 수도 있었다. 그런데 사장은 무슨 속내인지 뜬금없이 신제품 개발이라니…….

"저, 사장님 그러지 마시고……."

최 이사의 조심스러운 반응에 성도는 눈만 끔뻑거렸다.

"차라리 공장을 따로 떼어 이걸 사장님 개인회사로 만드시는 게……?"

"뭐? 그게 무슨 소리야!"

성도의 언성이 높아지자 최 이사는 움찔했지만 이내 마음을 다잡은 듯 굳은 표정으로 말을 이었다.

"이쯤 됐으니 저도 솔직하게 말씀드리죠."

"그래, 얘기해봐."

"솔직히 우리 진화설비, 이제 제대로 된 수주는 사실상 불가능하다고 봐야 하지 않겠습니까?"

"그게 무슨 소리야, 도대체?"

"이미 매각설이 파다합니다. 우리한테 공사를 줄 회사는 거의 없다고 보는 게 맞습니다."

"누가 판대? 나 회사 내놓을 생각 없어!"

"아무리 사장님은 마음이 바뀌셨다고 해도 그걸 온전히 받아줄 회사는 없습니다. 사장님이 한번 나서보십시오. 아마 사장님이 몸담으셨던 회사에서도 면허 값을 올리려나 보다 생각하지 진심으로 회사를 꾸려나가기 위한 행동으로 여기지는 않을 겁니다. 그런 회사에 일을 잘못 맡기면 부실이 되기 십상인데……."

미쳤다! 성도는 그제야 정신이 번쩍 들었다. 미처 거기까지 생각하지는 못했다. 지속된 불경기 속에 연달은 수주 실패로

지치고 위축된 데다 막내에 대한 미안함에 마음이 조급해져서 깊은 생각 없이 말을 꺼낸 게 화근이었다. 아무리 가까운 사이라도 동종업계 사람인 이상 경쟁자가 될 수밖에 없었다. 그런 이에게 인수 의사가 있는 사람을 알아봐달라고 부탁했으니, 물론 아직은 확실한 의사도 아니고 비밀을 유지해달라는 이야기도 했지만 그게 무슨 소용이 있을 거라고……. 게다가 갑작스런 아내의 병에 거의 정신을 놓고 있었다지만 그건 구차한 변명일 뿐 결국 자신의 아둔함 탓이었다.

"정말이지, 꼭 넘겨야겠다는 생각은 아니었는데……."

"이미 일은 일파만파입니다. 그걸 수습하시려면 대형 공사라도 몇 개 수주하셔야 할 텐데, 그게 지금 상황에서 가능할까요? 더구나 요즘은 일거리도 많지 않을뿐더러 그럴 만한 대형 건설사들의 입찰 조건도 아주 야박합니다. 섣불리 생각하셔서 불리한 조건을 안았다가는 오히려……."

틀리지 않은 이야기였다. 무엇보다 이미 기술경쟁에서 밀리고 있었다. 성실함이나 단순한 기계 기술력으로 커버할 수 있는 상황이 아니었다. 하지만 그런 조건에 맞는 기술력을 갖추려면 감당하기 어려운 자금이 필요할 터였다.

"뭐, 할 수 없지. 그냥 무리하지 않고 경기 풀릴 때까지 끌고 가는 수밖에."

스스로 말하면서도 성도는 자신의 무능을 자백하는 것 같아 낯이 뜨거웠다.

"더 어려워지실 수 있습니다."

갑작스레 은근한 최 이사의 반응이 의아했다.

"그럼 무슨 다른 방법이라도 있어?"

"말씀드린 대로 공장하고 분리를 하시지요. 그러면 진화설
비는 소방시공만 남고 아직은 도급한도액도 높은 편이니 나쁘
지 않은 조건에 매각이 가능할 겁니다."

"그럼 공장 직원들은?"

"기왕에 사장님께서는 기계 개발에 관심이 많으시니 직원
수를 좀 줄여서 끌고 가면 혹시 희망을 찾을 수도 있지 않겠나
하는, 아니, 좀더 솔직하게 말씀드리자면 아니할 말로 최악의
경우에는 사장님 생각부터 하셔야죠. 그래도 공장 땅이 있잖습
니까. 그거면 앞으로도 얼마든지……."

뜻밖의 이야기에 성도는 말문이 막혔다. 하지만 그보다도 최
이사의 진짜 의도를 알 수가 없었다.

"……."

의혹을 감추지 않는 성도의 눈길을 피하면서도 최 이사는 속
내를 털어놓기 시작했다.

"저도 직원들 생각부터 하는 사장님 마음을 모르는 바 아닙
니다. 아마 다시 회사를 끌고 가겠다고 말씀하신 이유도 그 때
문이 아닐까 싶고요. 그렇지만 아무리 사장님이 애를 쓰신다 하

더라도…… 제 생각에는 오래지 않아 최소한 시공 부문은 손을 떼시게 될 거라고 봅니다. 사장님 의지와 전혀 상관없이 현실이 그러니까요. 그럴 경우를 한번 가정해보면 어떻습니까? 사장님이 고용승계를 조건으로 내세우는 만큼 손실은 클 테고, 결국 어느 선에서는 타협할 수밖에 없을 겁니다. 그 경우 면허 유지에 필요한 자격증 소지자는 크게 문제가 안 되겠지만 그렇지 않은 사람들, 더구나 기술직도 아닌 관리직이 가장 피해를 보게 됩니다. 그건 사장님을 못 믿어서가 아니라, 설령 사장님과 인수자 간에 명확한 약속이 되었다 할지라도 언제 잘릴지 모르는 파리 목숨이라는 걸 다들 잘 알고 있습니다. 저같이 나이 들고 유지비용 많이 드는 사람은 더구나……."

스스로도 서글픈 듯 깊은 한숨을 내뱉으며 말을 멈춘 최 이사가 찻잔을 들어 목을 축이고 다시 계속했다.

"누구를 원망할 것도 없죠, 세상이 그러니. 이럴 줄 알았으면 진작에 무슨 자격증을 따두던가 기술이라도 익혀둘걸 하고 후회했지만 어쩌겠습니까, 허허……. 그렇다고 아직 고등학교 다니는 애가 남아 있는 제 처지에서 뭔가 살 궁리를 하지 않을 수가 없어서 고민을 좀 했습니다. 살려주십시오, 사장님."

금방 무릎이라도 꿇을 듯 소파에 앉은 채 거의 구십 도가 되도록 허리를 굽혔다가 펴는 그의 눈동자가 빨갛게 달아 있었다. 성도는 난처하기도 했지만 마음 한구석이 무너지는 듯 아팠다.

"아니, 내가 무슨 힘이 있다고…… 그만해."

"아닙니다, 사장님. 그리고 저 혼자만 살겠다는 건 아닙니다. 그동안 저도 업계의 반응을 좀 알아봤습니다만, 공장만 분리되면 인수할 쪽은 금방 찾을 수 있을 것 같습니다. 뭐 관리직과 영업직 전부가 구제될 수는 없겠지만 어쩌겠습니까. 그 전에 저도 나서서 젊은 친구들 일자리는 다른 회사에라도 알아보겠습니다."

"그래서 나한테 뭘 어쩌라는 거야?"

"제게 인수할 쪽을 물색하고 주선할 권한을 주십시오."

개인적으로 돈을 챙기려는 속셈이었다, 그것도 노골적으로.

"최 이사, 자네……!"

그가 다시 말을 이었다.

"최소한 본사와 시공팀의 집단행동은 책임지고 막겠습니다. 약속합니다."

"뭐, 뭐……?"

어처구니가 없었다. 처음 사업을 시작할 때부터, 그것도 성도가 몸담았던 건설회사의 협력업체 직원 시절 맺은 인연으로, IMF 여파로 회사가 문을 닫자 살 길을 간청해 함께 일하기 시작했던 사람이었다.

"도대체 자네가 어떻게 책임을 진다는 거야?"

"할 수 있습니다. 믿어주십시오."

"무슨 약점이라도 잡고 있다는 거야?"

잠시 망설이던 그가 고개를 숙였다.

"죄송합니다……."

그 대답은 한편으로 최 이사가 먼저 성도를 속여왔다는 이야기였다. 물론 성도도 전혀 눈치채지 못한 바는 아니었지만 어느 정도는 모르는 척 넘어갈 수밖에 없는 것이 현실이었다. 하지만 약점을 잡아 관리책임자가 부하 직원들의 목줄까지 누르고 있으니…… 회사의 어두운 이면을 짐작하고도 남았다. 배신감도 배신감이었지만 성도는 더 이상 미련을 두고 싶지 않았다.

"만약 내가 거절한다면 어떡할 건가?"

"제발 그렇게는 안 되게 해주십시오. 저도 사장님과 함께 망하고 싶지는 않습니다, 죄송합니다."

세상이 어쩌다 이 지경이 되었는지……. 아무리 어려운 여건이라 해도 그들 세대는 최소한 공공연하게 인간을 배신하는 파렴치한 짓은 감히 엄두도 내지 않았다. 비난이나 벌이 두려워서라기보다 스스로 인간이기를 포기하는 길이었기 때문이다. '사흘 굶어 담 안 넘을 사람 없다'는데, 절박한 마지막 몸부림까지 비난할 생각은 없었다. 적어도 자신을 속이면서까지 부와 명예를 얻으려 하고, 끝내는 진정한 자신을 잃어버리는 허울뿐인 인생을 살지는 않으려 했다. 물론 그들 세대에서도 몇

몇은 그런 뻔뻔한 짓으로 동료들을 욕되게 하고 나아가 세상을 혼탁하게 했다. 그렇지만 이제는 몇몇 소수가 아니라 다수가 그런 듯싶었다. 심지어는 자식이 돈을 위해 부모를 죽이고, 부모는 사랑이라는 이름으로 자식 인생을 옥죄며, 오직 자신의 희열만을 추구하기도 한다. 그러고는 기껏 핑계랍시고 세상 탓을 한다.

그래, 어쩌면 정말이지 세상을 탓해야 하는지도 모를 일이다. 도무지 희망이라곤 찾을 수도 없고 보이지도 않는 세상이니. 한평생을 아무리 성실하게 일해도 제 힘으로는 번듯한 집한칸 마련하지 못하는 아득하고 비틀린 구조. 태어나 두 발로 걷기 시작하는 순간부터 뭐든 배워야 하는 굴레에서 벗어난 적없건만, 사랑하는 이는커녕 자신조차 제대로 건사하지 못하는 사람이 태반인 어이없는 세상의 장벽. 오로지 부모 잘 만났다는 이유로 공정한 경쟁을 비켜가는 것도 모자라 저들만의 리그로 세상을 희롱하는 신神 아닌 신들. 뭇사람이 일구고 몸 눕혀 쉬어야 할 땅과 집을 개인의 노리개인 양 제멋대로 부풀려 치부의 수단으로 삼는 탐욕스러운 괴물들……. 그러니 할 수 있는 것이라고는 오직 즐기는 것뿐이라 여길 법도 했다. 어차피 죽는 날까지 마련하지 못할 집이라면 만만한 자동차라도 장만해서 위안 받아야지. 아무리 배우고 애써도 더는 오르지 못할 한계가 정해진 밑바닥에서 발버둥칠 따름이라면 인간의 가치는 무슨, 돈에나 매달려야지. 하물며 짐승도 제 사랑 하나는 지켜가는데 사람으로 태어나 사랑의 꿈만 꿀 뿐이라면 차라리 쾌락에나 빠져야지. 도무지 꺼꾸러질 것 같지 않은 탐욕스러운 괴물이 득실거리는 세상에서 벌거벗은 몸뚱이 하나로 살아내려면 양심은 무슨, 배신과 파렴치는 죄악이 아니라 그저 수단일 뿐이지…….

하지만 과연 그렇기만 한 것일까? 희망은 다른 누가 만들어주는 것이 아닐진대, 오직 자신이 꿈꾸어 이루어나가는 것인데, 장애물이 가로막는다고 접고 묻어버린다면 애당초 가짜 희망이 아니었겠는가. 앞을 가로막는 것이 도저히 무너뜨릴 수 없는 금산철벽일지라도 희망은 희망이기에 헤쳐나갈 수 있는 게 아니겠는가. 장벽은 언제나 있었고, 희망을 무기력하게 만드는 파렴치한 괴물도 늘 버티고 있었다. 위를 바라보는 것은 어쩔 수 없는 인간의 숙명, 그처럼 바라보는 위는 언제나 아득한 장벽이 아니었던가. 스스로도 한 점 부끄럼 없다 단언하지는 못할진대, 결국은 자신도 누군가에게는 파렴치한 괴물은 아닐지라도 최소한 비난의 대상이 되었던 순간은 있지 않았겠는가. 그럼에도 세상에서 희망이 아주 사라지진 않으니, 아직은 염치와 부끄러움을 아는 이들이 더 많기 때문일 것이다…….

그러므로 희망을 잃어버렸다는 것은 다른 무엇보다 먼저 자기 탓이라 해야 옳을 터였다. 그저 막연히 위를 바라보고 지레

겁먹어 머뭇거리다가 마침내는 흉내나 내는 것으로 위안을 삼으려 하면서 무엇을 탓하려는가. 파렴치하다, 괴물이다, 욕하면서도 똑같이 닮지 못해 안달하는 그 마음은 또 무엇인가. 그 허황하고 낯부끄러운 욕망에서만 벗어난다면 또 다른 살맛나는 푸른 세상을 만날 수도 있는 것을. 설움의 눈물을 삼키며 꿈을 집았나 했지만 그것은 또 다른 꿈의 세상으로 가는 길목임을 우리는 몸으로 체득했는데, 찌는 태양빛 아래에서 아득한 사막의 지평선 위에 아른거리는 아지랑이가 푸른 희망으로 변하는 것이 기적이 아님을 실감했는데…….

성도는 아내에게 한 약속을 또 깨야만 할 것 같아 낙담한 나머지 긴 한숨을 토해냈다.

20

아무리 인터넷을 뒤져도 확신이 설 만큼 명쾌하게 정리된 답변은 찾을 수 없었다. 결국 명도는 한의사인 친구를 찾아 춘천까지 발걸음을 했다. 고등학교 동창인 주호는 오랜만에 찾아온 친구를 두 팔 벌려 반기며 서둘러 진료를 끝내고 식당으로 이끌었다.

"네놈이 어쩐 일이냐? 사는 거 바쁘다고 몇 년째 발걸음도 안 하더니."

"진짜 바쁘다. 너같이 공부 잘해서 한의사씩이나 된 놈이 어찌 고달픈 인생을 알겠냐."

"그러게, 왜 학교 다닐 때 공부는 안 하고 주먹질만 했냐. 그래, 요즘은 뭐해? 빵집 한다고 들은 거 같은데."

"참 무심하기도 하다. 빵집 없앤 지가 언젠데. 요즘은 오토바이 퀵서비스로 겨우 입에 풀칠한다."

"그래? 그거 좀 위험하지 않아?"

"위험은, 임마 내가 오토바이 하루이틀 탔냐."

"하긴, 중학교 때부터 동네 오토바이란 오토바이는 무슨 짓을 해서라도 다 한 번씩은 타봤으니. 야, 그럼 이참에 아예 춘천으로 와서 우리 한의원 약 배달도 해라."

"그럼 밥 먹고 살 수 있냐?"

"춘천 시내에 한의원이 몇 개야? 그것만 몽땅 잡아도 먹고 사는 데는 문제없을걸."

"네가 잡아줄래?"

"아, 그건 좀……."

"그럼 네가 우리 식구 전부 먹여 살려라. 난 네가 시키는 대로 할 테니까."

"야, 이런 날강도 같은 놈아. 뭐, 좋다. 친구 놈 얼굴 보는 재미로 두 식구는 내가 책임지지."

"그럼 애들은?"

"뭐? 야, 거기까지는 못 한다. 요즘 마누라보다 애들 키우기가 더 무섭다는 거 모르냐!"

객쩍은 소리로 쌓인 회포를 푸느라 둘은 연거푸 술잔을 주고받았다. 친구들은 하나같이 명도라면 껌뻑 죽는 시늉을 했다. 별

162

반 잘난 것도, 내세울 것도 없었지만 10년 만에 만나건 날마다 만나건 그들의 우정은 변함이 없었다. 큰형은 진작 떠났고 뒤이어 누나와 작은형이 대학에 입학하며 한 사람씩 춘천을 떠난 뒤 혼자 남아 중학교를 다니던 명도는 어린 나이에도 외로움을 절감했다. 어머니가 곁에 있기는 했지만 일찍 혼자가 되었다는 한과 스스로에 대한 자애自愛가 유별났던 탓에 당신은 막내에게도 의지가 되기보다는 외려 마음 쓰이는 대상이었다. 철없는 또래였지만 친구들은 유일하고도 더없는 위안이었다.

사실 명도는 공부에는 재주도 관심도 없었다. 그럴 때 세상살이에 익숙한 누군가 있어 갈 길을 보여주었다면 아마 명도의 삶은 많이 달라졌을 것이다. 한참을 살고 나서 곰곰 돌이켜보면 일찌감치 기술을 익혔더라면 하는 아쉬움이 있었다. 그저 남들따라 덩달아 대학을 가야 한다고 인문계 고등학교에 입학했지만 왜 대학을 가야 하는지, 무엇을 배우려는 것인지를 모르니 수업은 건성일 수밖에 없었다. 솔직히 아무 재미도 느끼지 못한 데다 시험을 앞두고 며칠 밤을 새우며 애를 써봐도 도무지 성적이란 놈이 꿈쩍을 안 하니 끝내 흥미를 얻을 수 없었다. 그래도 가까운 친구들과는 사이가 좋았다. 더구나 힘이 좋고 반사신경이 뛰어났기에 반항기를 보내던 또래들을 휘어잡을 수 있었고, 그의 친구들은 한껏 어깨를 펴고 골목을 누볐다. 그때 입에 달고 살았던 단어가 '의리'였던가? 하지만 이제 명

도와 친구들 사이에서도 변하지 않은 마음과는 달리 '의리'라
는 단어는 까맣게 잊혀져가고 있었다.

"야, 주호야. 그 류머티슨간 뭔가 하는 게 심장에도 무슨 병
을 일으키는 수가 있냐, 심내막염인가 뭔가?"

"이런 무식한 놈. 류머티스가 뭐냐, 류머티즘이다, 류머티
즘."

"그래, 잘났다, 류머티즘."

"뭐, 그런 병이 있지. 류머티즘성 심내막염 같은."

"그 류머티즘은 무릎 같은 데 일어나는 병 아니야?"

"보통은 그렇지, 하지만 특별한 경우에는 심장에 염증을 일
으키기도 해. 가만, 그런데 네가 그걸 왜? 혹시 네가?"

주호는 그제야 술기운으로 빨개진 두 눈을 동그랗게 떴다.
술이 확 깨는 느낌이 든 걸까?

"아니야, 내가 그런 건 아니고."

주호는 금세 환한 낯빛이 되었다.

"자식이, 그럼 그렇지. 무쇠덩어리에 염증이라니 말이 안 되
지. 그럼 누가? 혹시 제수씨?"

"우리 강아지가 아니고 큰형수님."

"뭐, 그래? 허, 참. 뭐, 그래도 그건 치료만 잘하면 돼. 염증
이 많이 진행되었으면 수술하는 방법도 있고. 병원에 가보시
라고 해."

"수술은 이미 하셨어."

"그래? 그럼 뭐 별일 없을 거야."

그래도 의사인 친구가 대수롭지 않게 이야기하니 명도는 다소 마음이 놓였다.

"그래도 면역력인가 뭔가 하는 걸 신경 써야 한다던데, 인터넷을 아무리 뒤져봐도 도무지 이거다 싶은 걸 볼 수가 없어."

"어쩐지 갑자기 춘천까지 납셨다 했더니……."

"그래, 뭔가 해드리고 싶은데……."

주호는 고개를 끄덕였다. 친구도 그랬지만 형제들, 특히 큰형님이라면 명도에게 어떤 존재인지 주호도 잘 알았다.

"면역력을 높이는 데는 홍삼이나 옻도 좋고 가시오가피, 삼지구엽초, 영지버섯 같은 것들도 좋아. 동충하초도 좋지만 자연산은 구하기도 어려운 데다 값도 만만치 않고. 우선은 수술을 받으셨다니 현미와 채소 위주로 식단을 짜서 식사를 잘하시도록 하고, 포도를 항상 가까이 두고 드시라고 해. 포도가 생각보다 아주 좋은 식품이야."

"돌팔이 같은 놈. 누가 그런 평범한 걸 묻냐? 그런 건 인터넷에도 널렸더라."

정색을 하며 짜증을 내는 명도의 기세에 주호는 잠시 고개를 갸웃거렸다.

"경옥고가 좋기는 한데……."

"경옥고? 그게 뭐야?"

"한방에서 면역력을 높이는 데 쓰는 약이야. 요즘에는 시중 약국에서도 파는데."

"비싸?"

"값은 함유된 재료의 질에 따라 천차만별인데, 그게……."

"질에 따라? 그럼 좋은 재료를 구해서 네가 직접 만들면 될 거 아냐?"

"그거야 그렇지."

"만들 줄은 확실히 아는 거지?"

명도는 다짐이라도 받겠다는 듯 눈을 부릅뜨며 물었다.

"임마, 그럼 내가 한의산데."

"재료는 뭐야? 아주 비싼 것들이야?"

"아니야. 복령, 지황, 봉밀, 인삼이 주재료야."

명도의 얼굴에 실망의 빛이 떠올랐다.

"겨우 그걸로?"

"겨우라니, 흔하게 쓰는 거라고 가볍게 여기는데 그것도 어떤 재료를 쓰느냐, 얼마나 정성을 들이느냐에 따라 약효는 천양지차가 될 수도 있어. 약은 정성이라는 말도 있잖아."

"어떤 재료라니?"

"우선은 복령이 문제야. 복령은 시중에 흔하지만 이런 경우에는 정말 좋은 걸 구해야 하는데……."

"어디서 구하는데?"

"산에서. 복령은 원래 소나무 뿌리에 기생하는 균의 일종인데, 가능한 한 깊은 산에서 오래 자란 육송의 뿌리에서 구하면 좋지."

"깊은 산?"

"응, 우리나라에서는 소백산맥 줄기가 뻗은 동해 가까운 울진이나 영덕, 봉화 같은 데 깊은 산이나 지리산에서 구하는 게 좋아. 어디 심마니를 찾아서 부탁해봐. 오래 묵은 것은 사람 머리통만 한데 약효도 아주 좋지."

"또 다른 건?"

"지황은 겨울을 나지 않은 게 좋은데 그건 다음 달이면 캐기 시작할 거야. 꿀은 토종꿀을 구해야 하고."

"토종꿀? 그보다 더 좋은 건 없고?"

"특별한 경우는 석청이라는 꿀을 쓰기도 하는데 그건 네팔의 가파른 절벽에서 구할 수 있는 희귀한 거니까 어렵지. 뭐, 우리나라 토종꿀도 제대로만 구하면 약효는 충분해. 나머지 하나는 인삼인데, 장뇌를 쓰면 더 좋지."

"산삼은?"

잔뜩 기대에 차 눈빛을 반짝거리는 명도의 모습에 주호는 웃음 지었다. 아마 네팔이 가까운 곳이라면 에베레스트 절벽 아니라 어디라도 당장 쫓아가고도 남았을 것이다.

"왜, 직접 심마니라도 하게?"

"뭐, 못 할 것도 없지."

"허허, 그런데 산삼은 다른 약재를 섞지 않고 그 자체로 쓰는 게 좋으니까 제쳐두고, 일단 경옥고를 만드는 데는 복령이 중요해. 생각 있으면 복령부터 구해봐. 그쪽 심마니들은 네가 찾아가서 알아보고, 나머지 시황이나 봉밀, 장뇌는 내가 알아볼게."

"만드는 건 확실히 책임질 수 있는 거지?"

"그래, 며칠 밤을 새워야 하지만 네 정성을 봐서 그건 해준다."

명도는 이제 조금 마음이 놓였다. 복령이 뭔지는 몰라도 산을 타는 것 정도는 얼마든지 자신 있었다. 군복무하는 동안 태백산맥과 소백산맥 줄기는 수십 번도 더 오르내렸다. 게다가 집안의 기둥인 큰형수님의 생명과 건강을 위한 일인데, 산삼이 필요하다면 그것도 찾아나설 터였다.

21

"뭐, 애들을?"

전화기를 든 정옥의 두 눈이 휘둥그레졌다.

"응, 며칠만 장모님한테 데려다 놓을게."

"왜? 어디 가려고?"

"응, 산에 좀."

"뭐? 당신 지금 친구들하고 휴가라도 가려는 거야?"

"이 똥강아지가 사람을 어떻게 보고. 하여튼 그렇게 알아."

하긴, 그럴 사람은 아니었다. 더구나 집안의 우환으로 자신까지 집을 비운 터에 휴가라니. 자세히는 몰라도 무슨 까닭이 있겠거니, 정옥은 순순히 동의하고 친정에 전화를 걸어두었다.

전화를 끊고 돌아서니 언제 방에서 나왔는지 의아한 눈빛으로 윤미가 지켜보고 있었다.

"헤헤, 형님 언제 나오셨어요?"

"왜, 집에 무슨 일이 있대?"

"아니에요, 애비가 며칠 어딜 간다고 애들을 친정에 보내 겠다네요."

"어딜?"

"모르죠. 산에 간다는데 무슨 일이 있나 보죠, 뭐."

"……?"

휴가 끝물이기는 했지만 그래도 혼자서 산에 간다는 게 윤미 도 의아했지만 뭐라 말할 처지가 아니었다. 무심히 돌아서려는 데 문득 마음에 걸리는 게 있었다. 조카들이었다.

"그럼 경주하고 송주, 서울로 데려와. 어차피 여름방학도 며 칠 안 남았는데 그동안 애들 꼼짝도 못한 거 같으니 여기 데려 와서 구경이라도 시켜."

"에이, 가뜩이나 수선스러운데 뭐하게요."

"수선스럽기는 뭐가. 은주는 매일 학교 가고 집도 텅 비었 는데. 그렇게 해."

"그럼 그럴까요? 헤헤, 고마워요 형님."

얼른 전화기를 꺼내는 정옥을 보며 윤미는 돌아섰다.

그렇지 않아도 퇴원을 하고도 벌써 며칠째 살림을 봐주고 있 는 막내 동서가 영 부담스러운 터였다. 이전에도 명절이나 제사 때는 일부러 며칠 전에 올라와 집안일을 도와주었던 사람이지만 이번에는 도무지 마음이 편치 않았다. 그러면 안 된다고 아무리 마음을 다잡아도 좀체 예전처럼 너그러워지지가 않았다.

수술은 잘됐다니 이제 잘만 관리하면 건강에도 별 문제는 없을 터였다. 누가, 언제, 먼저 눈을 감을지는 몰라도 남편도 마음을 잘 정리한 듯했다. 새삼 말로 확인하지 않아도 알 수 있었다. 무엇보다 남편의 애틋하고 지극한 마음까지 절절히 느낀 터였다. 그런데도 사소한 일에 자꾸만 예민해져서 남편에 대한 도리를 다하지 못하는 것 같아 마음이 무거웠다. 당장이라도 막내 동서를 집으로 내려보내면 조금은 마음이 홀가분해질 것 같지만, 아무리 식구 없는 살림이라지만 고3인 은주가 문제였다. 막내 동서의 도움이 없다면 은주는 집에 신경을 쓰느라 학업에 소홀할 게 틀림없었다.

다시 방으로 들어서자 출근 준비를 하던 남편은 옷을 다 입고서도 창밖 허공에 눈길을 둔 채 우두커니 의자에 앉아 있었다. 그녀는 까닭 모르게 가슴이 철렁했다.

"왜 안 나가고……?"

"응? 아, 가야지……."

그래도 남편은 쭈뼛거리면서도 여전히 의자에서 일어서지 않았다.

"왜 무슨 걱정 있어요?"

"아니야, 걱정은 무슨……."

마지못한 듯 일어서는 남편 모습에 윤미도 침대 모서리에 걸터앉았다.

"무슨 걱정이나 할 말이 있으면 얘기해요. 뭐든 당신 마음대로 하라고 했잖아요."

다시 의자에 앉아서도 한참을 망설이던 성도는 말없이 기다리는 아내의 눈치를 살핀 뒤 조심스럽게 입을 뗐다.

"이건…… 정말이지 오해하지 말고 들어줬으면 좋겠어. 내가 섣불리 말을 꺼낸 불찰이기는 하지만, 이미 업계에 회사를 매각하는 걸로 소문이 퍼져서…… 당신은 잘 모르겠지만 워낙 불경기인 데다 앞으로도 살아날 기미가 안 보이니까……."

더듬거리는 성도의 말이 다 끝나도록 윤미는 꼼짝도 하지 않았다.

바깥세상의 사정을 잘 알지 못하는 그녀로서도 남편 이야기를 이해할 수 없는 바는 아니었다. 믿지 못할 사람도 아니었고 그럴 까닭도 없었다. 더구나 어쩔 수 없는 사정이 되었으니 그럴 수밖에 달리 방법이 없으리라. 그런데도 남편의 마음을 짓누르고 있는 돌덩이 같은 부담은 자신에게서 비롯된 것이었다. 뭐라고 명쾌하게 답을 해줬으면 좋겠는데 어떻게 말해야 할지 도무지 알 수 없었다. 오히려 까닭 모를 울화가 가슴 아래에서 스멀스멀 피어오르는 기분이었다.

"그럼 당신은 앞으로 뭘 할 건데요?"

"사무실은 쉽게 정리될 것도 같은데 공장이 문제지. 나는 줄이는 것보다는 아예 새로 시작하고 싶은데…….

"공장 사람들은 뭐라는데요?"

"아직 직접 들어보지는 않았지만 아무래도 시끄러워질 것 같아."

그녀의 입술 사이로 한숨이 비어져 나왔다.

"그러게 왜 그렇게 제대로 따져보지도 않고 말부터 꺼냈어요."

"미안해. 내가 정신이 나갔지, 쯧."

혀를 차고 나서 성도는 아차, 했다. 막내네 때문에 정신이 나갔다는 뜻일 수도 있기 때문이다. 다행히 아내는 다른 반응을 보이지 않았다.

"뭐, 공장만 끌고 나가는 것도 생각해봐야지."

"그건 좀 아닌 것 같아요. 나는 잘 모르지만 당신 말대로 공장을 끌고 나가려면 신제품 개발에 투자해야 한다면서 무슨 돈으로요? 당신 나이에 또 집을 저당잡히니 뭐니…… 그것만은 나도 반대예요."

"알아. 나도 그런 무모한 짓은 안 해."

"그럼 정리해요, 공장도. 아무리 직원들이 억지를 부린다해도 당신 전에 하고 싶다던 조그마한 공장 정도는 할 수 있을 거 아니에요?"

"그렇지 그거야. 알았어, 나도 그렇게 마음먹고……."

윤미가 말을 가로막고 나섰다.

"정말이에요, 당신 마음대로 해요. 난 전혀 반대 안 해요."

"여보, 왜 그런 소리를? 나 다른 데 신경 안 써. 당신하고 나, 그리고 우리 두 녀석 제대로 뒷바라지하는 것만 신경 쓰며 살 거야."

"그래요, 난 믿어요."

윤미는 의자에서 일어나 방을 나가는 남편에게 미처 눈길조차 주지 못했다. 미안해서였다.

아무리 생각해도 열심히 살아온 죄밖에 없는 사람이었다. 풍족하지는 않았지만 그럭저럭 남의 눈치 보며 살지는 않도록 애써준 사람이었다. 그런데도 남편은 무엇 하나 마음대로 하지 못하고 살아왔다. 차라리 자신을 위해 욕심을 부렸다면 말리지 않았을 것이다. 그러나 남편은 자신을 위해서는 번듯한 옷가지 하나 장만하지 않으면서도 가족을 위해서라면 무엇이든 해주려고 애썼다. 그렇다고 무슨 대단한 것을 해주었다는 얘기는 아니다. 하지만 아무리 변변찮은 것이라도 준비하는 쪽에서는 계획을 세워야 했고, 그 때문에 다른 걸 포기해야 하는 경우도 적지 않았다.

남편이 안쓰러웠다. 그녀에게도 오빠와 언니가 있었지만,

그들이 과연 저 사람만큼 마음을 쓰고 살았을까? 아닐 것 같았다. 그럼 남편의 여동생과 남동생 둘에게는 그런 내리사랑의 마음이 있을까? 그 또한 아니리라……. 먼저 태어났으니 먼저 사랑 받은 건 당연한 이치지만 늦게 태어났다고 덜 사랑받거나 겉돌았을 리는 없었다. 그런데도 오직 먼저 태어났다는 이유만으로 그처럼 속을 끓이며 살아야 하는가. 지금도 남편은 어쩔 수 없이 그리할 수밖에 없는 일을 두고서도 혹시 자신이 오해라도 할까 싶어 전전긍긍하지 않는가. 더구나 마음 쓰이는 대상이 눈앞에 있기까지 했으니 오죽할까 싶었다.

22

성도의 차가 공장 마당에 들어서자 삼삼오오 모여 있던 직원들이 슬금슬금 눈치를 살피며 공장 안으로 들어갔다. 어쩌다 눈이 마주치는 직원들은 고개를 숙여 인사를 하기도 했지만 눈치를 살피면서 외면하려는 기색이 역력했다. 최 이사가 공장은 살릴 것이라는 이야기를 했을 테니 불안한 가운데에도 사장의 눈 밖에 나기는 싫은 것이리라.

공장 안에서 이 부장이 허둥거리며 나왔다.

"회사가 왜 이리 어수선해?"

"예? 아…… 뭐, 일거리도 없고 해서……."

뒤통수를 긁적이며 고분고분한 게 벌써 여실히 달라진 태도였다. 살아남으려니 어쩔 수 없었을 것이었다.

"일거리가 없으면 교대로 휴가를 가든지. 공장 직원들 안 쓴 연가 많잖아. 이럴 때 쓰지 바쁠 때 연가 쓰겠다고 할 거야?"

"예, 그러도록 하겠습니다."

"……."

성도의 대꾸가 없자 이 부장도 입을 다물었다. 딱히 할 말이 없어서가 아니라 서먹해서 이전처럼 스스럼없이 이야기를 꺼낼 수 없기 때문이었다.

공장을 둘러보니 새삼 감회가 새로웠다. 한때는 공고 기계과 출신이라는 신분이 서러워 외면하고 싶었지만 점차 자리가 잡히면서 기계에 대한 관심이 일기 시작했다. 건설현장에서도 각종 자재들을 눈여겨보았고, 집 안에서도 고장난 기계들을 손수 뜯어 맞추는 게 일상이 되며 재미가 더해졌다. 무엇보다 기계들은 거짓말이 없었다. 삐꺽거리고 멈추는 데는 반드시 그만한 까닭이 있었고, 바로 펴고 다듬어 닦고 기름 쳐서 제자리에 끼워 맞추면 어지간히 낡은 것들도 군말 없이 제 몫을 하곤했다. 그래서 언젠가는 작은 공장을 하나 가져보리라 마음먹었고, 사업을 시작하면서 기어이 공장을 만들었다.

혹여 잘못되는 건 아닐까 겁이 나 적지 않은 밤을 뜬눈으로 지새웠으면서도 무슨 배짱으로 그 많은 빚을 끌어들여 땅을 마련하고 공장을 지었을까. 그래도 운이 따랐는지 10여 년 동안 공장은 멈추는 날이 없었고 덕분에 얼마간 확장까지 하면서도 빚을 거의 정리할 수 있었다.

성도도 그동안 사무실보다는 공장에서 보낸 날이 훨씬 더 많았다. 쇠와 쇠가 부딪혀 내는 소리며 쇠를 깎는 요란한 기계음이 귀를 먹먹하게 했지만, 그것은 쇠가 내는 원초적인 비명일 뿐이었다. 하지만 사람들은 달랐다. 그저 사람과 사람으로 만나 스스럼없이 속내를 털어놓고 즐거움과 어려움을 나누기는 갈수록 어려워졌다. 이제는 목적을 감춘 채로 서로의 필요를 위해 만나고 상대의 속내를 뻔히 알면서도 모르는 척 외면하는 위선이 일용할 양식이었다. 10년 넘게 동료로 지냈고, 다시 10년 넘게 형님 아우하며 날마다 연락을 주고받아도 막상 일이 사이에 놓이면 주고받을 셈이 분명했다. 아니, 가까우면 가까울수록 주고받는 문제에서는 더 냉정하고 탐욕스러웠다. 물론 그 덕에 자신도 쓰러지지 않고 버텨왔지만 언제나 허탈하고 욕지기가 치밀었다. 아마 그래서 사무실보다 공장이 더 마음이 편했으리라.

"최 이사한테 얘기 들었습니다."

"……."

대꾸도 하고 싶지 않았다. 아직 자신은 아무런 결정도 내리지 못하고 있는데 자신의 뜻과는 상관없는 말들이 멋대로 떠돌고 있었으니 사장이 누구인지 헷갈릴 지경이었다.

"공장만 끌고 가시려면 아무래도 직원들 수가 부담스러우

178

시죠? 혹시 신제품이라도 개발하실 생각이면 개발인력도 있어야 할 테고요?"

"……."

"그럼 외국인 인력들을 내보내시죠. 월급이 좀 적다고는 해도 그 친구들 숙련도로는 신제품 개발에 별 도움이 안 될 테니 말입니다. 뭐 그 친구들이야 한두 달 치 월급만 더 집어줘도 감지덕지죠. 사실 우리 회사만큼 외국인들 대우 잘해주는 데가 어디 있습니까. 월급을 하루라도 늦게 줘본 적이 있나, 휴가를 안 보낸 적이 있나. 오히려 저들이 수당 더 받겠다고 일을 더하려고 했지. 그러니까 회사 사정 이야기하면 저들도 군말 없이 나갈 겁니다. 사장님이 말씀하시기 뭣하면 제가……."

"관둬, 말을 해도 내가 해. 누구보다 성실한 사람들인데 그렇게 함부로 상처 줘도 된다는 생각……."

성도는 스스로 말을 끊었다. 계속 잇다가는 격해지는 감정을 주체할 수 없을 것 같아서였다. 한 식구라고 여겼던 믿음에 한번 생긴 상처는 쉽사리 아물지 않았다. 그런데 저들은 아무런 아픔도 느끼지 못하는 걸까. 제멋대로 말을 쏟아내 아물지 않은 상처를 덧나게 하고 있었다.

"저…… 이제 공장만 남길 생각이시면……."

또 무슨 이야기를 하려는지 눈치를 살피며 더듬거리는 이 부장을 성도는 아예 외면했다.

"새로 사업자등록을 하신다면 법인으로 하실지……? 그럼 외국인들 정리하시고 남는 우리 직원들도……."

확 고개를 돌려 자신을 향하는 성도의 눈길에 이 부장은 움찔했다. 성도의 눈빛이 차가운지 뜨거운지 이 부장은 헷갈렸다.

잠시 머뭇거리던 그가 작심한 듯 눈길을 피하며 다시 입을 열었다.

"뭐 다른 뜻은 없습니다. 사장님께서 항상 책임은 혼자 진다고 말씀하시니 이번에는 저희도 책임을 나누는 게 어떨까 하고 의견을 모아봤습니다. 그렇게 되면 저희도 책임감이 더 커질 테니……."

섬뜩했다. 아니, 분노가 먼저 치밀었다.

"여기 땅과 공장에 대한 값은 치를 수 있고?"

"저희가 무슨 돈이 있다고요. 그렇지만 시세대로 계산할 수는 없지만 저희도 많은 사람이 처음부터 이 공장과 함께했으니 어느 정도는……."

기가 막혔다. 성도는 자신을 자본주라고 생각해본 적은 없었다. 그러나 최소한 빚까지 끌어다 투자했고 위험을 감수한 만큼 합당한 이익을 취할 자격이 있다고 생각했다. 비록 주식회사라는 법인 형태를 취했지만 자신 아닌 다른 사람의 자본이 투자된 바는 없었고, 1인 주주로서 개인의 전 재산을 걸고 지켜온 회사였다. 결국 이름은 주식회사였지만 주주로서의 유한책임은 말뿐이고, 무한책임을 걸머지고 있는 것인데 한푼도 투자하지 않았고 책임도 없던 사람들이……

세상은 갈수록 못돼가고 있었다. 진실한 애정과 정직한 성찰, 양심과 부끄러움은 개나 줘버린 세상이었다. 그들뿐만 아니라 자신도 땀을 흘렸다. 10년이 넘는 세월을 바쳤다고 하지만 그들은 어차피 어디에서든 그렇게 일했을 것이고 자신은 그들의 노력에 마땅한 대가를 지불했다. 그들은 오직 일하고 대가를 받으면 될 뿐이지만 자신은 모든 것을 걸고서도 그만큼의 대가를 받지 못한 날도 있었다. 아니, 잘못되면 영원히 받지 못할 수도 있었다. 법이 '법인'이라는 것을 만들어 회사와 자신을 따로 나누어놓으니 그들은 뻑하면 '주식'과 '공동'을 말한다. 그러나 과연 그들에게 '공동'이나 '공유'를 말할 자격이 있는가?

"그런 발상은 누구한테서 나온 거야? 최 이사가 그래?"

"아, 아닙니다. 그냥 저희는 사장님께서 좀더 힘내시라는 뜻에서…… 아니면 또 언제 어떻게 될지 모르니……"

"그럼 자네들이 여기 인수해, 내가 아예 넘겨줄 테니까!"

기어이 성도의 언성이 높아졌지만 이 부장은 불만스러운 기색까지 드러냈다.

"사장님은 땅과 공장이 있으니 언제라도 정리할 수 있겠지만 저희는 어떡합니까?"

"뭐야?"

휴대전화 벨소리가 요란하게 울렸다. 성도는 차라리 다행이다 여기며 전화를 받았다.

"저예요."

아내였다.

"응, 왜?"

"막내 서방님이 애들 데리고 왔는데 당신 일찍 들어올 거예요?"

퍼뜩 불편한 생각이 스쳐갔다.

"아니야, 늦어."

"뭐가 바쁜지 서방님 그냥 가신다는데 일찍 들어와서 저녁이라도 같이 하지 그래요?"

"됐어, 바쁜 일이 있겠지. 끊어."

퉁명스레 전화를 끊은 성도는 여전히 버티듯 서 있는 이 부장을 무시한 채 차를 타고 시동을 걸었다.

이 부장과 이야기를 나누는 동안에도 줄곧 그랬는지 공장문 안쪽에 모여 있는 직원들이 보였다. 자신의 꼴이 우습기도 했지만, 어쩌다 일이 이렇게 되어버렸는지 마치 뭐에 홀린 기분이었다.

23

 머리가 깨질 것 같은 두통에 억지로 눈을 뜬 성도는 후다닥 몸을 일으켰지만 자신이 안방 침대에 누워 있음을 알고 다시 늘어졌다. 어떻게 들어왔는지 기억이 나지 않았다. 공장에서 나오는 길로 차를 운전해 파주로 갔고, 새 공장 건물로 염두에 두었던 낡은 창고 근처 식당에 들어갔다. 울화와 스트레스 탓인지 견딜 수 없는 허기가 밀려들어 밥을 시켰지만 오만 가지 상념이 스치며 술을 찾았고, 홀로 비운 소주병이 여러 개 쌓여가던 것까지만 기억났다. 술병만 비웠지 아무런 결정도 내리지 못했는데 그것도 기억이 났다. 저절로 깊은 한숨이 터져 나왔지만 여전히 마음은 안갯속이었다.

 문이 열리며 아내가 물 잔을 들고 들어왔다.

"마셔요, 매실청에 꿀 좀 탔어요."

"응, 그런데 내가 어떻게 들어온 거야? 차는?"

"하나도 기억 안 나요?"

"응, 미안해."

"준수가 데려왔어요."

"준수?"

"예, 어제 당신 전화 끊고 조금 있다가 집에 왔더라고요. 당신 기분이 안 좋은 듯해서 다시 전화 안 했는데, 저녁 무렵 식당에서 전화가 왔어요. 잠든 당신 핸드폰에서 전화번호를 찾아 전화한다기에 준수를 보내 데려오게 했어요."

"준수는?"

"지금 씻어요. 그런데 무슨 일이에요?"

"아니야, 신경 쓰지 마. 나도 좀 씻어야겠네."

"그래요, 얼른 씻어요."

아내는 더 묻지 않고 일어나 갈아입을 옷가지를 찾아 화장대 위에 올려놓았다. 아직 정리되지 않은 복잡한 상황일 경우 아내는 굳이 물어서 알려고 하지 않았다. 답답하지만 풀어나가야 할 사람이 아직 고민 중이라면 때로는 기다려주는 게 상책이라는 사실을 알았다. 그건 믿음을 바탕으로 한 지혜일 터였다. 그래서 믿음은 노력의 열매이기도 한 것이다.

방문이 빼꼼히 열리며 송주에 이어 경주의 얼굴이 비쳤다.

성도는 그제야 두 아이들이 어제 막내와 함께 왔다는 사실을
떠올렸다.

"어이구, 우리 경주하고 송주 왔구나!"

부석부석한 얼굴을 손바닥으로 부비며 침대에서 내려오자
두 아이는 금세 환한 얼굴로 쪼르르 달려왔다.

"큰아빠 안녕하셨어요?"

"큰아빠, 어제 왜 그렇게 술 많이 드셨어요?"

성도는 두 아이를 양팔로 껴안았다. 다른 두 동생의 아이들
과는 달리 막내의 아이들은 아무리 오랜만에 만나도 서먹하지
않고 살가웠다.

"미안하구나, 너희가 왔다는데도 큰아빠가 어제 손님 만나
느라 술에 취했다."

"괜찮아요. 아프지는 않아요?"

"머리는 안 아파요?"

"응, 큰아빠는 괜찮다."

"어, 우리 아빠는 머리 아프다고 하던데?"

"그래? 그러고 보니 나도 머리가 조금 아프구나."

"약 사다 드려요?"

"허허, 아니야. 큰아빠 씻고 나면 괜찮을 거야. 잠시 거실에
나가 있어. 금방 씻고 나갈게."

"예, 준수 오빠도 씻고 있어요."

새 떼처럼 조잘거리는 아이들 모습에 성도는 절로 웃음을 머금었다. 곁에서 물끄러미 지켜보는 윤미의 얼굴에도 미소가 번졌다.

"은주는?"

오랜만에 빈자리 없는 식탁 모습에 흐뭇해진 성도가 물었다.

"벌써 나갔죠."

"언니는 고3이잖아요."

준수에 이어 경주가 한마디 덧붙였다.

"응, 그렇구나. 어서 먹자."

"아빠는 엄마가 수술을 받는데도 저한테는 아무 말씀도 안 해주시면 어떡해요, 명색이 장남인데."

"위험하지 않은 수술이었어."

"그래도 그렇죠."

"아니에요, 큰아빠. 우리 아빠도 얼마나 걱정했는데요. 서울 갔다가 집에 와서도 계속 어이구, 어이구, 허 참, 허 참, 그랬어요."

"새벽에 화장실 가다 보니까 염주 쥐고 막 절도 하던데요."

"그래? 그랬구나. 자, 어서 밥부터 먹어라."

성도는 얼른 아이들의 말을 가로막았다. 언뜻 아내의 표정을 보아하니 난처해하는 것 같아서였다.

"준수 넌 언제 들어가니?"

"4박 5일 휴가 받았어요."

"그럼 내일이나 모레 저녁에 술이나 한잔 하자꾸나."

"좋죠."

"어디 가서 드세요? 포장마차 가세요?"

또 끼어드는 경주의 말에 준수가 먼저 밝게 웃음 지었다.

"포장마차? 좋지. 그런데 경주가 포장마차를 어떻게 알아?"

"아빠가 우리 자주 데려가요."

"그래? 경주하고 송주는 포장마차 가면 뭐 먹는데?"

"나는 어묵이랑 닭똥집 먹고 송주는 매운 닭발하고 돼지 오돌뼈 좋아해요."

"송주가, 그 매운 걸?"

"예, 얼마나 맛있는데요."

"우와, 대단한데! 아빠, 그럼 경주랑 송주 데리고 포장마차 가요."

"그래, 그러자꾸나."

"와! 신난다!"

"아유, 시끄러워! 너흰 큰엄마 아픈데도 계속 수다 떨며 귀찮게 하고, 밥상에서도 마구 떠들고. 안 되겠다, 집으로 보내야지."

아이들의 요란한 환호성에 정옥은 당장 제동을 걸었지만 성도는 물론 윤미까지 얼굴에 웃음이 가득했다. 오랜만에 느껴보는 사람 냄새, 사람 기운이었다.

"아빠, 나 오늘 애들 데리고 놀이공원하고 수영장 다녀올게요."

"와! 신난다!"

"시끄러워. 준수는 휴가 나왔으면 여자친구도 만나고 해야지 무슨 소리야."

"작은엄마, 그런 걱정 마세요. 여자친구 만나봐야 기껏 커피숍 아니면 극장인데, 잘됐죠 뭐. 경주랑 송주 데리고 나가면 그 친구도 좋아할 거예요."

"그래, 그렇게 해라. 모처럼 서울 왔는데 그냥 집에만 있게 해서야 되겠니."

거들고 나서는 아내의 표정이 편안해 보여 성도는 마음이 놓였다. 수술 뒤끝이라 감정이 예민할 수도 있어 한껏 신경이 쓰였다. 하지만 천진한 아이들 앞에서는 역시나 어쩔 수 없는 모양이었다. 성도는 또 막내가 마음에 걸렸다. 무슨 일이 있기에 아이들까지 여기 데려다 놓은 것인지.

24

푹푹 찌는 폭염은 깊은 산중의 서늘함도 무색케 했다. 울진
의 깊은 산골마을에서 약초 캐는 사람들에게 이야기를 듣기는
했지만 복령은커녕 아직 그럴싸한 소나무조차 만나지 못했다.
가끔씩 사람 머리통만 한 복령이 발견되기도 한다니 얼마를 헤
매더라도 꼭 그런 복령을 찾고 싶었다. 굳이 직접 복령을 캐러
나서지 않더라도 전문 심마니에게 부탁하는 방법도 있고, 주
호 말로는 시간은 조금 지났어도 약효가 크게 떨어지진 않으니
시중 물건을 구입해도 되지만 그러고 싶지 않았다. 꼭 돈이 문
제가 아니라 최고의 재료를 직접 구해 최대의 약효를 얻고 싶
었다. 그래서 쇠가 닿으면 안 된다는 주호의 말에 따라 소나무
밑동을 팔 삽도 투박하게나마 나무로 직접 만들었다. 집에서

출발해 울진까지 오는 동안에는 혹시 부정한 것을 볼까 싶어 오로지 앞만 보며 조심스레 달려왔고, 산에 오르기 전에는 맑은 개울물에 들어가 온몸을 정성들여 씻었다. 산에서 먹을 음식도 집에서 직접 싸온 소금만 넣은 주먹밥과 건빵 10여 봉지가 전부였다. 그게 다 떨어지면 나무열매나 뿌리를 채취해 먹을 심산이었고, 혹여 군 시절 산악훈련을 받을 때처럼 뱀이나 다른 동물은 쳐다보지도 않을 생각이었다.

"형수님은 형님의 반쪽이다. 형수님이 건강해야 형님도 건강하다. 약은 정성이 제일이다. 정성을 다하면 복령이 찾아온다. 형수님은 형님의 반쪽이다……."

잠깐 턱밑까지 차오른 숨을 토해내느라 헐떡거리던 명도는 진작부터 중얼거리던 소리를 또 외우기 시작했다. 부정한 생각, 불길한 생각이 들지 않도록 스스로 생각해낸 주문이었다.

25

성도는 다시 창주를 찾았다. 동창들 중에서 가장 크게 기업을 일궈냈으니 그동안 여러 우여곡절을 겪었을 테고 더러 자신과 비슷한 경우도 있었을 터였다. 꼭 그의 말을 들어 결정하지 않더라도 갑갑한 속을 털어놓다 보면 마음을 정할 수 있을지도 몰랐다. 아무리 너그러이 생각하려 해도 이렇게 염치 없는 직원들과 더는 함께할 수 없었다. 다소 무리한 욕심을 부려 분란이 생겨도 공장이 잘 굴러가면 어느 정도 받아들이고 타협할 수도 있을 것이다. 하지만 지금은 생존마저 낙관할 수 없는 처지였다. 이런 상황에 얼토당토않은 욕심까지 드러내는 사람들에게 무슨 기대를 할 수 있겠는가. 그래도 성도는 여전히 공장 직원들의 재취업만이라도 주선해주고 싶은 마음 때문에 망설이고 있는 것이었다.

돌아가는 저간의 사정을 들은 창주는 혀를 차며 목청을 높였다.

"법대로 해! 그깟 놈들 사정 봐줄 거 없어! 어떻게 돼먹은 세상이 날이 갈수록 억지만 쓰면 다 되는 줄 알아!"

"그렇지만 여차하면 농성이라도 벌일 태세야."

"농성? 흥, 한번 해보라고 그래! 다른 건 몰라도 그건 내가 해결해줄게. 그까짓 게 무서워서 참고만 있어?"

"어떻게 해결한다고 그래?"

"용역업체들은 괜히 둔 줄 알아? 아니, 오죽했으면 용역업체를 쓰겠어?"

"그래도 그건 폭력을 쓰는 거잖아?"

"폭력? 그럼 그놈들 농성은 폭력 아니야! 서로 폭력 쓰지 말라고 만들어놓은 게 법이라는 거잖아! 그런데 한쪽은 제멋대로 법을 어겨도 되고, 다른 한쪽은 그걸 뻔히 보면서도 오직 법을 지켜야 한다는 거야? 그런 법이 어디 있어!"

"뭐, 그렇게 흥분부터 할 일은 아니고…… 어쨌거나 세상 사람들은 그런 경우 대부분 직원들 입장만 생각하고 옹호하잖아."

"그러니까 어거지에는 힘으로 대처할 수밖에 없다는 거야. 그래야 살 수 있어. 자기 일 아닌데, 팔짱 끼고 남의 일 구경하면서 무슨 말인들 못 해. 하지만 그 사람들도 한번 입장 바꿔놓고 생각해보라 그래. 자신이 직원이 아니라 경영주라면, 아마 절대 다르지 않을걸. 한번 생각해봐. 우리가 어떻게 살아왔고, 어떻게 일궈왔는지. 그 덕분에 지금 이만큼이나마 살게 된거 아니냐고. 그 사람들도 월급이라는 걸 받아서 가족을 부양할 수 있는 거 아니야? 요즘 봐. 일자리, 일자리, 목을 매는데그 일자리란 게 어떻게 만들어지는 거야? 투자해서 회사 만드는 사람이 있어야 일자리도 만들어지는 거 아니야? 그런데 어때? 너 지금도 집 잡히고 빚 얻어서 회사 만들고 싶은 마음 들어? 솔직히 나도 어지간히 건질 수 있다면 당장 때려치우고 싶어. 이런 판인데 그놈의 일자리가 어떻게 더 만들어지겠어? 홍, 그 따위 정신으로는 갈수록 어려워지면 어려워졌지 결코 쉬워지지는 않을 거다."

"무슨 말이 그래, 악담도 아니고."

"하도 속이 터져서 그런다, 속이!"

창주의 성과에 대해 뒷말이 적지 않은 것도 사실이었다. 무엇보다 냉혹한 처사로 원성이 크기도 했는데, 직접 듣고 보니 얼마간 공감할 수는 있었지만 뒷말이 나올 만하다는 생각도 들었다. 어쨌거나 오늘은 성도 역시 너그러운 심정은 아니었다.

"그래도 넌 참 대단하다. 하루도 마음 편한 날이 없었을 텐데 30년 가까이나 회사를 꾸려오고, 이만큼 키워냈으니."

"나도 여러 차례 그런 생각 했다. 그놈의 돈이 없어 원하는 공부를 제대로 못 했으니, 이제라도 대학졸업장이나 받아놓을까 했어. 그런데 다른 친구들은 야간대학이니, 하다 못해 방통대라도 다녀서 졸업장을 받아놓기도 하더라만 난 그조차도 못했다. 정말이지 게을러서도 아니고 공부에 자신이 없어서도 아니었어. 이놈의 사업인가 뭔가를 벌여놓고 나서부터는 단 한순간도 마음 놓을 수가 없었거든. 한 발만 헛디디면 천길 낭떠러진데, 언제 한가하게 책 끼고 있겠냐? 물론 책이야 봤지, 공부하는 놈들보다 몇 배는 더. 그런데 대부분은 당장 공장과 회사를 돌리기 위해 필요한 책들이었지. 어쩌다 외국 나가는 길에 공항 서점에서 소설이나 역사책 한 권 사서 비행기 안에서 읽을 때면, 야, 이게 진짜 사람 사는 건데 하는 생각이 절로 들었다. 지난 30년? 정말이지 다른 사람들은 이제 살 만하니 딴소리한다고 할지 모르겠다만 돌이켜보면 정말 끔찍하다. 고등학교 졸업하고 군대 다녀와서 곧바로 먹고살자고 들어간 공장……너희들 몰라서 그렇지, 나 지금 이 나이에 벌써 귀가 거의 안 들린다. 그놈의 기계 깎는 소리, 쇠 두들기는 소리에 귀청이 상해서. 그래서 중요한 회의나 미팅 있으면 보청기부터 챙겨야 돼. 이렇게 항상 남하고 싸우듯이 목청을 높이는 이유도 잘 안 들리니 답답해서 저절로 그리되는 거야."

성도는 새삼스레 창주를 쳐다봤다. 잊어버리고 오늘의 모습만 보아서 그렇지 창주뿐 아니라 또래들은 모두 고난을 겪으며 살아왔다. 그런데도 들려오는 소리는 온통 비난뿐이었다. 그것도 살 만하면 그만큼의 크기로.

"그래, 세상 잣대로 제법 성공했다는 말 부인하지 않는다. 그런데 그 성공이란 게 거저 얻은 걸까? 아니야. 나, 남들 잠잘 때 감기는 눈 부릅뜨고 일했어. 새로운 아이디어, 신제품? 그거 그냥 생기는 거야? 아니야. 매번 하나를 세상에 내놓을 때마다 다른 사람들 눈에는 별것 아니고 행운처럼 보여도, 난 죽기 살기로 모든 걸 걸고 만들어냈던 거야. 특혜? 그건 아무에게나 주는 거야? 그저 인연과 뇌물로만? 웃기지들 말라그래. 아무것도 못 해낸 놈들 눈에는 특혜로 보여도 가능성이 보이니까 지원해준 거야. 술 사고, 돈 얼마 찔러주긴 했지만, 그거 뇌물 아니야. 나 같은 놈 믿어주고 도와준 거 고마워서, 진심으로 인간의 도리로 인사 좀 한 거야. 그런 인사도 안 하면 그게 개새끼지 사람이야? 최소한 공돌이, 폼 나는 말로 기술자, 엔지니어는 다 그래. 세치 혀만 나불거려 검은 거래를 조건으로 땅값 미친 듯이 올린 뒤 나눠 처먹는 그런 새끼들에게나 해당되는 말이야, 뇌물은! 그런데 우리가 그렇게 목숨 걸고, 인생 걸어서 일할 때, 지금 우리한테 욕심쟁이라고 말하는 그치들은 뭐했어? 나 일할 때 저들은 잠잤잖아, 따뜻한 이불 속에서. 나 죽어라 머리 싸매고 있을 때 저들 뭐했어? 한가하게 술잔 기울이며 불평불만만 늘어놓고 있었잖아. 저들이 목숨 걸어봤어? 가족들 몽땅 길거리에 나앉을 것 같은데도 전부를 걸어본 적 있어? 아니잖아. 그저 내가 주는 월급으로 놀 때 다 놀고 시키는 일만 했잖아! 그 사람들 휴가 갈 때, 난 휴가비만 챙겨줬을 뿐이야. 휴가비 챙겨준 나는 정작 변변한 휴가 한번 가본 적 없다고. 골프? 그래, 요즘은 그거 한다. 룸살롱? 그래, 거기도 간다. 그런데 그거 대부분은 비즈니스라는 거 최소한 우리는 알잖아. 진짜 지겹다. 그놈의 술, 헛소리, 억지웃음, 죽여주십시오! 고개 숙이는 짓거리……."

"그래, 알지. 그렇지만 세상이 바뀐 걸 어떡하겠어. 우리 때보다 살기 힘든 것도 분명한 사실이고. 그래도 우리 때는 희망이라는 게 있었잖아. 그런데 요즘 친구들에게는 희망이 없는 것 같아. 아니, 희망을 가질 수 없는 구조잖아. 평생 성실히 일한다 해도 변변한 집 한 칸 마련할 거라는 보장도 없고."

"그런 한가한 소리 하지 마라. 세상살이는 언제나 희망보다 절망에 가까웠어. 우리 땐 희망이 있었다고? 아니야, 지금과 다를 거 조금도 없었어. 우리 또래 중에도 여태 제대로 못 사는 사람들 많잖아. 그때 빌어먹던 사람들 중에 지금도 빌어먹는 사람들, 그 사람들이 바로 증거야. 너와 나, 그리고 우린 스스로 절망을 뛰어넘어 희망을 보고, 그걸 잡아내려고 노력했던 거야, 죽을힘을 다 해서. 남들 하는 대로 똑같이, 남이 하니까 나도 하는, 그따위 정신으로 어떻게 희망을 보고 그걸 잡아? 대학? 요즘 그게 대학이냐? 어떻게 전부 대학 가겠다고 난리야? 그럼 고등학교 4년 더 다니는 거지 무슨 대학이야. 대학은 우선 갈 놈부터 가면 되잖아. 머리 안 되고, 공부 못 따라가면 다른 길 찾는 거고. 제 스스로 어떻게 살겠다는 생각도 없이, 그저 남들이 가니까 나도 가야 한다? 대학이 밥 먹여줘? 땀 흘리는 거 싫다고? 그래, 그럼 굶어야지. 그걸 어떻게, 누가, 왜 밥 먹여줘. 땀도 안 흘리는데 희망이 없다고? 웃기고 자빠지는 소리야. 아무리 염치없는 도둑놈이 들끓는 세상이고 집 한 채가 뭐같이 비싸다 해도, 이 악물고 죽기 살기로 하면 해낼 수 있어. 대다수가 그렇게 살면 집값도 저절로 내려가고. 허영에 들떠서 쫓아다니니 도둑놈들이 값 더 올리고 더 배불릴 수 있는 거지, 쫓아다니는 사람 없어봐. 저들끼리 찧고 까불다가 제 풀에 지쳐 나가떨어질 거야. 아니, 안 떨어지면 어때. 꼭 그런 도둑놈들 따라서 살아야 되는 거야? 내 마누라, 내 새끼하고 오순도순 살면 그게 진짜 사는 거 아니야?"

"허허, 말은 맞다만 그게 어디 쉽냐? 남의 자식 피아노 배우는데 내 자식은 못 가르치면 눈 도는 게 부모 마음이잖아."

"그래서? 전부 피아니스트 만들고 의사, 판사, 대통령 만들 거야? 아니, 되기는 한대? 진짜 내 자식이 그럴 능력이 있기는 한 거야? 그것도 아니면서, 뻔히 알면서, 그래도 내 새끼니까

197

해야 한다고? 그래서 결과는 뭐야? 안 되는 능력으로 평생 높은 곳만 바라보며 허우적거리다 죽으라고? 그래서 자식 그렇게 만들겠다고 내가 죽도록 일으켜놓은 회사가 자빠지든 말든 돈만 많이 내놔라, 나는 놀 거 다 놀고 누릴 거 다 누려야겠다? 그러다가 회사 망하면 저들은 어떻게 되는데? 그런 치들 누가 다시 받아줄까? 비정규직이 어떻고 정규직이 어떻고…… 회사 어려울 때 마음대로 내보내고, 좋아지면 다시 불러들일 수 있다면 조금 지출이 늘어나도 굳이 비정규직 둘 까닭 없지. 그런데 한번 채용하면 어떻게 돼? 당장 네 공장만 해도 그렇잖아. 법대로 해. 그게 너 사는 길이야. 아니면 다 죽는 거고. 그렇지만 어느 쪽이든 살아남는 사람은 있어야 돼. 살아남았다는 것 자체가 뒤따라올 사람들에게 희망이 될 테니까."

그르다고 할 수만도 없는 소리였다. 성도는 저절로 깊은 한숨이 새어나왔다.

"어쨌거나 그래도 자식 기르는 사람들인데……."

"공돌이 정신 바로 새기라고 해. 공돌이 자존심으로 회사를 위해 먼저 죽을 수도 있다는 정신머리가 박혔으면 나도 다 받아줄 수 있어. 그렇지만 그 친구들…… 바람이 들었어, 헛바람이 잔뜩. 하긴, 그게 그 친구들 탓이기만 하겠냐. 조금 배웠다고 땀은 안 흘리고 주둥이만 나불대는 놈들이나 섣부른 동정심만 앞세우는 철없는 인간들이 온통 바람을 넣고 있으니……."

못내 이기적이고 자기중심적인 이야기들이었다. 성공이라는 훈장을 붙이고는 있었지만 콤플렉스 같은 것도 엿보였다. 그러나 많은 것을 가졌으면서도 참 독하게 말한다 싶은 창주의 얼굴에 피로의 기색이 가득했다. 성도는 문득 자신의 얼굴은 어떨지 생각해봤다. 아마 다르지 않을 터였다. 아무리 겉으로는 태연한 척 웃음 지어도 흘린 땀만큼, 가진 양만큼 피로는 쌓이고 있었을 테니까. 성도는 길게 한숨을 내쉬었다.

26

닭발구이며 돼지 오돌뼈, 어묵 따위를 한바탕 부지런히 먹고 난 경주와 송주는 이제 하천변 포장마차 주위를 뛰어다니며 놀고 있었다. 두 아이들이 먹는 동안 일회용 비닐장갑을 손에 끼고 먹기 좋은 크기로 음식을 잘라주고 양념 묻은 입가를 닦아주며 돌보던 준수가 첫 잔을 비웠다.

그새 소주 한 병을 다 비운 성도는 다시 술을 시켜 준수의 잔을 채워주며 흐뭇하게 웃음 지었다.

"넌 은주보다 경주하고 송주가 더 예쁜 모양이구나?"

"에이, 그런 게 어디 있어요. 은주나 경주 송주 전부 동생들인데요."

"허허. 그래, 그건 내가 말을 잘못했구나. 그렇지만 넌 은주한테는 이렇게 다정하지 않잖아."

"그건 경주랑 송주는 더 어린 이유도 있지만, 은주가 크는 동안엔 저도 어렸으니까 걔가 어리다는 느낌이 덜해서 그런 듯해요. 또 은주가 좀 어른스럽잖아요, 경주하고 송주는 아직 밝기만 하고요."

"허허. 그래, 밝지. 막내가 다른 건 몰라도 아이들은 밝게 잘 길렀어."

"어디 아이들만 그래요. 숙모님도 그렇고, 전 막내 삼촌이 귀엽다는 생각까지 드는걸요."

"이놈, 말버릇하고는."

"후후. 예, 표현은 그런데 정말 좋은 분이세요."

"어디가 그렇게 좋아?"

"순진하다고 그러면 또 버르장머리 없다고 하실 거고…… 순수? 예, 순수해 보이세요. 작년에 휴가 나왔을 때 뵜었잖아요? 그때 저 데리고 호프집 가신 적이 있는데 참 재미있었어요. 아직도 남자는 의리를 지켜야 한다, 용감해야 한다, 비겁하면 안된다, 뭐 그런 이야길 하시는데 참 순수해 보였어요."

"허허, 그랬구나."

"요즘 같은 세상에서 참 보기 드문 분이라는 생각이 들어요. 숙모님도 참 맑은 분 같고요. 그래서 엄마 같기도 하고 큰누님 같다는 생각도 들어요."

"너도 누나가 있었으면 하는 모양이구나?"

"예, 아빠도 그래요?"

"뭐, 허허……."

"아빠, 요즘 무슨 일 있어요? 많이 외로워 보여요."

"많이 컸구나. 아빠한테 외로워 보인다는 소리도 하고."

"힘들어 보이기도 하고요."

"괜찮아. 그런데 넌 제대하고 곧바로 복학해야지?"

준수는 뒤통수를 긁적였다.

"왜? 다른 계획이라도 있어?"

"죄송한데…… 잠깐 여행을 좀 했으면 해요."

"여행?"

"예, 제대하면 그때부터는 제 인생 제가 책임져야 할 텐데,
지금 꿈꾸고 있는 것들을 어떻게 해낼 수 있을지 세상을 돌아
보며 생각을 좀 하고 싶어요."

"여행, 오래 할 거냐?"

"그렇게 오래 걸리지는 않을 거예요."

"내가 도와줘야 할 건 없니?"

"자전거로 돌아다녀야 하는데 요즘 자전거 값이 만만치 않
아요. 그거하고 비행기표 사는 데 도와주세요."

"먹고 자는 건 어떻게 하려고?"

"제 통장에 조금 있는 돈은 비상금으로 하고, 현지에서 아

르바이트하려고요."

"혼자서 갈 거냐?"

"같이 가겠다는 친구가 둘 있어요. 위험하지는 않을 거예요."

"나쁘지 않은 생각이구나. 여행 중에 부족하면 쓸 수 있도록 체크카드도 하나 만들어줄 테니 계획을 잘 세워봐."

"고마워요. 그런데 아빠는 무슨 고민이세요?"

준수의 낯빛이 제법 진지했다. 성도는 녀석이 어느새 이렇게 컸나 싶어 뿌듯하고 든든했다. 하긴, 아들놈과 둘이서만 소주잔을 기울이는 것도 처음인 셈이었다. 언제나 누군가와 함께하는 자리여서 마음 터놓고 얘기하진 못했다.

"고민은 아니고, 이제 아빠 회사를 그만 정리할까 한다."

"예? 아니, 갑자기 왜요?"

"허허, 실력이 달려. 경기도 안 좋지만 기술력에서 밀리는 게 눈에 보여. 역시 세상의 주인이 바뀌는 거야. 젊은 사람들 아이디어를 따라갈 수가 없구나."

"그럼 젊은 사람들을 좀 채용해서라도 분발해보시지 그래요?"

"그러려면 또 투자를 해야 하는데, 이젠 자신이 없다."

준수는 갑자기 아버지가 확 늙어 보여 가슴이 뭉클했다.

"죄송해요. 제가 좀더 잘했으면……."

"네가 죄송할 게 뭐 있어? 너도 내 사업 쪽에는 관심 없었지만 나도 널 여기에 끌어들이고 싶지는 않았어. 그리고 넌 용기 없는 내가 늙고 비겁해 보이겠지만 꼭 나이가 들어서 그런 것만은 아니야. 난 그저 세상의 주인이 바뀐다는 사실을 받아들이려는 거야. 이젠 뒤에서 내가 할 수 있는 일이나 조그맣게 했으면 싶다."

"뭘 하시게요?"

"정리되면 조그만 공장을 하나 만들어서 직접 이것저것 만들어보려고. 뭐, 철공소 같은 거지."

"아빠는 기계가 좋아요?"

"고등학교 때 그걸 배워서 그런지 살면서 내내 관심이 있었어. 애정도 갔고. 왜? 공돌이라서 싫으냐?"

"공돌이요? 그게 무슨 말인데요?"

준수는 공돌이가 무슨 말인지 전혀 모르는 눈치였다. 그럴 것이었다.

"허허, 뭐 그런 소리가 있다."

"아무튼 나쁘게 생각하지 않아요. 아빠가 거기에 애정이 있으면 그렇게 하시는 거죠. 그럼 아빠가 철공소에서 제 자전거를 직접 만들어주는 건 어때요."

"자전거를?"

"예. 아무래도 여러 나라를 돌아다니게 될 테니까 가볍고 튼

튼한 소재로 만들어 간편하게 접어서 기차도 타고 버스도 탈 수 있게 해주세요. 여행에 꼭 필요한 용품들을 적절하게 실을 수 있는 공간이나 장치도 붙여주고요."

"그래, 시작하면 곧바로 그것부터 만들어보마."

"괜찮으면 아예 세 대를 만드세요. 같이 갈 친구들에게 한 대씩 사라고 할 테니까요."

"뭐? 허허, 네가 아주 영업까지 하려 드는구나. 아니다, 한번 만들어보고 괜찮으면 친구들 거까지 그냥 만들어주마."

"에이 아빠, 그건 정말 아니에요. 그리고 친구들도 그냥 받으려 하지 않을 거예요. 그럼 저한테 신세지는 거니까 여행 중에 저한테 꼼짝도 못 하게 되잖아요."

"하하. 그래, 뭐 어쨌거나."

"그럼 공장은 누구와 같이 하시게요?"

"글쎄, 아무래도 조그만 공장이 될 테니까 지금 직원들 중에서 외국인들만 데리고 일할까 생각 중이다."

"막내 작은아버지와 같이 하시지 그러세요."

"막내? 왜 그런 생각을 했어?"

"별 생각이 있어서 그런 건 아니고, 엄마도 저러니까 누군가 가까이 있었으면 해서요. 작은숙모님이 가까이 있으면……
경주하고 송주도 잘 따르잖아요."

성도는 준수의 생각이 고마웠다. 그렇지만 아내의 생각이 다르니 고개를 끄덕여줄 수는 없었다.

"아빠도 이젠 많이 지쳐 보여요. 그런 아빠 옆에 막내 삼촌이 계시면 훨씬 마음 편하지 않겠어요?"

"뭐 그렇기는 하다만……."

"경주하고 송주, 맑기도 하지만 똑똑하기도 해요. 마음도 예쁘고요. 엄마도 둘이 하는 짓 보면서 잘 웃어요."

"큰아빠, 술 그만 드시고 이제 밖에 나가 바람 쐐요."

저들끼리 뛰어놀던 두 아이가 그만 지겨운지 쪼르르 달려왔다.

"언니가 아이스크림 먹고 싶대요."

"야, 내가 언제! 지가 먹고 싶다고 그러고선."

"그래, 오빠도 아이스크림 먹고 싶었다. 그만 가요, 아빠."

경주와 송주의 손을 하나씩 잡고 앞장서는 아들이 성도는 새삼 듬직했다. 아내의 마음도 더욱 이해가 됐다. 저처럼 반듯하게 자라는 자식의 저 반듯함을 끝까지 지켜나갈 수 있게 하려면 삶이 피폐하지 않도록 조금이라도 더 준비해주어야 할 터였다. 누구라도 삶이 고단하고 피폐하면 마음의 평정을 잃게 되고, 평정을 잃으면 너그러움보다는 욕심, 관용보다는 구분, 사랑보다는 미움으로 기울게 된다. 성인이 아닌 다음에야 어쩔 수 없는 인간의 본성이다. 그러니 아주 많이 물려주려는 거부의 탐심이 아니라면 조금이라도 더 남겨주려는 부모의 마음을 마냥 탓할 수는 없는 노릇이다. 더구나 세상은 얼마나 숨가쁘게 변하고 그 변화는 또 얼마나 가파른지, 아무리 끊임없이 준비하고 애써도 여차하면 모든 것을 단번에 잃어버릴 수도 있지 않은가. 그럴 때 아비 어미가 작게나마 뭐라도 남겨놓았다면 분명 고비를 넘길 힘이 될 터였다. 그래서 부모는 자식의 뒷그림자와 뒷산이 되어야 한다던가?

하지만 그런 아비와 어미는? 아비와 어미도 자식 못지않게 사랑하거나 사랑했던 사람이 있었는데, 오직 자식에게만 모든 것을 주고 마음의 빚과 응어리는 고스란히 안아야 하는 것인가? 오로지 자식만을 위하다가 고요한 시간에 못 다한 사랑 나누며 서로를 끔찍이 위해주는 마지막 추억조차 만들 수 없는 것인가?

자식이 커가는 것과 더불어 아비와 어미도 늙어간다. 또 늙어간다는 것은 영원히 품에 안고 살 줄 알았던 자식과 영영 헤어질 시간이 가까워온다는 뜻이기도 하다. 그럼에도 아비와 어미들은 그 영원한 헤어짐을 애써 잊어버리려는 듯하다. 자식이 사랑을 시작하면 그때가 바로 자식을 품에서 내려놓아야 할 시간인 것을. 자식의 사랑이 결실을 맺으면 그때 아비와 어미는 슬며시 이별의 시간을 마음에 품어야 하는 것을. 아비와 어미는 모든 것을 다 바쳐 사랑했더라도 결국 자식에게는 자식의 인생이 있어 아비와 어미는 쉬 잊어버리고 마는 것을. 그렇게 쉬 잊지 않으면 오히려 자신의 인생 한쪽이 비게 되기도 하는 것을…….

성도는 문득 일어나는 이기심에 얼른 고개를 가로저었다. 내가 지금 무슨 얼토당토않은 생각을 하고 있나…….

27

벌써 며칠째 무시로 퍼부어대는 늦장마 빗줄기 속에서도 여
전히 산속을 누비고 있는 명도의 얼굴은 주먹만 한 흙덩어리로
아무렇게나 빚은 듯 엉망으로 부어 있었다. 어제 저녁 무렵 잠
깐 빗줄기가 그친 사이 또 산속을 헤집다가 무심코 벌집을 건
드려 벌떼의 공격을 받은 탓이었다. 한껏 빗물을 머금은 산길
이 눈길처럼 미끄러워 자빠지고 나뒹굴며 산을 내려온 명도는
잠시 비를 피해 머물던 절집 스님의 응급처치를 받았지만 밤새
호흡곤란과 고열에 시달려야 했다. 그래도 아침 해가 뜨고 빗
줄기가 그치자 아직 불편한 몸인데도 또 산에 오른 것이었다.
두 눈이 휘둥그레져 길을 막는 스님의 걱정에 일단 집으로 돌
아갔다가 다시 올까 생각해봤지만, 그건 정성이 부족하고 산신

령께 미움 받을 짓인 듯했다.

몇 차례 전화를 하던 정옥은 그저 산이라고만 대답할 뿐 어디에, 왜 갔는지는 답을 하지 않자 내일은 아이들과 함께 집에 내려가겠다는 말로 걱정을 대신 전했다. 하필이면 벌에 물려 엉망이 된 얼굴을 보면 정옥이 뭐라고 할지 명도는 난감했다. 그래도 정옥은 전후 사정을 들으면 이해해줄 테지만 놀랄 아이들을 생각하면 걱정이 이만저만이 아니었다. 무엇보다 수십 그루의 소나무 뿌리를 헤집었지만 복령은커녕 송이조차 구경 하지 못해 애가 탔다. 기껏 꽤 오래된 듯한 더덕 몇 뿌리를 캐기는 했지만 그건 약이 될 것도 아니었다.

이제는 벌집까지 조심하느라 점점 걸음이 늦어지는데 또 빗방울이 떨어지기 시작했다. 다시 절로 내려가 비가 그친 뒤 반대편 산을 뒤져볼까 생각하며 머뭇거리는데 뿌연 비구름 사이로 얼핏 소나무 군락이 보였다. 명도는 빠르게 걸음을 내디뎠다.

한 아름은 될 듯한 장대한 소나무 10여 그루가 자욱한 비구름 가운데에서도 푸른 기상을 자랑하고 있었다. 명도는 걸머진 배낭을 벗어 절 입구 작은 상점에서 사온 막걸리 통과 플라스틱 컵을 꺼내 가득 잔을 채운 뒤 소나무 군락 앞에 놓고 넙죽 큰절을 올렸다.

"신령님, 소나무님. 우리 고마운 형수님께서 몸이 편찮으셔서 약을 지으려 하는데 꼭 좋은 복령이 필요합니다. 이제부터

210

소나무님의 뿌리를 뒤지려 하니 부디 노여워 마시고 우리 형수님을 위해 복령을 주십시오. 간절히 빌고 또 비오니 부디 살펴주십시오."

우렁우렁한 음성으로 정성을 다해 고한 명도는 다시 한 번 넙죽 큰절을 올리고 잔에 든 막걸리를 제일 앞에 선 가장 큰 소나무 밑동에 뿌리고 막걸리 통에 남은 술은 다른 소나무들 밑동에 골고루 뿌렸다. 우르릉 천둥소리와 함께 갑자기 빗줄기가 굵어지기 시작했다.

나무 삽을 움켜쥔 명도는 쏟아지는 빗줄기 속에서 소나무 밑동을 하나씩 헤집어 나갔다. 빗줄기는 점점 장대비로 변해가서 몸에 걸친 우비는 아무런 소용도 없었다. 그나마 땅이 질어 나무 삽질에도 쉽게 파헤쳐져 힘은 그리 들지 않았지만 벌써 오슬오슬 한기가 느껴졌다. 벌에 쏘인 얼굴은 여전히 화끈거리고, 삽질 때문인지 벌독 때문인지 호흡도 불편하고…… 도저히 더는 못 견디겠다 싶어 삽질을 멈추려는데 나무 삽 끝에 뭔가 걸리는 게 느껴졌다. 바짝 긴장한 명도는 잠시 호흡을 가다듬고 다시 조심스럽게 주변을 넓게 파헤쳤다.

어! 명도는 저도 모르게 탄성을 내질렀다. 소나무 뿌리에 기생하고 있는 사람 머리통만 한 것은 그토록 간절히 찾아 헤매던 복령임에 틀림없었다. 아무리 문외한이라지만 그걸 못 알아볼 리는 없었다.

"와! 복령이다! 심봤다! 아니, 복령 봤다, 복령 봤다……!"

명도의 두 눈에서 빗줄기보다 더 굵은 눈물방울이 왈칵 쏟아졌다. 반가움과 안도감, 기쁨으로 인한 눈물이었다. 그러나 쏟아지는 장대비 속에서, 여기저기 부어서 엉망이 된 얼굴로 두 팔을 활짝 펴고 고함을 질러대는 그 모습은 차라리 기괴해 보였다.

28

"으악! 경주 아빠!"

불쑥 들어서는 명도의 몰골에 정옥은 경악했다. 그 소리에
방에 있다가 뛰어나온 경주와 송주도 얼굴빛이 하얗게 질려 금
방이라도 울음을 터트릴 기색이었다.

"아빠!"

"아빠! 어, 얼굴이……?"

"히히, 괜찮아. 벌에 쏘여서 그래."

"벌? 미쳤어. 도대체 뭐야? 어떻게 된 거야?"

"응, 형수님 약 짓는 데 복령이란 게 필요하다고 해서, 그거
캐러 산에 들어갔다가……."

"약? 그럼 큰형님 약 재료 구하러 산에 갔던 거야?"

"응."

"캐긴 캤어?"

"그럼. 사람 머리통만 한 걸로 캤지. 히히."

히히거리며 웃음 짓는 통에 더 기괴해 보였지만 정옥은 웃어줄 수밖에, 도저히 나무랄 수가 없었다.

"비가 이렇게 쏟아지는데…… 몸은 괜찮아? 얼굴도 그렇지만 몸도 안 좋아 보여."

"괜찮아. 며칠 전에 산에서 내려와 병원에 갔어. 벌에 쏘인 데는 주사 맞고 해서 괜찮을 거래. 몸이야 원래 무쇠체력이니까 조금 쉬고 나면 그만이야. 히히."

"어이구, 히히는 무슨. 어서 씻고 옷부터 갈아입어. 난 먹을 거 좀 준비할게."

"그래, 영양보충 좀 시켜주라. 진짜 배고프고 다리까지 후들거린다. 우리 꿍주님들은 뭐 먹고 싶어? 삼계탕 먹을까?"

지켜보던 경주와 송주도 이제 마음이 놓였지만 엉망이 된 아빠의 얼굴을 보니 여전히 걱정스러웠다.

"아빠, 진짜 괜찮아?"

경주의 두 눈에 눈물이 그렁그렁했다. 명도는 아이들을 한 번 껴안아주고 싶었지만 몸뚱이는 물론이고 옷도 엉망이라 그러지 못했다.

"그럼, 병원에서 주사 맞았으니까 내일이면 가라앉을 거야."

"큰엄마는 아빠가 만드는 약 먹으면 금방 낫는 거고?"

"그래. 그러라고 아빠가 직접 산에 약재 구하러 간 거지."

"……."

경주는 뭐라 대꾸를 하지 못했다. 아빠 얼굴은 걱정이었지만 큰엄마가 나을 수 있다니 다행이었기 때문이다.

"큰엄마는 괜찮으셔?"

"응, 큰엄마는 이제 당분간 병원에 안 가셔도 된대. 그래서 혼자 조용히 쉬는 게 좋다고 해서 엄마도 집에 온 거야."

대답하는 어린 송주도 눈에 눈물이 그렁그렁한 채 겨우 울음을 참고 있었다. 아빠가 아프기는 해도 큰엄마를 생각하면 슬퍼해서는 안 될 것 같다는 생각이 들었으리라.

"기다려, 아빠 우선 씻고 나올게."

경주와 송주에게는 아빠와 엄마도 소중했지만 큰아빠 큰엄마도 소중한 사람이었다. 아주 어릴 때부터 큰아빠와 큰엄마에 대해 나쁜 소리를 들어본 적이 없기에 더욱 그랬다. 아빠와 엄마, 특히 아빠는 두 분 이야기만 나오면 언제든 존경과 애정을 담아 말했다. 특히 큰아빠는 돌아가신 할머니만큼, 혹은 그보다 더 훌륭한 사람이고 가족들 모두를 사랑하는 분이지만 막내 동생인 아빠와 경주 송주는 특별히 더 많이 사랑한다고 이야기했다. 하지만 아무리 사랑한다고 해도 큰아빠의 얼굴은 1년에 몇 차례도 보기 어려우니 그 말이 진짜일까 싶기도 했다. 그때마다 아빠는 큰아빠의 경우 집안 전체를 돌봐야 하고 회사 일을 조금이라도 소홀히 할 수 없어 그렇다며 준수 오빠와 은주 언니가 대학을 졸업할 때쯤이면 여유가 생겨서 경주와 송주도 자주 볼 수 있을 거라고 달랬다. 두 아이의 생각에도 거짓말이 아닌 듯싶었다. 이번에 서울에 갔을 때도 큰엄마는 오빠와 함께 놀이공원과 수영장을 가게 했고, 큰아빠는 회사에서 돌아오자마자 포장마차로 데려가 맛있는 것을 사주고 함께 놀아주기도 했잖은가. 또 얼마나 예뻐해주었던가. 아무리 어려도 진짜 예뻐해주는 것과 억지로 놀아주는 것은 구분할 수 있었다. 그렇지만 아빠가 얼굴이 붓고 힘들어 보여 여전히 마음이 아팠다.

명도가 샤워를 끝내고 나오자 정옥은 그사이 준비한 김치찌개로 밥상을 차려 내놨다.

"어? 영양보충이 겨우 김치찌개야?"

"남들 다 캐는 복령인가 뭔가 캤다고 생색은. 애들 조금 전에 점심 먹었어. 우선 요기해, 저녁에 삼계탕을 끓이든 오리탕을 끓이든 할 테니까."

"오케이!"

명도는 얼른 숟가락을 들고 찌개부터 한 술 뜨더니 허겁지겁 닥치는 대로 우겨 넣느라 바빴다. 몹시 시장한 모양이었다. 정옥은 명도가 허기를 면하고 젓가락질이 느려지기를 기다려

입을 열었다.

"자기가 약을 어떻게 만든다고 그래?"

"으응, 내가 아니고 주호가 만드는 거야. 그런데 약 만드는
데 굉장히 공을 들여야 하나 봐. 그래서 나도 도우려고."

"아, 주호 씨. 하긴 약은 정성이니까. 언제부터 만드는데?"

"어제 복령 캐고 산에서 내려와 주호한테 전화부터 했는데
며칠 내로 만들 수 있을 것 같대."

"복령인가 그것만 가지고?"

"아니야, 다른 것도 들어가지. 그런데 지황이라는 약재는
원래 9월 말이나 되어야 캘 수 있는데 주호 아는 사람이 재배
하고 있거든. 특별히 생육이 좋아 곧 캘 수 있다네. 이제 그것
만 있으면 돼."

"돈이 좀 들겠네?"

"응? 아, 돈……."

명도는 젓가락질을 멈추고 머뭇거렸다.

"얼마나 드는데?"

"아직 잘 몰라……."

"자기 나 모르게 숨겨놓은 돈 있어?"

"무슨 소릴……."

사실 급한 마음에 대책 없이 일을 벌리긴 했지만 주호가 구
해놓았다는 장뇌나 질 좋은 토종꿀은 제법 값이 나갈 텐데 걱

정이었다. 이젠 아예 수저를 내려놓고 입맛만 다시는 명도를 보며 정옥은 혀를 찼다.

"그럼 그렇지. 난 또 무슨 뾰족한 수라도 있는 줄 알았네."

한참 정옥의 눈치를 살피던 명도는 마른침을 삼키고서 조심스럽게 입술을 뗐다.

"저, 혹시 당신 돈 좀……."

대번에 한바탕 면박을 당할 줄 알았는데 의외로 정옥은 걱정스러운 얼굴로 잠시 침묵을 지켰다. 그런 뒤,

"나도 당신 모르게 감춰놓은 돈은 없어. 얼마가 필요한지는 몰라도 집에 몇 푼 있는데 그거라도 보탤래?"

"야, 무슨! 어차피 돈이 부족하면 그냥 주호한테 나중에 받으라고 할게!"

명도는 목이 메려는 걸 감추느라 턱없이 목청까지 높였다. 몇 푼 안 될 돈까지 서슴없이 내놓겠다니…….

"약을 성의 없이 만들면 어떡해."

"괜찮아. 친군데 뭐. 주호도 큰형님 잘 아니까."

"아니야, 내가 엄마한테 말해서 좀 빌려달라고 할게. 얼마가 필요한데?"

"야, 무슨!"

버럭 고함을 치던 명도는 문득 누나와 작은형을 떠올렸다.

"아니야, 장모님께 그러진 마. 내가 누나하고 작은형님에

218

게 말해볼게."

"에이, 작은아주버님께는 벌써 여러 번 신세를 져놓고 또
어떻게?"

"그래도 이건 형수님 일이잖아."

"뭐 그건 그렇지만……."

명도는 이번에도 두 사람에게 조금씩 신세를 져야겠다고 작
정했다. 어쨌거나 두 사람은 큰형님보다는 형편이 나았다. 그
리고 무엇보다 큰형수님 일이니 이유를 얘기하면 충분히 들어
줄 것이다. 그렇잖아도 돈 때문에 내내 찜찜했는데 말이 나온
김에 해결책을 찾아내자 얼마 안 되는 집 안의 돈까지 선뜻 내
놓을 생각부터 하는 아내 정옥이 새삼 고마웠다.

결혼 이후 이날까지 한 번도 넉넉한 살림 꾸리게 해준 적 없
는 무능한 남편이었다. 삶이 고달플 때면 다투기도 했지만 그래
봐야 사나흘이면 아내는 마음을 풀고 웃어주었다. 그들 둘에게
낙이라면 오로지 경주와 송주, 두 아이가 잘 자라는 것뿐이었
지만 정옥은 명도에게도 소홀한 적이 없었다. 무슨 일을 하든
잘될 거라고 격려했고, 실패하더라도 어쩔 수 없었다면서 명도
보다 먼저 털어버리려 했다. 지난번 마지막으로 돈가스 가게 문
을 닫았을 때는 한 며칠 몹시 힘들어 보였지만, 나중에 들으니
더는 신세질 사람도 없는데 어떻게 살아야 하나 걱정한 때문이
지 돈가스 가게에 대한 미련 때문은 아니었다. 그런데 이제는

아내마저 아이들이 학교에 가 있는 낮 시간에는 식당에서 일을
도와야 살림을 꾸려갈 수 있었으니 차마 얼굴을 마주할 염치가
없었다. 하지만 당장은 뾰족한 방도가 보이지 않았다.

29

다행히 이 불경기에도 시공 부분 면허 인수에 확고한 의사를 보이는 사람들이 있었다. 성도는 최 이사가 보고한 인수 의사자 중에서 이제 막 건설업에 나서려는 쪽을 먼저 만나기로 했다. 최 이사도 내색하지는 않았지만 흡족한 모양이었다.

찾아온 상대는 건설업계에 꽤 오래 관여하기는 했지만 직접 기술을 보유하거나 시공 경험이 있는 것은 아니었다. 그럼에도 건설업에 나서려는 이유는 대학에서 관련 학과를 전공한 아들이 10여 년 업계에 몸담았던 경험을 토대로 사업에 나서보 겠다니 뜻을 펼쳐보도록 도우려는 것이었다. 다행히 그 아버지에게는 업계 관계자들과의 오랜 인연이 있었고 아들에게는 신기술 방면에서 뜻과 힘을 모을 친구들이 있다니 전망이 어둡지는 않을 듯싶었다. 성도 입장에서는 아무리 손을 떼는 입장이라 해도 자신이 일궈놓은 업체가 오래가지 않아 사라지는 꼴은 절대 보고 싶지 않았다.

"저희가 제시한 인수가격은 어떻습니까? 불경기라고는 하지만 진화설비는 그간의 실적이 있는 터라 저희도 최대한 성의를 다했습니다."

말은 그럴듯했지만 뒤에 감춰진 계산을 읽을 수 있는 금액이었다. 성도는 일단 모르는 척했다.

"그보다도 제가 먼저 제시할 조건이 하나 있습니다. 최 이사는 좀 나가 있어요."

최 이사는 무슨 소리를 할까 불안한 마음에 떨떠름한 표정을 지었지만 엉거주춤 일어나 방을 나갔다.

"어떤 조건입니까?"

"전 무엇보다 시공 쪽은 현 상태대로 인수해주었으면 합니다."

"현 상태라면 사무실, 사람, 집기까지 전부 말입니까?"

"예, 가능하면요. 사정이 있으시면 사무실은 옮기셔도 상관없습니다."

"사무실이야 언제든 옮길 수 있고, 집기도 어차피 필요한 터니 문제가 없습니다만, 직원들은 기술직 외에는 전원 고용을 승계하기가……."

"어렵다는 말씀입니까?"

"예. 그건 좀······."

"물론 회사를 인수하시는 입장에서는 나름대로 계획이 있을 테니 부담스러운 면이 있을 겁니다. 그렇지만 전원 새 사람을 쓴다면 거기에도 나름 장단점이 있지 않겠습니까? 말씀하신 대로 기술직은 그렇다 치고, 영업부 직원들은 저희가 이미 추진하던 일들도 있고, 업계에서도 비교적 성실한 사람들로 알려져 있으니 배려를 해주시기 바랍니다. 아마 기술적으로 보강되는 부분이 있다면 이전보다 훨씬 좋은 성과를 낼 겁니다. 특히 어쨌거나 처음 회사를 운영하는 입장이신데, 아무리 유능한 사람들로 조합하더라도 손발이 맞지 않으면 생각과 달리 시행착오를 겪는 경우가 많습니다. 차라리 기존 영업 쪽을 보강한다고 생각하시면 훨씬 안정적일 겁니다. 다만 관리 부분은 저도 말씀드리기 조심스럽기는 합니다. 그쪽이야 대부분 오너가 신뢰할 수 있는 사람을 쓰고 싶을 테니까요. 그렇지만 저는 관리직이라고 특별히 제 사람을 쓰진 않았으니 주인이 바뀐다고 딴생각을 할 사람은 없을 겁니다. 또 솔직히 말씀드리자면 요즘 경기도 무척 어려운데 관리직에 있던 사람들이 새로 일자리를 구하기는 더 쉽지 않을 테니, 그건 제가 부탁을 드린다고 해야겠군요."

"사장님께서 데리고 있던 직원들 걱정하시는 마음은 이해합니다만, 저희 입장은 아무래도……."

"최 이사가 제 뜻을 제대로 전달하지 않은 모양입니다. 아무튼 전 직원들 문제가 순조롭게 풀리지 않으면 서두를 생각이 없습니다."

말투는 날카롭지 않았어도 뜻은 단호한 셈이었다. 상대는, 특히 아들이라는 젊은 사람이 곤혹스러운 표정을 지었다.

"만약 저희가 사장님 조건을 수용한다면 인수금액은 다시 이야기를 해야 할 것 같습니다."

"혹시 중간에 다리를 놓은 사람이 있어 수수료를 염두에 두고 계시다면 달리 생각하십시오. 뭐 이것도 거래니 어느 정도 사례는 할 수 있겠지만 어떤 조건을 매개로 한 거래는 제가 용납할 수 없습니다. 일단 직원들 문제부터 결정하시고 다른 건 그후에 협의해보죠."

"뭐, 저희도 직원을 다 바꾸겠다는 생각은 아니었습니다만……."

"뜻밖입니다. 사장님께 상당한 손실이 될 텐데요?"

아들의 말을 자르고 아버지가 나섰다.

"그렇다고 저마다 가족이 있는 사람들을 무작정 외면할 수는 없지 않습니까?"

"공장도 있다고 들었습니다."

"예, 그쪽은 제가 별도로 정리할 겁니다."

"허허, 쉽지 않은 생각이신데…… 아무튼 다시 생각해보고 연락드리겠습니다. 이젠 사장님께 직접 연락드려야 할 것 같습니다."

"어떻게 하시건 전 상관없습니다."

그들을 배웅하고 온 최 이사의 얼굴이 하얗게 질려 있었다.

"아니, 사장님 어쩌자고 그런? 그런 조건이면 사장님께서 상당한 손실을 보게 됩니다."

"최 이사는?"

"예?"

"최 이사는 손실이 없냐고?"

최 이사가 자신의 취업을 대가로 일을 추진했다는 사실을 지적한 것이다. 최 이사는 무엇에 찔리기라도 한듯 불편한 눈치였다.

"예? 아, 저야 뭐……."

"그럼 내 걱정은 할 것 없어. 나 혼자 살자고 여러 사람 어렵게 만들고 싶지는 않으니까. 처음부터 내가 그렇게 말했잖아. 한두 해 겪은 것도 아니면서 뭘 그렇게 사람을 못 믿어."

낭패한 최 이사의 얼굴이 일그러졌다. 그로서는 수수료도 수수료지만 무엇보다 자기 자리만은 최소한 자식이 대학을 졸업할 때까지라도 지키고 싶었던 것이다. 그런데 이제는 자신만 자리를 잃게 될 수도 있었으니 눈앞이 캄캄했다.

"사장님, 그럼 저는……?"

"자네는 어쨌거나 이사잖아. 대단치는 않다 해도 그만한 대우도 받았고. 그런데 이사라는 사람이 어떻게 직원들을…… 아무튼 자네 자리는 자네가 그쪽이든 어디든 알아서 부탁해."

단호한 성도의 태도에 최 이사는 더 이상 기대할 수 없다는 것을 깨달았다. 그의 마음에 불길이 일었다.

"저는 그래도 사장님께 조금이라도 이득이 되도록 노력했는데 어떻게 저한테만 이럴 수가 있습니까? 저도 그냥 당하지는 않을 겁니다."

"그냥 있지 않으면? 내 회사, 자네가 발목 잡을 만한 비리 없어. 그건 자네도 모르지 않을 테고. 그럼 뭐? 또 공장에서 분란이라도 일으켜보겠다는 건가? 한번 해봐. 자네가 부추긴답시고 터무니없는 소리들 계속하면 나도 원칙대로 할 거야. 그땐 누가 피해를 볼지 잘 생각해서 해!"

"아니, 도대체 저한테만 왜 이러시는 겁니까?"

"몰라서 물어! 그만 나가봐!"

정말이지, 한 사람이라도 버리거나 난처한 지경에 빠트리고 싶지 않았다. 그런데 어느 날 불쑥 말을 꺼낸 게 불씨가 되어 이제는 돌이킬 수 없는 지경이 되어버렸지만, 꼭 말이 빌미가 된 것만은 아니었다. 진작에 지쳐 있었던 것이다. 눈을 뜨면 하루도 긴장을 늦출 수 없는 일상이었다. 오늘 당장은 잘 돌아가는 것처럼 보여도 언제 어디서 삐끗할지 모르는 게 사업이었다. 매일 누군가에게 머리를 숙여야 했고, 모든 것을 내놓고도 무엇 하나 내 마음대로 할 수 없었다. 심지어 내 손으로 월급 주는 직원들 눈치까지 봐야 하는 어이없는 경우도 적지 않았다. 그럼에도 지금껏 어쩌지 못하고 지내온 데는 가족을 거느린 그들에게 차마 못할 짓이라는 생각이 들었기 때문이다. 그러나 한 번 말을 꺼내고 일이 진행되자 다시 마음을 돌리고 싶은 생각이 없었다. 더군다나 상대의 처지나 생각은 안중에도 없는 이기적인 사람들을 마주하게 되자, 자신이 아무리 마음을 써도 결국 언제든 겪을 일이었다는 생각이 들어 차라리 죄의식을 덜 수 있었다. 그래도 어떻게든 한 사람이라도 더 구제하고 싶었지만 최 이사 같은 사람에게는 아예 냉정해질 생각이었다.

30

정도는 막내 명도의 이름을 확인하고 전화기를 귀에 댔다.

"어쩐 일이야?"

"예, 형님. 저, 부탁이 좀 있어서⋯⋯."

"뭔데? 말해?"

"죄송한데 돈 300만 원이 필요해서⋯⋯."

"⋯⋯."

정도는 짜증이 치밀었다.

"저, 다른 게 아니고⋯⋯."

기어들어가는 목소리로 사정하는 구차한 사연은 듣고 싶지도 않았다.

"알았어. 지난번 계좌로 지금 보내줄게. 끊어."

전화기를 내려놓은 정도는 심호흡을 하며 치밀어 오르는 짜증을 달랬다.

그래도 이번에는 제 처가 형님댁에서 수고를 했으니 군말하지 않았다. 하지만 앞으로의 일이 걱정이었다. 다시 장사를 하도록 도와줄 생각은 추호도 없었다. 아무리 살아가기 어려운 세상이라 해도 살아남는 사람은 살아남지 않는가. 세상을 탓해봐야 제 무능에 대한 변명에 불과할 뿐이었다. 시작을 했으면 무슨 짓을 하든 살려내고 끝장을 봐야지 어쩌면 그리도 무능한지! 그래도 동생이니 신경을 안 쓸 수도 없는 노릇이고, 정말이지 막내만 생각하면 속이 끓었다. 그렇다고 직장을 잡아주기는 더더욱 어려운 일이었다. 변변한 기술도 없고, 대학을 나와 지식이 있는 것도 아니었다. 그나마 운전은 하니 그걸로 직장을 잡아줄 수야 있겠지만 서울에 직장을 구해주려면 집이 문제였다. 변두리 월세는 얼마 안 되는 모양이지만 그래서야 생활이 안 될 게 뻔한 노릇이니 평생을, 그것도 매달 생활비를 지원해줘야 될 판이었다.

집안일을 생각하면 골치가 지끈거렸다. 그나마 누이는 걱정할 일이 없으니 만나기 편했지만 요즘에는 형님까지 위태로워 보였다. 10여 년 잘 끌어오던 사업을 왜 갑자기 그만두겠다는 것인지, 도통 속을 알 수가 없었다. 그래도 업계에서 별로 빠지지 않는 실적을 냈으니 어려울 때는 직원들 좀 내보내고 버티다 보면 언젠가는 경기도 풀릴 텐데, 기껏 철공소 같은 소리나 하고 있으니. 왜들 그렇게 나약하고 움츠러들기만 하는지……. 그런데 아무래도 이상했다. 얼마 전까지만 해도 회사를 정리하겠다는 말은커녕 직원을 줄여 구조조정하라는 조언에도 꿈쩍 않던 사람이었다. 갑작스레 마음이 변한 데는 분명 무슨 까닭이 있는 것이었다. 정도는 가능하면 믹고 싶었다. 혹시라도 형님에게 문제가 생기면 아주 모르는 척할 수도 없고 여간 심각한 일이 아니었다.

형님의 사정은 누구보다 형수가 잘 알 터였다.

31

"정말 이거면 되는 거야?"

명도는 봉투를 내밀면서도 미안해 어쩔 줄 몰라 했다.

"그래, 300이면 충분하다니까."

"장뇌삼하고 꿀 값만 300이라면서?"

"야, 다른 분도 아니고 큰형수님이라며. 우리 어릴 때 너희 어머니한테 얼마나 신세를 졌냐. 그게 전부 큰형님이 중동서 보내주신 돈이었잖아. 사실 한푼도 받을 수 없는데 네가 하도 불편해서 약 만들다가 다른 데 정신 팔까 봐서 받는 거다."

"그래, 하여간 말이라도 그렇게 해주니 고맙다. 나중에 내가 돈 벌어서 갚을게."

"나한테 갚지 말고 큰형수님한테 갚아라. 이런 경옥고 평생

드시도록 복령도 부지런히 캐러 다니고, 자식아."

"오냐, 그럼 이제부터 나는 뭘 하면 되는 거냐?"

"지황하고 장뇌는 내가 즙을 짤 테니까 넌 복령을 아주 부드럽게 갈아. 그 머리통만 한 복령 제대로 갈려면 꼬박 이틀은 걸릴 거야."

약재는 어떤 경우에도 철 성분이 닿아서는 안 된다고 했다. 명도는 주호가 시키는 대로 넓은 항아리에 물을 담아 그 안에 깨끗이 씻은 복령을 넣은 뒤 화강석으로 갈아서 미세한 가루로 만들기 시작했다. 몇 시간을 갈아서 항아리의 물이 희뿌예지자 주호는 그 물을 천으로 거른 다음 더 넓은 항아리에 부어 수분이 날아가게 하고 천에 남아 있는 덩어리와 가루들은 다시 화강석으로 갈게 했다. 넓은 항아리에 담긴 물이 건조된 후에 남은 미세한 가루를 약재로 사용하는 것이다. 그동안 주호는 장뇌삼과 지황은 세라믹 녹즙기에 넣어 즙을 짜고, 오대산 자락 어딘가에서 구했다는 토종꿀은 도자기 그릇에 넣어 약한 불에 끓였다. 꿀에 함유된 수분을 없애기 위해서라는데 신기하게도 꿀은 타지 않고 수분이 증발하자 까무잡잡한 색깔로 변해갔다.

한의원 구석방에서 꼬박 사흘을 준비한 끝에 마침내 밀가루보다 입자가 더 고운 복령 가루며 지황과 장뇌즙, 수분을 제거한 꿀이 모두 마련되었다. 주호는 지황과 장뇌즙에 먼저 꿀을 부어 웬만큼 섞은 뒤, 준비된 복령가루를 다 붓고 금빛이 되도록 골고루 섞어 주둥이가 좁은 항아리에 3분의 2 정도가 되도록 담았다. 그러고는 항아리 주둥이를 한지로 여섯 겹 봉한 다음 참기름을 붓에 적셔 충분히 발랐다. 항아리 안으로 들어가는 수분을 기름이 막아주는 것이다.

"자, 이제 준비는 끝났으니 밤새우러 가자."

"어디로?"

"이게 다 고아지면 개울물에서 식혀야 하기 때문에 개울 가까운 집으로 갈 거야. 나는 낮에는 진료해야 되니까 네가 주로 온도에 맞춰 불을 지켜야 돼, 72시간 동안."

"꼬박 사흘이네?"

"그래. 왜, 사흘 밤새울 생각하니 끔찍해?"

"무슨 소리야. 사흘 아니라 30일도 새울 수 있다."

"그럼, 그래야지. 하지만 걱정 마. 진료 마치면 나도 같이 있을 거니까."

주호가 명도를 데려간 곳은 시내를 조금 벗어난 한적한 농촌마을이었다. 이미 여러 차례 약을 만들었는지 농가 주인은 화덕에 두꺼운 항아리 솥을 걸쳐 놓고 마른 장작도 넉넉히 준비해두고 있었다. 주호는 항아리 솥 바닥에 나무로 받침을 만들어 넣고 경옥고 재료가 담긴 항아리를 솥에 넣은 뒤 이번에도 물은 항아리의 3분의 2만 채웠다. 그러고 나서 온도계 끝은 물에 잠기게 하고 윗부분은 항아리 솥 위로 나오게 한 다음 뚜

껑을 덮었다.

"이제부터 불을 때면서 수시로 온도계를 확인해. 물 온도는 항상 82도에서 85도 사이를 유지해야 되니까, 증발하는 물을 보충하거나 불을 조절하는 방법으로 온도를 유지시켜. 그걸 꼬박 72시간 동안 해야 하는 거야. 할 수 있겠어?"

"바짝 신경 써야겠구나?"

명도는 긴장으로 벌써 입이 마르는 기분이었다.

"처음에는 여기 아저씨도 봐주실 거니까 너무 겁먹지는 마. 아마 72시간 잘 버티면 울퉁불퉁 홍수 지나간 황톳길 같은 네 놈 얼굴도 포장길로 수리될 거다."

"알았어. 그런데 아직 불 붙이지 말고 잠깐 기다려라."

"왜, 뭐하게?"

"개울에 가서 목욕이라도 해야겠다."

"오, 신성한 약을 만들기 전에 목욕재계부터 하겠다? 굿! 아주 좋은 정신이야! 목욕하고 와서 하늘에 절도 올려라, 지성이면 감천이라는데!"

주호는 갈아입을 옷을 챙겨들고 개울로 내려가는 명도를 바라보며 흐뭇한 미소를 지었다.

누구에게 소개해도 부끄럽지 않은 좋은 친구였다. 가까운 친구들이며 아내들도 모두 명도를 좋아했다. 선배도 후배도 다르지 않았다. 그런데도 이상하게 살아가는 일은 풀리지를 않았다.

그렇다고 머리가 나쁜 것도 아니었다. 제 마음에 끌리면 한번만 듣고 보아도 오래도록 기억했다. 아마 수능 성적이 나빴던 이유도 고등학교 때 주먹을 휘두르느라 공부를 게을리 한 탓도 있고 공부에 재미를 붙이지 못해서일 터였다. 주먹질은 했어도 못된 건달 노릇을 한 것은 아니었다. 기껏 같은 학교 친구가 억울하게 봉변을 당하면 기어이 찾아가 복수해주고 항복을 받는 식이었는데, 그게 그 나이 또래의 우쭐함과 맞물려 꽤나 거칠고 오래 지속되었던 것이다. 어쨌거나 그때 큰형님이 곁에 있었다면 분명 명도의 인생은 달라졌을 것이다. 누나도 있고 작은형도 있었지만 그들 두 사람은 명도에게 그리 관심을 기울이지 않았다. 하긴, 다들 자기 공부에 바빴으니 어쩔 수 없었을 것이다. 게다가 세상살이가 고달프면 약삭빠르게 변하기라도 하련만 천진하고 우직한 명도의 성품은 도무지 변할 줄 몰랐다. 주호는 가끔 자신의 형편이 눈먼 하늘이 저지르는 불공평이라는 실수 덕이라는 생각이 들기도 했다. 그나마 다행히도 이 강퍅한 세상에서 명도는 자신을 안아줄 유일한 여자를 아내로 맞았으니 하늘이 아예 눈먼 것은 아닌 듯도 했다.

32

　도장 찍은 계약서를 교환함으로써 진화설비와 성도의 인연
은 이제 완전히 끝났다. 10년이 넘게 모든 것을 바쳐 키워온 회
사였지만 이상하게도 성도는 서운하다는 생각은 조금도 들지
않고 그저 무거운 짐을 내려놓은 듯 홀가분하기만 했다.

　계약 상대는 처음 건설시공에 나서려는 그들이었고 최 이사
를 제외한 사무실 직원의 고용승계는 모두 받아들여졌다. 물론
그에 상응하여 성도는 상당한 금액의 손실을 감수해야 했다. 그
래도 마음은 편했다. 범죄나 중대한 과실 같은 본인의 잘못만
없다면 최소한 2년은 고용이 보장되었으니 그동안 능력과 성실
함을 인정받으면 될 것이고, 회사를 그만두더라도 근무 기간을
모두 감안한 퇴직금을 받을 수 있을 것이었다. 그래선지 어제

저녁 송별회에서는 모두가 눈물지으며 아쉬워했다. 다만 최 이사는 벌써 며칠째 사무실에도 나오지 않고 전화도 받지 않았다. 안타까운 일이었지만 성도로서는 어쩔 수 없었다.

"참 대단하십니다. 쉽지 않은 일인데 기어이 직원들을 모두 챙기시다니."

"모두 나름대로 성실한 사람들입니다. 선입견 없이 봐주시기 바랍니다."

"예, 사장님 성의를 보니 모두 믿을 수 있는 사람들 같아 저희도 든든합니다. 다만……."

이제 사장이 된 젊은 아들이 말끝을 흐렸다. 최 이사 얘길 하려는 모양이었다.

"최 이사에게 소개 수수료를 주기로 약속했습니까?"

"예, 그건 저희도 지켜야죠."

"차마 다시 생각해달라는 말씀은 못 드리겠습니다만, 잘 부탁드립니다. 쉽게 새 직장을 얻을 수 없는 나이라 사람이 흔들린 것 같습니다. 저도 퇴직금 외에 얼마쯤 생각해줄 요량입니다."

"염두에 두겠습니다."

성도는 그만 자리에서 일어섰다. 이제 공장만 정리하면 인생의 한 장을 완전히 접는 셈이지만 쉽지 않을 듯했다. 공장에서는 이미 어제부터 직원들이 농성을 시작했다. 모습을 보이

지 않는 최 이사도 거기 있을 것 같았지만 일단은 농성 자체를
무시할 생각이었다.

나이가 들거나 가진 것을 잃으면 추해진다. 그런데 더 추한
꼴은 욕심에 빠지는 것이다. 물론 최 이사는 처지가 워낙 절박
했기에 안타까운 마음도 들었지만 절박하다고 앞뒤 안 가리고
제 욕심만 차리면 세상은 더 살기 어려워질 뿐이다.

생각해보면 사람들이 허영에 젖어들면서 욕심도 많아진 것
같았다. 애당초 땀을 귀하고 자랑스럽게 여기지 않아 사단이
벌어지는 법이었다. 내 아버지 세대가 지금은 상상조차 할 수
없는 처절한 가난 속에서 발버둥 치던 시절엔 땀 흘려 일할 수
있다는 것 자체가 희망이었다. 그들도 땀 흘려 일하는 노동의
힘겨움에 진저리치지 않았을 리는 없다. 그렇지만 노동의 피
로보다는 굶주림, 더구나 사랑하는 가족의 허기를 바라봐야 하
는 무능이 더 고통스러웠기에 기꺼이 땀 흘려 기적처럼 세상을
바꾸었다. 하지만 그 아비의 노동의 열매를 먹고 자란 자식은
햇볕에 검게 타고 아무렇게나 불거진 우악스러운 아비의 근육
을 부끄러워하고 경멸했다. 땀에 전 몸으로 하루의 피로를 달
래느라 마신 몇 잔 술이 텅 빈 배 속에서 발효되어 누룩 냄새
라도 풍기면 낯모르는 주정뱅이라도 만난 듯 외면하고 경원했
다. 잘나지 못한 자신이 부끄러워 저절로 달아오른 낯빛을 감
추느라 억지소리라도 몇 마디 하면, 해준 것도 없이 무슨 행패

냐며 비난하고 증오했다. 그러고는 차가운 머릿속에 경멸과 미움, 증오를 담고 창백한 지식, 부끄러움 모르는 허영을 교만한 말에 실어 주워 삼켰다.

땀을 경멸하는 창백한 지식이 밥 벌어먹는 수단으로 횡행하던 시절이 있었다. 뜨거운 가슴 없는 차가운 머리만으로 더 잘살아지는 듯싶으니 허영은 끝을 모르고 치달았다. 하지만 땀의 진실로 다져지지 않은 허영의 모래성이 얼마나 견뎌낼까. 그래도 모래성이 무너지기 전에 번쩍 정신을 차려 뛰어내리면 다시 살아갈 기회는 있다. 하지만 이미 가슴이 식어버린 이들은 마지막 기회조차 외면한 채 거짓으로 인한 허영을 거짓으로 메우기에 급급하다. 하긴, 자신보다도 사랑하는 가족의 허기에 더 아파하던 마음은 안중에도 없었으니 사랑이 무엇인지 알기나 할까. 사랑마저 허영의 허기를 달래기 위한 수단이 되어버린 이 미친 세상에서 절박한 이의 욕심쯤이야. 그러나 절박할수록 그것을 이겨낼 수 있는 길은 오직 땀의 진실과 따뜻한 가슴에서 우러나온 사랑뿐인 것을…….

아직 은주가 들어올 시간은 아닌지라 오도카니 소파에 쪼그려 앉아 텔레비전에 눈길을 주고 있던 윤미는 들어서는 성도를 보고 마지못한 듯 일어섰다.

"저녁은?"

"아직 안 했어요?"

"응. 당신은?"

"차릴게요."

막내네가 내려가고 나서 더 기운이 빠진 모습이었다. 새벽같이 은주가 나가고 뒤이어 성도가 나가면 달랑 혼자 남아서 하루 종일 지내야 할 테니 무슨 흥이 나고 밥맛이 있을까. 그렇다고 외출을 하기에는 무리였고 설령 성도가 옆에 있어준다 해도 성가셔할 게 뻔했다. 아내의 발병 이후 함께 있는 시간이 길어졌지만 아직도 서너 시간만 흐르면 벌써 어색하고 불편하기는 두 사람 다 마찬가지였다. 아무리 부부라 해도 하루 종일 같이 있자면 꽤 많은 연습이 필요하리라.

성도가 옷을 갈아입고 나오자 윤미는 식탁 의자에 우두커니 앉아 있었다. 이미 차려놓았던 밥상에 찌개를 다시 데우고 밥과 국을 내놓았는데 거기에 아내의 밥과 국도 있었다.

"일찍 들어와야 했는데, 미안해. 그래도 내가 늦으면 먼저 먹지."

"……."

"어서 먹자."

아내는 여전히 묵묵부답이었지만 수저를 들어 국을 뜨기는 했다. 대답하지 않아도 되는 소리였으니 대꾸가 없었을 테고, 어쩌면 아침 식탁에서 깔깔한 입에 한술 떠 넣은 뒤로는 내내 아무것도 안 먹었을지 모른다는 생각이 들었다.

"어머님께 연락드려서 좀 와 계시라고 하지?"

"뭐하게 일부러요."

"당신 혼자 있으면 밥맛도 없을 텐데, 그러면 몸 상해."

"그런다고 가뜩이나 건강도 안 좋은데 나 수술했으니 좀 오세요, 그래요?"

"수술 잘됐는데 뭐 어때서?"

"됐어요, 노인네들은 말만 들어도 끔찍할 텐데 아직 마음대로 움직일 수도 없고, 얼굴도……."

"그러니까 혼자서라도 잘 좀 챙겨 먹어. 아니다, 내일부터는 내가 며칠 집에 있을게."

"……?"

윤미의 두 눈이 금세 동그래졌다. 아직 자세한 이야기는 해주지 않았지만 대충 눈치는 채고 있었다. 성도는 트레이닝복 바지 주머니에서 통장과 도장을 꺼내 내밀었다.

"오늘 우선 회사 정리했어. 비밀번호는 별도로 적어서 뒷장에 넣어뒀고. 아무래도 직원들 자리는 지켜줘야 할 것 같아서…… 생각보다 많지 않을 거야."

통장을 펼쳐본 윤미는 아무런 반응도 보이지 않았다. 사실은 생각보다 많은 금액에 안도하고 있었다.

"미안해. 내가 좀 독해야 되는데, 직원들 고용 확실하게 안

해두면 아무래도 금방 해고될 텐데, 그러면……."

"공장도 정리할 거예요?"

아내가 말을 잘라주어 성도는 고마웠다.

"그래야지."

"그럼 당신은요?"

"작은 공장 하나 해보겠다고 했잖아. 벌써 하는 일 없이 놀 수는 없고, 큰돈을 들일 건 아니야. 그래도 섣불리 알지도 못하는 일에 손대는 것보다는 나을 거야, 믿어봐."

"그건 믿어요."

"고마워. 처음 몇 달은 몰라도 좀 지나면 수입이 생길 거야."

"누구하고 하게요?"

하고 싶지 않은 질문이었지만 윤미는 마음을 독하게 먹었다.

"지금 공장에 있는 외국인근로자 몇 사람만 데리고 하려고."

너무도 무심한 남편의 대답에 윤미는 다시 두 눈이 커졌다.

"응, 사실 지금 공장이 좀 시끄러워. 난 가능하면 창주네 회사에 이직이라도 주선해주고 싶었는데, 그 사람들은 생각이 다른가 봐. 뭐, 입장을 전혀 이해하지 못하는 건 아니지만 그래도 너무 심해. 차라리 외국인근로자들은 내가 잘 대해주면 딴욕심을 부리진 않는 사람들이니까. 공장도 막상 정리하면 생각보다 많은 돈은 안 될 거야. 어쨌거나 몇 달치씩이라도 더 챙겨주는 게 도리일 테니…… 미안해, 그렇지만 파주 쪽 공장을 좀 작게 하면 당신이 걱정할 정도는 아닐 거야."

정말 막내 생각은 하지 않기로 한 모양이었다. 윤미는 다행이다 싶었지만 못내 미안하기도 했다.

"그런데 통장을 왜 나한테 줘요. 당신이 알아서 해요."

슬그머니 통장과 도장을 다시 밀어놓는 윤미의 태도에 성도는 고개를 갸웃거렸다.

"왜 그래? 당신한테 달라고 했잖아?"

"그런다고 진짜로 줘요?"

"그럼? 아, 괜찮아. 공장 정리되면 그것도 줄 테니까 당신이 우선 다 갖고 있어. 난 필요할 때 이야기할게. 당신이 생각해봐서 줄 수 있으면 주고. 나는 그 돈으로 뭐든 할 거야."

"왜 그래요, 갑자기?"

"옛날에는 사업을 했지만 이제는 사업한다는 생각 안 해. 그냥 조그맣게 철공소 하나 하는 거야. 혹시 모르잖아, 이 나이에 또 사업이라고 시작하면 어떻게 될지. 그리고 내가 생각해도 난 사업 체질은 아닌 것 같아. 이제는 당신 말대로 아이들 앞날 생각해야지. 당신이나 마음 편하게 먹고 건강 챙겨."

마음을 달리 먹은 것 같았다. 그렇지만 동생 때문에 일이 커졌는데 아무렇지도 않게 눈을 감자니 얼마나 마음을 썼을까 짐작이 갔다. 그녀로서는 남편의 아내보다는 자식의 어미 된 입장이 먼저인지라 모질게 말했지만 점점 더 마음에 걸렸다.

"당신 괜찮아요?"

아내의 묻는 바를 성도 역시 모르지 않았다. 그는 잠시 눈을 감고 생각에 잠겼다가 이윽고 아내를 지그시 바라봤다.

"난 다시 태어나면 당신하고 한 번 더 살고 싶은데, 당신은?"

뜬금없는 소리였지만 그저 하는 말이 아니라는 것은 윤미도 알 수 있었다. 그녀도 한참을 생각한 끝에 입을 열었다.

"왜 나하고 다시 살고 싶은데요?"

"미안해서."

"……?"

"난 꼭 당신을 꽃으로 만들어주고 싶었는데…… 그만 시들어가는 꽃으로 만들고 말았어. 그걸 너무 늦게 알아서 어떻게 해볼 수도 없었고. 그게 아주, 아주 많이…… 미안해. 그래서 다음번에는 정말, 정말 잘해서, 꼭 꽃으로 만들어주고 싶어. 그래서……."

윤미는 그만 목이 메어 얼른 고개를 숙였다. 성도도 수저를 내려놓고 슬그머니 일어나 안방으로 향했다.

33

"그게 무슨 소리야? 오빠가 회사를 정리하다니? 부도라도 맞은 거야?"

정도의 연락을 받고 나온 명희는 아닌 밤중에 홍두깨 같은 소식에 가슴이 철렁했다.

"부도는 무슨. 그런 건 아니고 다른 사람에게 판 거야, 회사를 통째로."

"공장은?"

"그건 아직 안 넘겼지만 아마 김창주라고 형 동창 중에 기업 크게 하는 사람이 있는데 그쪽에 팔기로 한 모양이야."

"휴— 난 또⋯⋯."

명희는 비로소 가슴을 쓸어내렸다. 아무리 출가외인이라지만 친정의 장남인 오빠가 망한다면 가슴 아플 일이었다. 게다가 당장 얼마나마 목돈을 내놓아야 할 게 뻔했으니 가슴이 철렁 내려앉을 수밖에 없었다.

사실 형제라는 것도 그랬다. 아무리 피를 나눈 형제라지만 형편이 크게 기울지 않아야, 아니 기우는 것이야 사람 능력이 각자 다르니 어쩔 수 없다손 치더라도, 최소한 손을 벌리진 않고 살 정도는 되어야 했다. 설사 손은 벌리지 않더라도 공연히 마음 찜찜한 일은 없어야 서로 불편하지 않는 법이다. 어릴 때는 죽고 못 살 듯이 애틋하고, 지지고 볶으면서도 돌아서면 금세 보고 싶었지만, 결혼해 가정을 꾸리고 자식이 생기면 자신이 낳아 영원히 책임져야 할 핏줄이 먼저고 그게 자연스러운 이치였다. 그런데 이미 막내 명도 때문에 마음이 쓰이고 불편한데 오빠까지 그랬다면…… 생각만 해도 골치가 지끈거릴 일이었다.

"그래도 이거저것 다 정리하면 꽤 되겠네? 차라리 잘됐다. 지난번에 들은 이야기로는 그쪽은 경기도 쉽게 풀리지 않을 것 같다던데. 그래, 오빠 성질에 벌써 놀고먹지는 않을 테고, 뭘 하겠대?"

"지난번에 조그만 공장 하고 싶다고 그랬잖아."

"아, 그랬지. 그런데 그게 뭐? 오빠 기계과 출신이겠다, 나쁘지 않잖아?"

"그까짓 고등학교 기계과가 뭐 그리 대단하다고! 그러니 철공소 정도로 시작하겠다는 거잖아!"

"철공소? 참, 오빠도…… 차라리 대리점 같은 걸 하라니까 무슨 고집으로 느지막이 사서 고생을 하겠대?"

"그러게 말이야."

"뭐, 할 수 없지. 네 매부한테 말하기는 좀 민망하지만 여유는 있을 테니까 명도같이 마음 쓰이지는 않겠네."

"내가 그래서 누나 보자고 한 거야. 명도 그 자식 때문에."

"명도? 명도가 왜?"

명희는 또 가슴이 철렁했다.

"혹시 며칠 전에 누나한테 돈 이야기 안 했어?"

"돈? 아니, 아무 연락도 없었는데. 왜? 또 돈 달래?"

"……."

"어머! 얼마나? 또 이번에는 뭘 하겠대?"

"그런 건 아니고, 그저 불쑥 300만 원 달라기에……."

"어디 쓴다고?"

"몰라. 짜증나서 물어보지도 않고 그냥 보내줬어."

"참, 걔가 정말 문제다, 문제. 그런데 그거하고 오빠하고 무슨 상관인데?"

"아무래도 형님이 회사를 정리한 게 명도 때문인 거 같아."

"뭐라고? 그게 무슨 소리야?"

"생각 안 나? 형님이 지난번에 우리 불러내서 회사 그만뒀으면 한다고 얘기할 때 명도 이야기 꺼냈던 거."

명희는 그제야 생각이 떠올랐다.

"어머, 어머! 그럼…… 오빠는 뭐래? 우리보고도 좀 도와 달래?"

"아니야, 형님은 회사 정리한다는 얘기도 아직 안 했어. 내 가 괜히 마음이 쓰여서 형수에게 전화했더니 그러는 거야. 어 쨌거나 설마 형님이 우리한테 뭘 해달라고 하겠어?"

"그렇지? 그럼 됐지, 뭘. 그리고 나도 요즘은 여유 없어. 주 식시장이 하도 불안해서 몇 푼 안 되는 돈마저 전부 채권으로 돌려놨어."

"형편이 문제가 아니라 그동안 우리가 두어 차례 도와줬으 면 잘해야지 번번이 그게 뭐야. 에이, 망할 자식!"

"아무튼 오빠가 알아서 하겠지 뭐. 그런데 언니는 뭐래? 오 빠 생각에 반대는 안 한대?"

"지난번에도 아무래도 느낌이 이상해서 통화를 한번 했는 데, 이제 형님 나이도 있고 형수도 건강이 그래서 아이들 뒷바 라지 준비를 해야겠다고 하시더라고. 그런데 오늘도 전화를 했더니 형님이 정리되는 대로 전부 형수한테 맡겨두기로 했 다는 거야."

"뭐야? 그럼 명도를 돌봐줄 생각은 아예 없다는 거야?"

"그런 것 같아. 형수님 건강이 저러니 형님인들 어떡하겠어."

"아니, 언니는 어떻게 그렇게…… 하긴, 우리가 관여할 바 아니기는 하다. 그렇지만 오빠 속마음은 그게 아닐 텐데……?"

"그래서 내가 누나하고 상의를 좀 하려는 거야."

"나하고?"

"명도 생각하는 형님 마음 누나도 잘 알잖아. 그런데 이제 아무것도 할 수 없는 처지가 되잖아……."

명희는 고개부터 내저었다.

"아유, 난 몰라, 몰라! 나보고 뭐라고 하지 마, 난 출가외인이야!"

"알아, 누나 출가외인인 거. 나도 명도한테 할 만큼 했고. 그렇지만 우린 형님한테 빚이 있는 셈이잖아."

명희도 할 말이 없었다. 비록 결정은 엄마가 내렸지만 자신들이 남들처럼 공부를 할 수 있었던 건 고등학교만 나온 오빠가 사막의 나라에서 보내준 돈 덕분이었다. 처음에는 가슴 시리게 고마웠고 언젠가는 몇 십 배로 갚겠다고 마음도 먹었지만 살다 보니 어느새 잊어버렸고, 어쩌다 생각이 나도 예전처럼 마음이 무겁지는 않았다. 그렇지만 당사자인 오빠는 아예 내색도 안 하니 오히려 찜찜할 때가 있었다.

"그래서 뭘 어떻게 해주자고?"

"당장 뭘 어쩌자는 건 아니고, 녀석을 불러서 생각을 들어봐야겠어."

"무슨 생각을? 생각 있는 애가 여태 그러니?"

"차라리 고향에 사놓은 내 산에서 과수원이나 해보라고 할까."

"과수원? 얘, 그건 더 골치 아프다. 과수원이라는 게 자리 잡을 때까지 돈이 여간 들어가는 줄 아니? 그리고 걔가 농사나 과수원에 대해 뭘 안다고."

"그렇지, 과수원 일도 쉽지 않을 거야? 후유……."

정도의 입에서 저절로 한숨이 새어나왔다.

"차라리 서울 근교 어디에 취직이라도 시켜라. 오빠도 목돈 마련되었을 때 얼마쯤 내놓으라 하고, 이참에 너하고 나하고 돈 좀 보태서 조그만 아파트라도 하나 장만해주고 잊어버리자."

"일단 그 자식 생각을 들어보고."

"생각은 무슨. 그냥 그렇게 하라고 해!"

명희는 부아가 치밀어 그걸 삭이느라 차가운 얼음물을 벌컥벌컥 들이켰다.

34

    꼬박 72시간을 뜬눈으로 새우는 명도의 모습에 주호는 혀를 내둘렀다. 아무리 잠깐만 눈을 붙이라고 해도 들은 척도 않고 온도계 눈금에서 눈을 떼지 않았다. 그러다가 온도계가 84도를 가리키기 시작하면 아궁이의 불을 빼고 줄어든 물 양만큼 찬물을 보충해서 온도를 조절했다. 할 수 없이 불 곁에 오래 있으면 진이 빠지니 기왕 만들어진 숯불에 구워먹으라고 고기를 사왔더니 부정 타게 무슨 짓이냐며 펄쩍 뛰었다. 저게 바로 살기라는 거로구나 싶을 만큼 섬뜩했다. 심지어는 아궁이에 넣는 참나무까지 일정한 굵기로 반듯하게 자르는 정성을 다하는 데는 차라리 눈물이 나올 지경이었다.

    "이제 30분 후면 정확히 72시간이 되는 거다. 그다음에는 어떻게 하는데?"

명도의 눈동자는 새빨갛게 충혈된 채로 여전히 반짝거렸다.

"이 괴물아, 넌 지치지도 않냐?"

"시끄러워, 부정 타!"

"알았다, 알았어, 잘못하면 날 잡아먹을 기세네. 그래, 네 말대로 딱 72시간이 채워지면 그때 안에 든 항아리만 꺼내서 개울에 담가 식히는 거야, 딱 24시간 동안."

"약이 잘 만들어졌는지 확인은 안 하고?"

명도가 걱정 가득한 얼굴로 물었다.

"식힌 다음에 다시 딱 24시간을 중탕해야 하는데 열어보면 진짜 부정 타지."

"야, 주호야. 그러다 만약 잘못되면 어떡하냐?"

"어이구, 그 정성에도 약이 잘못되었으면 내가 한의사를 때려 치운다. 걱정 마라. 내가 이걸 한두 번 만들어본 게 아닌데, 이번엔 정말 제대로 약효를 볼 것 같다."

"정말이지? 그럼 또 24시간 중탕한 다음에는?"

"다 된 거지. 자연스럽게 식도록 기다렸다가 작은 항아리에 담아서 형수님께 갖다 드려. 그걸 매일 두세 번씩 복용하시면 내 장담컨대, 너보다는 오래 사실 거다. 그것도 건강하게."

"정말이지?"

다짐을 받으려는 명도의 환한 얼굴이 천진난만한 아기 같았다. 주호는 고개를 끄덕였다.

"장담한다. 쇠가 약에 닿으면 절대 안 되니까 나무숟가락으로 떠서 자기에 담아 따뜻한 물로 풀어서 드시라고 해. 약 먹을 때는 물도 광천수보다는 자연수를 정수해 드시는 편이 훨씬 나으니까 그렇게 말씀드리고."

"그건 또 왜?"

"아무래도 광천수에는 광물질 성분이 섞여 있으니까 약 드실 때는 자연수가 좋을 거야."

"이번에 만든 걸로는 얼마나 드실 수 있나?"

"복령이 커서 양을 거기에 맞춰 조절했는데 아마 석 달은 드실 거야."

"그럼 복령을 또 캐러 가야겠다. 형님도 만들어드리게."

"지황 캐기 시작할 때 넉넉하게 만들어두는 게 좋긴 하지. 그리고 다음부터 삼은 장뇌 말고 건삼을 쓸 거야. 그렇게 알고 있어."

"야, 돈은 내가 어떻게든 마련해본다니까."

"이번에는 네가 하도 걱정을 해서 나도 오버를 좀 했다만 우리나라 4~5년생 건삼이면 충분해. 대신 건삼도 복령 갈 듯이 갈아야 하니까 그건 네가 하고."

"그거야 얼마든지."

"나도 너 같은 동생 하나 있으면…… 어, 딱 72시간이다."

253

"뭐? 야, 빨리!"

비명을 지르며 허둥대는 명도를 보며 주호는 그만 웃고 말았다.

솥에서 꺼낸 약 항아리를 개울물에 담갔다. 항아리는 정확히 3분의 2 정도만 물속에 담긴 채 아가리 부분은 하늘로 향했다. 아무런 흠결도 없이 제대로 만들어진 게 분명했다. 주호는 흐뭇한 표정으로 명도를 돌아보았지만 녀석은 여전히 노심초사하는 기색이었다.

"명도야, 이제는 진짜 눈 좀 붙여라."

"아니야, 저러다 엎어지기라도 하면 어쩌려고."

"약이 아주 잘됐어. 항아리가 물에 뜨는 걸 보면 알아. 그러니까 잠깐 눈 붙여서 기력 찾아. 그래야 또 24시간 중탕할 때 온도 맞출 거 아니야. 그때 실수하면 여태 애쓴 거 다 꽝이다. 그러니까 알아서 해."

"그럼 네가 여기서 항아리 좀 봐줄래?"

"그러려고 여기 있잖아."

"알았어, 그럼 수고 좀 해."

명도는 그 자리에 털썩 주저앉아 곁에 벗어두었던 점퍼를 어깨에 걸치고 눈을 감았다. 주호는 더 말리지 않았다. 아마 지금 명도에게는 마른 흙바닥이 비단금침보다 편할 터였다. 꼬박 사흘 밤을 새웠으니 저절로 감기는 눈은 어쩔 수 없었지만 두 눈을 감고서라도 곁에서 항아리를 지키고 싶은 그 마음을 어찌 말릴 수 있을까.

전화벨이 울려 들여다보니 명도의 처였다. 주호는 전화기를 귀에 댔다.

"예, 제수씨."

"경주 아빠 여태 전화기 꺼두고 있네요?"

"아마 앞으로도 48시간은 꺼져 있을걸요."

"아직도요?"

"약 만들면서 전화질해대면 부정 탄다는데 그 무식한 고집을 누가 말려요."

"아휴, 촌스러워. 그런데 약은 잘돼가요?"

"아마 내 평생에 처음 만들어보는 좋은 약이 될 겁니다, 분명히."

"잘됐네요. 경주 아빠 잠깐 바꿔줄래요?"

"사흘 만에 이제 잠깐 눈 붙이고 있어요, 그것도 땅바닥에 쪼그려 앉아서요. 그래도 깨워요?"

"아니에요, 그럼 됐어요."

"일어나면 뭐라고 전할까요?"

"약은 언제 서울로 가져올 수 있어요?"

"으음…… 모레 저녁이면 형님 댁에 약하고 같이 도착할 거예요."

"그럼 저는 오늘 오후나 내일 오전에 먼저 가 있을 거라고 전해줘요."

"왜, 무슨 일 있어요?"

"아니에요. 큰형님 목소리에 기운이 하나도 없어서 자꾸 신경이 쓰여서요. 아무래도 혼자서 하루 종일 지내시니까 더 그런 것 같아요. 애들은 이웃집에 맡겨두고 갔다가 금요일 날 경주 아빠랑 같이 내려오려고요."

"송주까지요?"

"헤헤, 걔들은 저희끼리 잘 지내요. 나 없으면 잔소리 안 듣는다고 오히려 신나 하는걸요."

역시나 둘은 천생배필이었다. 주호는 은근히 부러운 생각까지 들었다.

"정옥 씨가 제일 행복한 여자라는 거 알아요? 아마 열 번을 다시 태어나도 저 우악스럽게 생긴 바보 녀석 명도보다 더 잘해줄 사람은 만나지 못할 거예요."

"헤헤, 내가 워낙 예쁘잖아요, 헤헤……."

이들을 잘 아는 누군가 지켜보고 있었다면 아마 이렇게 말했으리라.

바보 같다고요? 웬걸요. 아마 그렇게 말하는 당신이 진짜 바보일걸요. 저 여인에게도 속이 있어요. 저 여인을 사랑하는 우직한 남자에게도 속이 있고요. 눈물은 흘리지 않지만 노래방에 데려가 마이크를 안기면 처연하게 부르는 노래에는 아픔이 가득하답니다. 그래도 울지 않고 웃어요, 언제나. 화나고 미워할 일이면 차라리 모르는 척 잊어요. 어떻게 그럴 수 있느냐고요? 아주아주 속이 넓으니까요. 아마 저들을 바보라고 여기는 당신 속이 얼마만 한지는 우리 서로가 알지만, 저들의 속은 얼마나 큰지, 아예 보이지를 않아요. 미워할 줄 몰라 사랑만 하고 사는 저들을 제발, 바보라고는 여기지 마요. 저들은 빤히 들여다보이는 속으로 사는 나 같은 사람에겐 희망의 언덕인걸요. 아무 때고 달려가면 눈에 보이지 않고 손에 잡히지 않는 바람처럼 땀을 씻어주는…….

35

'생존권 보장하라!' '공장 폐업 결사반대!' '노동자의 피땀으로 일군 공장, 노동자에게 돌려줘라!' '대책 없는 공장 폐업 노동자 가족 다 죽인다!' '부동산에 눈멀어서 살인까지 하려느냐!' 빨간색 범벅인 플래카드가 공장 여기저기에 빼곡했다. 입구 가까이까지 갈 동안은 아무 소리도 들리지 않더니 성도의 모습이 눈에 띄자 북이며 꽹과리가 요란하게 울리기 시작했다.

성도는 느릿느릿 농성 판이 펼쳐진 공장 문을 향해 걸어 들어갔다. 조금 불쾌하기는 했지만 화가 끓지도 두렵지도 않았다. 오히려 낯부끄러운 일인 줄 모르지 않을 텐데도 저렇게 억지를 부리는 저들이 안쓰러웠다. 또한 무리지어 모여 있기는 해도 두려운 것은 저들이지 자신은 아니었다. 아니나 다르랴,

258

가까이 다가간 성도가 한 사람씩 얼굴을 쳐다보려 하자 모두들 슬며시 눈길을 돌리며 외치던 구호마저 중얼거리는 소리로 바뀌었다. 공장 안쪽 한구석에 둘러앉아 영문도 모른 채 웅성거리고 있던 외국인노동자들은 저마다 손을 들어 알은체를 하거나 고개를 숙여 인사했다.

"어떻게 이럴 수 있습니까?"

이미 기가 꺾인 동료들을 부추겨보기라도 할 셈인지 이 부장이 거칠게 앞을 가로막았다.

"뭐가 말인가?"

"예? 허…… 아니, 어떻게 우리는 이러고 있는데 며칠 동안 얼굴도 안 비칠 수가 있는 겁니까!"

"내가 언제 확실한 이야기라도 했나? 도대체 무슨 근거로, 여기저기 붙어 있는 건 무슨 소리들이야!"

"아니, 그게 이미 뻔한 일이니까 저희도……."

"최 이사 어디 있어?"

"예? 최 이사는 왜요? 무슨 말씀인지……?"

갑작스러운 질문에 이 부장은 당황하는 기색이 역력했다.

"최 이사가 여기 있나? 그럼 자네하고 둘이서 딴마음을 품어 직원들을 선동한 거네? 그렇게 봐도 되는 거지!"

갑자기 직원들이 수군거렸고 몇 사람은 공장 안 사무실 쪽으로 고개를 돌리기도 했다.

"딴마음이라니요? 우리가 무슨 딴마음을 품었다고! 그건 말도 안 되는……."

"그런데 왜 최 이사가 여기 없다는 거야! 어디 있어, 최 이사?"

"……."

대답 대신 다른 직원들의 눈치를 살피던 이 부장이 고개를 푹 떨어트렸다.

"누가 가서 최 이사 나오라고 해요!"

쭈뼛쭈뼛 자리에서 일어서고 있는 직원들 중에서 한 사람이 공장 안으로 발을 옮기려는 순간 최 이사가 모습을 보였다. 분노로 잔뜩 일그러진 얼굴이었지만 기실 자괴감을 감추려는 억지 분노에 불과했다.

"최 이사, 자넨 여기서 뭐하고 있어?"

"몰라서 묻습니까?"

"응, 몰라. 뭘 하고 있는 건데?"

"사장님 혼자서 살자고 우린 다 죽어도 좋다는 거 아닙니까? 그래서 저희도 살아보자고 이러는 겁니다! 사람같이 살아보려고요!"

"내가 보기에는 자네가 다른 사람들을 죽이려는 것 같은데, 혼자서 잘 살아보려고!"

"흥, 그게 말이 됩니까? 우리가 가진 게 뭐 있다고요?"

"그럼 죽은 사람들은 어디 있는데? 사무실 직원들 모두 그대로 근무하기로 결정됐는데 누가 죽었다는 거야. 죽은 사람은, 아니 스스로 죽기로 작정한 사람은 자네 혼자야!"

"새 사장이 약속을 지킨다는 보장이 어디 있습니까?"

"계약서에 명시된 사항이야. 그거 직원들에게도 복사해서 나눠줬고."

"그까짓 2년요?"

"잘 아네. 그 2년 동안 능력 제대로 보여주면 새 사장에게도 얼마든지 신임받을 수 있어! 자네는 제대로 일해볼 생각은 않고 딴마음부터 품은 거야, 그래서 혼자 일자릴 잃은 거고! 알아?"

둘러선 직원들이 무슨 소리인가 싶어 눈이 휘둥그레져 저희들끼리 눈치를 살폈다.

"이 부장 이하 여러분들도 상황을 잘 알고 움직여요. 아무리 딴세상이 된 것 같아도 억지로 되는 일이란 결코 없어요. 설령 억지를 부리면 당장은 뭔가 되는 것처럼 보일지 몰라도 기껏 몇 사람 배 채우는 일에 불과해요. 서로를 이해하고 받아들일 건 받아들여요. 그래야 다 살 수 있어요."

"그래도 결국 사장님은 공장을 정리하려는 거고, 우리는 몇 달치 월급 더 받고 실업자 돼야 하는 거 아닙니까?"

조금 젊은 직원이 볼멘소리를 하고 나섰다. 애초부터 성도는 아무것도 감출 생각이 없는 터였다.

"그래요, 공장 정리할 생각이에요. 그런데 정리하지 않으면
요? 그렇게 버티면서 다시 좋아질 때를 기다리려면 여러분들
중에 일부는 나가줘야 해요. 그러지 않으면 한 달, 두 달, 월급
밀리다가 한꺼번에 전부 망하는 길 뿐이에요. 난 그렇게 망할
수 없어요. 내게도 자식이 있고, 나도 아직 한참을 더 살아야
하는데 뭔가 할 수 있는 일을 하고 싶어요. 그러니 누가 나가줄
래요? 자네가? 아니면 자네가? 자, 절반만 나가줘요. 내가 퇴
직금에다가 반 년 치 월급 보태서 줄게요. 대신 남는 직원들은
경기가 괜찮아질 때까지 월급이 인상되긴커녕 줄어들지도 몰
라요. 물론 잘 풀리면 그때는 나갔던 분들 우선 채용하고, 월급
도 많이 올려줄게요. 자, 그래줄래요?"

모두가 꿀 먹은 벙어리가 되어 눈길을 피하기에 바쁘자 이
부장이 황급히 나섰다.

"그게 무슨 말도 안 되는 억지입니까? 다들 정신 차려! 이
공장은 우리 피땀으로 키워온 거야, 당연히 우리에게도 지분
이 있어!"

"그게 보편적으로 통할 이야기라고 생각하나, 이 부장? 세
상에는 원칙이란 게 있고 법이 있어!"

"그놈의 법이 우리 같은 약한 사람들 위한 법입니까!"

"그래서 우리보고 이제는 그냥 나가라는 겁니까? 요즘 어디

서 직장을 구하라고요!"

조금 더 나이 든 직원이 절박하게 소리쳤다.

"난 아직 아무 이야기도 안 했는데 여러분이 스스로를 망치
고 있는 거예요. 난 공장을 팔아도 최소한 여러분들 일자리는
지켜주려고 했어요. 왜 그런 나를 못 믿어요? 우리가 이렇게 믿
지 못한 채로 일해온 겁니까, 진정으로."

"그렇지만 일자리가 나와도 그게 지방이라면서요? 여긴 연
구손가 뭔가가 되어서 펜대 굴리는 사람들이 오고요."

"예, 인수할 사람 사정이 그렇답니다. 나도 여러분들 그 경
력 인정받게 하려면 그럴 수밖에 없었고요. 그래서, 서울 언저
리를 떠나기 싫어서 안정된 일자리도 마다하고 이짓들을 하고
있는 겁니까?"

"왜 우리들만 지방에 내려가서 살아야 하는데요? 거긴 학교
시설이나, 생활환경도 열악하다지 않습니까."

성도는 울화가 치밀었다. 도무지 삶에 대한 일말의 책임감
이나 생각이 있다면 저처럼 한가한 소리를 늘어놓을 수는 없을
터였다. 이미 오래전에 땀과 노력만으로는 온전히 살아갈 수
없는 세상이 되어버렸는데, 무작정 자신이 원하는 것만 고집
해서 어쩌자는 것인가. 더불어 살라고 외치는 사람들이 오히려
자기 것은 한줌도 내놓으려 하지 않는 것이다. 가진 게 없다고?
무슨! 그들에게도 양보할 것들이 많다. 자식 공부를 위해 고향

의 문전옥답을 버리고 도회의 골목에서 비루하게 땀 흘린 시절이 있었다면, 이제는 일자리를 찾아서 도회를 떠날 줄도 알아야 할 것이다. 도회를 벗어나면 조금이라도 넓은 공간은 얻을 수 있을 텐데, 왜 굳이 복작거리는 도회에서 끝을 보려는 것인가. 허영에서 도저히 헤어날 수 없는가? 그 이룰 수도 없는 허영을 위해 이처럼 결말이 뻔한 상황으로, 막다른 골목으로 몰아가려는 것인가…….

"서울에서 살면 다 서울에 있는 대학에 들어갑니까? 지방에 있는 학생들은 서울로 대학 못 옵니까? 아니, 여러분 자녀들이 모두 서울에서 살면 서울에 있는 대학에 들어갈 능력이 됩니까? 그러면 자식을 위해서 여러분들 혼자서 지방에 내려가 일하세요. 멀리 외국에 보내놓고 혼자 돈 벌어주는 기계가 되는 사람들도 있는데 그건 왜 못 합니까? 그토록 절실하면 희생을 해야지요. 아니면 문화생활 때문입니까? 여러분이 그렇게 문화생활을 즐깁니까? 그게 뭔데요? 가끔 집 근처 식당에 가서 삼겹살 구워 먹는 거요? 그거, 지방에는 없어요? 연극, 영화, 미술, 음악요? 여러분이나 여러분 집에서 그거 얼마나 찾아다닙니까? 그래요, 그것도 필요하다면 여러분만 희생하면 돼요. 왜 그건 안 하려 들면서 무조건 다른 사람한테만 내놓으라는 겁니까? 거기, 젊은 박 씨. 자넨 무슨 운동 하나?"

갑작스러운 질문에 그가 뒤통수를 긁적거렸다.

"자네 운동 좋아한다고 그랬잖아."

"볼링을 좀……."

"그래. 그럼 거기 조 반장은?"

"저는 수영을……."

"유 과장은 춤 배워서 잘 춘다고 그랬나?"

"춤이 아니라 스포츠댄스입니다."

"그래, 스포츠댄스. 그런데 볼링, 수영, 댄스, 그런 정도는 서울 아니라 대한민국 어디 가도 즐길 수 있다는 사실은 모르지 않지요? 그런데도 여러분은 지금 다른 길이 있다는 건 생각조차 안 하려고 하잖아요, 안 그래요? 그보다 더 중요한 것도 있어요. 난 여태 고등학교 때 나라에서 무료로 시켜준 공부 말고는 달리 배운 게 태권도밖에 없어요. 그것도 군대에서 배워 이제는 완전히 잊어버렸고요. 난 처음에는 돈이 없었고, 나중에는 사는 게 바빠서 여러분같이 볼링이며 수영, 스포츠댄스도 못 배웠어요! 나도 사람인데 왜 안 배우고 싶었겠어요……. 결국 당신들이 나보다 더 나은 거라고요. 그러니 나한테 무조건 내놓으라고 억박지를 자격, 솔직히 나는 없다고 봐요."

"뭐라고요! 아니, 그럼 우리 같은 사람은 아무것도 배우지도 말라는 겁니까!"

"맞아! 뭔 소리야? 그러니까 우리 같은 놈들은 조용히 촌구석에 가서 숨도 쉬지 말라는 거 아냐?"

"듣자듣자 하니 정말 사람을 너무 무시하는구만!"

벌집을 건드려놓은 듯 소란스러웠다. 마지막 말은 안 해도 되는 소리였는데 지나쳤다. 그러나 성도는 후회하지 않았다. 실체를 명확하게 인식하는 데 가림막이 되는 자존심이라면 차라리 버리는 게 나은 자존심이라고 생각했다.

"마저 들어요. 이제는 여러분에게 그런 자리마저도 마련해 줄 수가 없게 됐어요. 내 말은 한마디도 들어보지 않고 이렇게 소동부터 일으키는 사람들을 과연 어느 회사가 고용하려고 하겠어요? 그런데 저는 오늘 공장 폐업 신고도 했어요. 정상적으로 퇴직 절차 밟아드릴 테니 그렇게들 아세요."

"뭐, 뭐라고요! 이, 이런⋯⋯!"

"하나 더 있어요. 이제 이 공장을 출입할 권리를 가진 사람은 없어요. 허락 없이 출입하면 불법 침입이 되고, 물건을 부수면 재물손괴, 무엇 하나라도 내 허락 없이 가져가면 절도죄가 됩니다. 그렇지만 여러분도 같이 모여 상의는 해야 할 테니까 사흘 더 공장에 머무는 건 허락하지요. 또 퇴직 절차에 동의하는 분들은 나중에 개별적으로 뭐든 가능하면 도와드릴 수도 있고요."

"여러분! 이건 공갈 협박입니다! 절대 물러나지 말고 투쟁합시다!"

이 부장이 고함을 치자 최 이사가 말을 받았다.

"개별적인 회유에 넘어가면 다 죽습니다. 절대 약속은 지켜지지 않을 겁니다!"

성도는 먼저 최 이사의 귀에 입을 가져갔다.

"자네가 사무실 직원들에게 무슨 짓을 하려고 했는지 말하지 않은 이유는 자네 처와 아이들을 생각해서야."

최 이사의 얼굴이 하얗게 떴다. 성도는 고갯짓으로 이 부장을 불렀다.

"최 이사하고 자네들 둘이서 엉뚱한 꿍꿍이로 설치는 바람에 저 사람들 모두 실업자 되게 생겼다는 거 심각하게 생각해. 저 사람들 나중에라도 알게 되면 자네들한테 책임 물을 수도 있어."

이 부장도 움찔하고 놀랄 뿐 대꾸는 하지 못했다.

36

"이게 경옥고라는 약인데요, 면역력을 높이는 데는 아주 효과가 좋대요. 하루 두세 번씩 꼭 쇠 안 닿게 나무숟가락으로 떠서 더운 물로 드세요. 한번 드시는 양은……."

명도는 약에 대해 설명하면서도 연신 정도의 눈치를 살폈다. 둘째 형은 아직 퇴근 시간 전인데 큰형님 집에 와 있었다. 아무래도 자신을 기다린 듯해서 신경이 쓰이는 것이다.

"뭐하게 이런 걸 사와요. 그냥 병원에서 주는 약 먹으면 돼요."

"아니에요, 형수님처럼 장기적으로 면역 약을 복용해야 하는 경우에는 아무래도 자연생약이 좋아요. 그리고 포도는 항상 곁에 두고 드세요. 형님과 가끔 밤에 포도주도 한잔씩 하시고요."

"아이, 이 몸에 술은 무슨⋯⋯."

"아닙니다, 포도주는 술이 아니고⋯⋯."

"임마, 무슨 술을 드시라고 그래! 그리고 네가 뭘 안다고 약이니 뭐니, 그러다가 탈이라도 나시면 어쩌려고!"

평소 못마땅해하던 속내가 그만 불거진 것이다. 하지만 당사자보다 윤미와 정옥이 더 놀란 눈치였다.

"서방님, 뭘 그만한 일을 가지고⋯⋯."

"아닙니다, 어떻게 만든 약인지도 모르는데. 요즘 한약 제대로 만들려면 돈도 많이 들고, 특히 싸구려 중국 약재가 많아서 아주 조심하지 않으면 큰일 날 수 있어요."

"아주버님, 이 약 경주 아빠 친구 주호 씨하고 같이 만든 거예요. 한의사 하는 주호 씨는 아주버님도 잘 아시잖아요?"

"⋯⋯."

좀처럼 끼어드는 법 없는 정옥이 발갛게 상기된 얼굴로 나서자 정도도 입을 다물었다.

"약재 값 300만 원은 아주버님이 주신 거고요."

"당신은 가만있어!"

"내가 뭐랬다고. 모르고 걱정하시니까 말씀 드리는 거잖아."

정도는 마음속으로 아차, 싶었다. 녀석의 속마음도 모르고 짜증만 냈으니. 그렇지만 사단을 낸 사람은 결국 명도라는 생각에 속은 여전히 끓었다.

"임마, 그런 것만 하면 뭘 해! 인생을 좀 제대로 살아야지! 넌 형님 회사 정리한 것도 모르잖아?"

"예? 아주버님이 회사를요?"

명도보다 더 놀란 정옥이 입을 딱 벌렸다.

"아유, 서방님. 그런 얘기를 뭐하러 하세요, 천천히 알게 될 일인데."

"그러니까 주변 사람들 신경 쓰이게 하지 말고 정신 차려서 좀 독하게 살라는 거예요."

명도는 무슨 뜻인지 알아들을 수 없었다. 큰형님이 회사를 정리했다니, 사실 놀라운 일이기는 하지만 불경기가 오래 지속되고 있으니 오히려 잘 생각한 것인지도 몰랐다. 무엇보다 큰형님은 그쪽에선 터줏대감인 데다 매사에 신중한 분이니 섣불리 판단했을 리 없었다. 그런데 작은형의 말은 그 결정에 마치 자신이 관련이라도 있다는 투였다.

"무슨 말씀이세요?"

"몰라서 물어? 무슨 일이든 좀 성실하게 노력을 해! 깊이 연구도 좀 하고!"

"……"

뭐하나 이루지 못하고 무지한 걸 탓하는 데에는 할 말이 없었다. 그렇지만 성실하지 못하고 노력하지도 않는다는 말에는 억울했다.

"그리고 전화는 왜 며칠씩 꺼놓고 있는 거야? 무슨 그렇게 대단한 일을 한다고, 하여간…… 아무튼 나중에 연락하면 곧바로 다시 와, 에이! 형수님, 저 그만 갑니다."

일방적으로 이야기를 끝낸 정도는 벌떡 일어나 현관을 나갔다.

무슨 이야기인 줄은 몰라도 정작 할 말은 못 하고 간 것이다. 윤미는 요 며칠 새 여러 차례 전화를 걸어 이것저것 묻던 둘째 서방님의 행동으로 보아 막내 서방님을 도와주려는 모양이라고 생각했다. 뭔지는 몰라도 구체적으로 생계 대책을 세우고 있는 듯했다. 그렇게만 해주면 참으로 고마운 일이었다.

명도네를 미워할 까닭은 없었지만 내내 마음 쓰이고 부담스러운 건 사실이었다. 더구나 남편과 말다툼까지 한 뒤에는 한동안은 보고 싶지도 않았는데 오히려 더 자주 보고 도움까지 받는 처지가 되었다. 신기하게도 다른 누구보다 그네들이 곁에 있으면 마음이 편했다. 도무지 변할 줄 모르는 사람들, 때로는 바보 같다는 생각이 들 정도였다. 그러니 어쩌면 자신들을 두고 벌어지는 지금의 작은 소란이 아니라 더 큰일이 일어난다 해도 누가 꼭 집어 말해주지 않으면 눈치도 못 챌 사람들이었다. 어떻게든 편한 마음으로 만나고 싶지만 그 이기심이라는 것이…….

잔뜩 주눅이 들어 소파에서 고개를 떨어트리고 앉아 있던 명도가 슬며시 일어섰다.

"형수님, 저도 그만 내려가 볼게요."

"왜요? 조금 있으면 형님 들어오실 거예요. 같이 술이라도 한잔하고……."

"경주가 기다려서요."

"송주는?"

마찬가지로 기가 죽어 고개를 숙이고 있던 정옥이 나지막이 물으며 끼어들었다. 명도가 오는 길에 송주를 데려왔던 터였다.

"당신이 내일 데리고 와."

"그럼 가서 경주랑 포장마차라도 가."

"알았어. 형수님, 약은 어쨌든 꼭 드세요. 중국산 약재 아니고 진짜 우리 약재, 제일 좋은 걸로 만들었어요."

짐짓 밝고 기운찬 목소리로 웃음까지 짓는 그를 보자 윤미는 괜스레 콧등이 시큰했다.

명도가 막 현관 밖으로 나가자 은주 방에서 잠들어 있는 줄 알았던 송주가 기다렸다는 듯 문을 열고 나왔다. 아마 밖에서 들려오는 큰 소리에 진작 깨어 있었던 모양이다. 축 늘어진 어깨로 눈길을 바닥으로 내리깐 송주가 윤미 곁에 다소곳이 앉았다.

"왜 더 자지 않고. 아빠는 먼저 갔어. 넌 내일 엄마랑 같이 가."

"그래도 아빠 얼굴에 감자같이 났던 건 다 나았어."

"그게 무슨 이야기야, 동서?"

"아, 뭐 별거 아니에요."

그러고 보니 서방님 얼굴이 부석부석하고 울긋불긋한 것도 같았다. 윤미는 송주를 껴안았다.

"아빠 얼굴이 어땠는데?"

"아빠가 큰엄마 약재 캔다고 산에 갔다가 벌에 쏘였어요. 비도 많이 맞고 해서 잘못했으면 죽을 뻔했대요."

"뭐라고? 동서, 이게 무슨 소리야? 어서 자세히 말해봐."

윤미의 다그침에 정옥은 어쩔 수 없이 그간의 일을 자세히 털어놓았다. 윤미는 가슴이 미어질 듯했지만 그보다 죄지은 듯한 마음에 더 견디기 힘들었다. 잘 알지도 못하면서 모두들 제 잘난 맛에 별의별 소리들을 늘어놓고 있었던 것이다.

"큰엄마, 이건 언니가 쓴 시예요. 한번 보실래요?"

송주가 주머니에서 반으로 접은 종이쪽지 하나를 꺼내 내밀었다. 무슨 시인지 반짝거리는 두 눈에는 자랑하고픈 마음이 가득 담겨 있었다. 정옥이 난처한 낯빛으로 손을 내밀었지만 윤미가 먼저 받아서 펼쳤다.

거울만 보느라

거울만 보느라 아빠의 등을 못 봤다.
찾을 때마다 텅텅 빈 아빠의 파스 갑.
그 파스를 동생이 테이프로 쓴 줄 알았다.

거울만 보느라 아빠의 약을 못 봤다.
집에 딩굴딩굴 굴러다니는 그런 약인 줄 알았다.

거울을 보며 자기 멋에 빠져버려
아빠는 무쇠인간이라고만 생각했다.
자기만 보느라고 바보처럼, 그런 줄로만 알았다.

　성실한 사람이라는 건 알았지만, 막내 시동생은 아주 열심히, 생각보다 훨씬 더 열심히 살아가고 있었다. 미안함과 왠지 모를 아픔이 뼛속에 사무쳤다. 때로는 어리석게, 때로는 기이하게까지 보이던 아내의 사랑도, 아이들의 해맑음도 모두 그 진실한 땀의 대가인 것이다.
　윤미는 두 눈에 눈물이 그렁그렁한 채 아무 말도 하지 못했다.

37

    성도는 여전히 미련이 남아 있었지만 사태는 요지부동이었다. 기어이 남의 가슴에 못을 박고 끝을 보게 될 줄은 꿈에도 몰랐다. 조금만 믿어주고 사정을 이해하려 해준다면 얼마든지 더 마음을 열 수 있을 텐데, 그들도 자신도 폭주하는 기관차가 되어 도전히 제어할 수 없는 지경이 되어버렸다. 어쩌다가…….

    갑갑한 그들의 심정도 모르지는 않았다. 그렇지만 어차피 삶은 각자의 몫이고 희망만이 새 길을 열어줄 수 있는 법이다. 희망이라면 사람들은 그저 파랑새 이야기처럼 눈부시게 아름다운 환상을 떠올린다. 그러나 삶과 현실에서 환상은 거짓과 허영일 뿐이다. 잿빛 삶에서 희망은 오직 살아야 한다는 의무감 속에서 찾을 수 있는지도 모른다. 한치 앞도 안 보이는 칠

혹 같은 현실에서 대책은 없지만 그래도 살아야 한다는, 맹목적인 의지가 희망의 불씨를 피우면 검은 어둠이 최소한 잿빛으로 바뀔 것이다. 잿빛, 그게 무슨 희망이냐고 되물을지 모르겠다. 그렇지만 최소한 성도에게는 그것도 희망이 되었다. 무작정 될 거라는 무모한 믿음이 가져다준 희망.

희망은 다른 이가 가져다주는 것이 결코 아니다. 삶이 자신의 몫이듯 희망도 그러하다. 스스로 희망을 찾으려는 자에게는 잿빛도 희망이 된다. 하지만 희망을 기다리기만 하는 사람은 영원히 잡을 수 없을 것이다. 결말은 뻔한데 그걸 모르지 않으면서도 기회와 시간을 허비하고 있는 저들도 환상의 푸른빛만을 희망으로 여기는 걸까? 모를 일이었다.

"어떻게 됐어?"

"네가 얘기한 대로 했지만 여전히 그대로야."

기운 빠진 성도의 대답에 창주는 그럴 줄 알았다는 듯 고개를 내저었다.

"그럴 테지. 그럴 줄 알았어."

"이제 어떻게 해야지?"

"넌 신경 쓸 거 없어. 계약서만 작성해주면 나머지는 내가 알아서 해."

"알아서, 어떻게?"

"글쎄, 걱정하지 마. 네가 우려하는 큰일은 없을 테니까."

"너, 정말이지? 어쨌거나 내 가족과 다름없던 사람들이야."

"가족은 무슨. 그건 너 혼자 생각이지 저쪽은 그렇게 생각 안 해. 그 사람들에게 넌 자기들 피 빨아먹은 악랄한 자본가일 뿐이라고."

"그렇지 않아, 막막한 데다 부추기는 사람들이 있어서 잠시 눈이 뒤집힌 것뿐이야."

"그게 문제라고. 남들이 부추긴다고 말도 안 되는 욕심을 부려? 자기보다 조금이라도 더 가진 사람이면 무조건 적대시하는 마음이 있어서 그런 거야!"

"어쨌거나 뉴스에 나오는 불상사가 일어나면 정말 안 돼."

"알았어, 그럴 일 없어. 어차피 공장 건물은 연구소로 쓸 수도 없으니 부숴야겠지만 안에 있는 기계는 네가 처리한다니까 사람들만 끌어낼 거야."

성도는 가슴이 철렁했다.

"뭐, 끌어낸다고?"

"그럼? 그 사람들 스스로 물러나거나 말라죽을 때까지 그냥 기다려? 정신 차려. 차라리 끌어내주는 게 그 사람들 인생에도 소중한 시간을 벌어주는 거야."

"그러다가 사람이 다치기라도 하면 어쩌려고?"

"허, 참! 그런 일 전문적으로 하는 사람들 있어. 네가 계약서만 작성해주면 철거 용역은 내가 맡길 거고, 혹시 문제가 생

기더라도 그쪽에서 법적 책임까지 다 지니까 우리와는 상관없
는 일이야."

"어떻게 그런 걸 법적 책임으로만 따져?"

"참, 이 친구…… 이봐, 성도. 넌 이미 폐업신고도 끝냈고,
직원들 퇴직에 필요한 통보도 다 했어. 이제 그 사람들이 공장
에서 물러나면 정산된 돈 지급할 일만 남은 거야. 다시 원래대
로 돌릴 수 있는 일이 아니라고. 아니, 설령 돌릴 수 있다고 하
더라도 이처럼 등을 진 사람들과 다시 일할 수 있겠어? 아니
야, 네가 다시 공장을 크게 일구더라도 그 사람들하곤 같이 하
긴 틀린 거라고. 안 그래?"

할 말이 없었다. 천금이 생긴다 해도 다시는 함께하고 싶지
않았다. 다 망해서 빈손이 되지 않았다 뿐이지 큰 부를 챙기거
나 가능성 있는 미래를 팔아 덕을 본 게 아니었다. 더 이상 능
력이 닿지 않는다는 사실을 절감하고 빈손이 되기 전에 물러
나려는 것뿐이었다. 그것은 성도 자신에게는 물론이고 그들에
게도 최악의 선택은 아니었다. 아니할 말로 미련이 남아 더 고
집을 부리다가 그들에게 최소한의 배려마저 못 할 처지가 된
다면 그때 저들은 뭐라고 할까? 최선을 다했음에도 이 지경이
되었으니 어쩔 수 없군요. 책임은 나누는 것이니 아무런 원망
도 않겠습니다. 서로 노력하다가 기회가 되면 그때 다시 뭉쳐
봅시다? 턱도 없는 소리! 아마 퇴직금 내놓으라며 드잡이하거

나 잠시라도 더 붙잡을까 두려워 뒤도 안 돌아보고 줄행랑 놓을 게 뻔한 노릇이었다. 참으로 씁쓸한, 막장에 이른 인간들의 행태 아닌가…….

"지금 네 공장 부지도 그래. 무슨 돈벼락을 맞을 만한 투기 대상은 아니잖아. 다만 나한테는 연구소 부지로 상당히 적합하고, 또 하루가 급하게 이전을 해야 하니 다소 무리한 수단까지 생각한다만 시일을 끌게 된다면 어쩔 수 없이 대안을 찾아야 돼. 나도 네 마음과 크게 다르지는 않아. 그렇지만 냉정할 때 냉정하지 않으면 양쪽 모두 더 큰 피해를 입고, 영원히 돌이킬 수 없는 사이가 될 뿐이야. 잘 판단해서 계약서에 도장을 찍든지 말든지 알아서 해."

창주는 최후통첩처럼 냉정하게 말했다. 하지만 서운하게 여길 수는 없었다. 현실은 그처럼 냉정한 법이니.

"너하고 계약을 안 하겠다는 건 아니야. 그건 믿어줘. 누가 어떤 조건을 제시해도 그건 변하지 않아. 다만 아직 직원들이 공장에 있는 상태에서 매매계약을 체결한다는 게 도저히 내키지 않아서 그래."

"내게는 시간이 중요하다고 말했잖아."

"그러니까 계약서 신경 쓰지 말고 네가 알아서 진행하라는 거야. 단지 직원들 다치는 일만은 없도록 해줬으면 좋겠어. 그게 다야."

"그 땅에 대한 매매계약서도 없이 어떻게 철거용역을 맡겨? 그거야말로 내가 폭력을 청부하는 거나 다를 바 없는 소리야. 그리고 네 말대로면 도장만 안 찍었지 사실상 위임한다는 소린데, 그거하고 뭐가 그렇게 달라? 이젠 나도 피곤해. 어느 쪽이든 결정하고 끝내."

더는 어쩔 수 없는 일이었다. 성도는 계약서를 내놓고 도장을 꺼냈다. 그리고 또 창주를 바라봤다.

"그럼 네가 처리할 수 있도록 도장은 찍을 테니까 돈은 직원들 문제 정리하고 입금해줘."

"뭐? 나, 참……."

창주는 기가 막힌다는 듯 혀를 찼다.

"그래, 그건 네 말대로 하겠다만 그게 무슨 의미가 있겠냐? 그런다고 네 양심이나 연민을 그 사람들이 알아주기나 할까?"

성도는 떨리는 손으로 도장을 찍었다.

양심? 도대체 어느 쪽이 양심을 지키는 것인지 명확히 판단할 수나 있는 세상인가. 부당하고 불의한 이익을 얻기 위해, 또는 나의 손해를 면하기 위해 남의 이익을 부당하게 침해한다면 그거야말로 양심을 저버리는 짓임에 분명할 것이다. 하지만 지금 자신은 부당하거나 불의한 이익을 얻으려는 게 아니었다. 또 그들의 이익을 부당하게 침해하려는 것이 아니라 오히려 자신뿐 아니라 그들의 손실도 줄이려 애쓰는 것이었다.

아마 그들도 냉정하게 생각한다면 부인하지 못할 터였다. 그런데도 내가 손해를 감수하면서 자신들의 부당한 이익을 지켜주어야 한다고 손가락질하며 양심 운운하는 세상이니…… 연민? 도대체 그들은 무엇을 가지고 연민이라 여기는 것인가? 마음과 성의가 아니라 자신들이 원하는 것을 다 내놓아야, 그래서 자신들과 똑같아지거나 더 바닥으로 떨어져야 비로소 연민을 가진 사람다운 사람이라 하려는 걸까? 미친 세상이다. 양심과 연민마저 사라지고, 그야말로 탐욕과 증오만 남은, 두 눈이 뒤집혀버린 세상…….

38

남편은 그저께 저녁에 집에 들어온 뒤부터 넋이 나간 눈빛으로 별다른 말이 없었다. 밥상에 앉아서도 밥을 먹는 둥 마는 둥 젓가락질을 하다가는 슬며시 일어났고, 윤미가 방으로 들어가면 잠든 척 눈을 감거나 거실로 나갔다. 이유를 따지려는 게 아니라 다른 용건이 있어 남편을 뒤따르는 모양새라도 되면 다시 슬며시 위치를 옮기는 어정쩡한 숨바꼭질이 이어졌다. "커피 줘요?" 하고 말을 붙이면 그나마 반응을 보이고 대답을 했으니 자기 때문은 아닌 듯싶었다. 윤미도 공장에서 직원들이 농성하고 있다는 이야기는 들었으니 아마 그 일 때문에 저러나 보다 싶어 가능한 한 신경을 건드리지 않으려 애썼다.

지금도 남편은 거실 소파에 앉아 뉴스 프로그램에 눈길을 주고는 있었지만 딱히 보고 있다고 할 수도 없었다. 저녁 늦게 들어온 은주가 잠깐 돌려놓기도 했지만 채널은 줄곧 뉴스에 고정되어 앵커 혼자 떠들고 있었다. 이웃이나 친구들에게 그런 말을 듣기는 했지만 어쩌면 내 남편도 하나 다르지 않은지, 윤미는 실없이 웃음 짓고 말았다.

퇴직을 하고, 더구나 이른 퇴직 뒤에 아무런 할 일이 없어진 남자들이 우두커니 집 안에 틀어박혀 뉴스 채널이나 틀어놓고 멍하니 있는 모습은 가족, 특히 아내 입장에서는 정말 속 터지는 노릇이라더니 그 말이 이해가 되고도 남았다. 생각하면 평생을 일해서 가족을 부양하며 살아온 사람의 휴식이니 우선은 그를 배려해야 옳은 일이지만 막상 현실에 부닥치면 쉽지 않을 듯했다. 한지붕 아래 숨 쉬고는 살았지만 하는 일과 보는 세상이 달랐으니 그만큼 생각과 마음도 다를 수밖에 없을 것이다. 특히 남편은 타인 아닌 타인 같은 가족이 아니던가. 그런데 어느 날 갑자기 타인 같던 사람이 온전한 가족이 되어 둘이 한 공간에서 손발을 맞춰야 한다면…….

윤미는 그나마 자신은 다행이라는 생각이 들었다. 이제 곧 지금의 공장 일만 정리되면 남편은 다시 작은 공장을 만들어 이전과 다를 바 없는 일상을 이어갈 것이다. 아니 어쩌면 훨씬 더 바쁘고 활력 있게 살지도 모르니 다른 이들처럼 속 터지는 일은 겪지 않아도 될 터였다. 그것은 혀와 입으로 살 능력밖에 없는 사람들보다는 손과 땀으로 무엇인가를 할 수 있는 능력을 가진 사람들만의 축복이었다. 그렇지만 이제부터는 저 메마르고 완고한 마음에 다른 삶의 낙도 선사하고 싶었다.

처음에는 일부러 시장에서 잔뜩 장을 본 다음 무겁다며 전화로 부르면 될 일이었다. 그다음에는 장바구니가 무거울 테니 같이 나가자고 앞장서면 뒤따를 것이다. 그것이 자연스러운 일상이 되어 좌판의 순대나 부침개에 막걸리 잔이라도 들게 되면, 혹은 배달도 가능하다는 것을 알고 나면 어느 저녁나절에는 둘이서 극장을 가자고 할지도 모를 일 아닌가. 서너 번 그렇게 극장을 다닌 뒤에는 극장이란 말보다는 영화관이 더 듣기 좋지 않으냐고 슬그머니 알려도 주고, 그러다 또 은주의 투덜거림을 들려주면 어떨까. "아빠들은 왜 넥타이도 안 매는 남방이나 셔츠까지 전부 바지 속으로 쑤셔 넣어 입는지 모르겠어. 그냥 바지 밖으로 빼내서 입으면 보기에도 자연스럽고 몸도 편안할 텐데. 특히 불룩 나오는 배까지 가려주는 일석삼조의 효과도 모르고, 에이……!"

이처럼 마음이 편해진 것은 막내네 식구들 덕이었다. 윤미는 이런 마음을 얼른 내비치고 싶은데 남편의 분위기를 보니 아직은 아니었다. 핸드폰 벨소리가 아까부터 안방에서 울리고 있는데도 남편은 아무런 반응이 없으니…….

"여보, 핸드폰 벨 울리잖아요."

"응? 아······."

후다닥 일어나 방으로 향하는 남편을 보며 윤미는 또 실없이 웃음 지었다.

금세 방에서 나온 남편의 얼굴이 백지장 같았다.

"왜요? 무슨 일이에요?"

"별일 아니야, 공장에 좀 나가볼게."

등 뒤로 대답을 보내며 남편은 신발도 마저 신지 못하고 현관문을 나갔다.

"어떻게 사장님마저 이럴 수 있어요!" 하고 외치던 이 부장의 비명에 눈앞이 아득했지만 막상 검은 유니폼을 입은 사내들을 보자 성도는 정신이 퍼뜩 들었다.

"뭐야! 당신들 뭐야!"

다짜고짜 뛰어들어 직원들의 팔다리를 잡아 짐승처럼 끌어내는 사내들을 밀치자 금세 다른 손이 성도의 뒷덜미를 움켜잡아 바닥으로 내동댕이쳤다.

"뭐야, 너는?"

사내는 금방이라도 발길질을 할 듯이 험상궂은 표정으로 으르렁거렸다.

"내가 여기 사장, 이 공장 사장이오!"

"뭐? 사장?"

사내는 이건 또 무슨 소리냐는 황당한 얼굴로 머뭇거리더니 다른 사내를 불러 서류를 가져오게 했다.

"아닌데, 여긴 분명 사장이 김창주로 되어 있는데?"

"아니오, 아직 아니오. 계약서에 도장은 찍었지만 아직 돈도 안 받았소. 그러니 아직은 내가 사장이오, 이 장성도가!"

사내는 비로소 짐작이 간다는 듯 고개를 끄덕였지만 이내 비릿한 조소를 머금었다.

"대충 무슨 뜻인지 알겠는데 그건 우리하곤 상관없는 일이오. 당신들 문제는 당신들이 알아서 해결하고 나는 계약서대로 할 뿐이오. 야, 저것들 빨리 들어내!"

사내의 명령에 다시 검은 유니폼을 입은 사내들이 거칠게 나대기 시작했다. 성도는 머릿속이 텅 비는 느낌이었다. 이건 아니었다. 맹세코 이런 결과를 예상했다면 결코 도장을 찍지 않았을 것이다. 아니, 어쩌면 모르는 척 양심을 속였을 뿐 내심 바라고 있었던 것일까. 아니다, 나는 결코 그렇지 않았다……!

"아니야, 이건 아니야! 내가 아직 주인이야! 놓아! 내 직원들에게 손대지 마!"

어느 틈에 뒷전에서 전화를 하고 있는 사내의 몽둥이까지 뺏어든 성도가 미친 듯이 날뛰며 고함을 쳐대자 사내들이 다시 주춤했다.

"에이 씨…… 당신 정말 왜 이래!"

"김창주, 김창주 불러와! 난 이따위 짓 분명히 용납 안 한다고 그랬어! 그러니까 계약은 무효야! 다 돌아가! 내가 사장이야!"

"이봐! 난 그런 거 모른다고 했잖아!"

"그러니까 김창주 불러와! 그럼 알 거 아니야!"

"당신이 가서 모셔와. 그럼 우리도 돌아갈 테니까."

"그럼, 그럼 내가 전화할 테니까 올 때까지 당신들 꼼짝도 하지 마."

어느 틈에 공장 직원들은 모두 성도의 뒤로 몰려와 마치 그를 중심으로 유니폼 입은 사내들과 대치하는 형국이 되었다.

성도는 연신 창주의 번호를 눌렀지만 신호만 갈 뿐 응답은 없었다. 한참 동안 지켜보던 유니폼 입은 사내가 어디론가 전화를 걸어 잠깐 통화를 하더니 다시 나섰다.

"통화가 안 되시나 본데 그럼 우린 일 시작합니다."

"뭐요? 아니, 잠깐만, 잠깐만 기다려주시오. 전화 받을 거요. 나하고 고등학교 친구요."

"어허, 우리는 고등학교고 중학교고 상관없는 일이니 다치기 싫으면 비켜요. 자, 이제 셋 세고 시작합니다. 하나, 둘, 셋!"

다시 유니폼 입은 사내들이 완력을 행사하기 시작했다. 그러나 이번에는 직원들도 달랐다. 힘이라면 기계와 뒹굴던 사내들도 만만치 않았다. 수에서 밀리기는 했지만 그래도 몸으로 밀고

당기는 힘의 대결은 한참동안 팽팽하게 이어졌다.

땀을 흘리고 악을 쓰던 사내들의 우두머리가 기어이 몽둥이를 들었다.

"야, 쳐! 전부 작살내!"

"죽여!"

순식간에 여기저기서 직원들의 비명이 터지며 피가 튀었다. 성도는 눈이 뒤집혔다. 그러나 움켜쥔 몽둥이를 허공으로 치켜드는 순간 날아온 발길질에 채여 땅바닥에 나뒹굴고 말았다. 한번 시작된 발길질은 그칠 줄을 몰랐다. 가슴을 움켜쥔 성도는 밭은 숨만 몰아쉬며 비명도 내지르지 못했다.

"사, 사장님!"

누군가 소리치더니 몸을 날려 성도를 감쌌다.

"사장님이 다쳤다!"

"저기 사장님부터 보호해!"

직원들이 모두 달려들어 성도를 감싸고 덮느라 몸싸움은 순식간에 끝나고 말았다. 유니폼 입은 사내들은 그 틈을 놓치지 않고 발길질 주먹질을 내지르며 직원들을 한 사람 한 사람씩 밖으로 끌어내 내동댕이치고 공장 문을 굳게 닫아걸었다.

찢어지고, 터지고, 옷이 벗겨지고, 안경은 깨지고, 농성 기간 중에 깎지 않아 수염은 덥수룩했다……. 초라하고 비참한 서로의 몰골에 부둥켜안고 눈물을 쏟을 수밖에 없었지만 그래도 직원들은 금세 성도부터 돌아보며 걱정했다.

"괜찮으세요, 사장님? 무릎에서 피가 많이 나는데……."

"난 괜찮아. 자네들은?"

"다들 크게 다치지는 않은 것 같아요."

"이 부장하고 최 이사는 어디 있어?"

"최 이사님은 아침에 어디 나가셨고 이 부장님은 머리를 좀 다쳤어요."

"뭐야? 이 부장 어디 있어?"

성도가 두리번거리며 찾자 뒤쪽 구석에서 등을 돌리고 앉아 있던 이 부장을 다른 직원이 돌려 앉혔다. 지혈을 시키느라 대충 싸맨 수건 위로 검붉은 피가 배어나와 흥건했다. 성도는 절 뚝거리며 이 부장에게 다가갔다.

"괜찮아? 어떻게 다친 거야?"

"저놈들이 휘두르는 몽둥이에 맞았어요. 죽을 정도는 아니 에요."

"그러게 이 사람아……."

그러나 더 이을 말이 떠오르지 않았다.

"그러는 사장님은 땅도 파셨다면서 죽거나 말거나 내버려두 지 뭐하게 끼어드세요. 괜찮으세요?"

"나는 뭐…… 어서 병원부터 가야지. 이봐, 얼른 이 부장 병 원으로 옮겨."

"저는 관두시고 사장님이나 가보세요."

"자네 상처가 더 커. 어서 일어나."

"속 시원하세요, 이런 꼴까지 보시니까요. 이제 어떡하실 거예요?"

이 부장의 두 눈에 분노가 아니라 설움의 눈물이 방울방울 맺혀 있었다. 성도는 와락 그의 어깨를 껴안았다.

"일단 치료부터 하고 보자고. 처음부터 날 믿었으면 이런 꼴은 안 당했을 거야. 되돌릴 수는 없는 일이지만 나도 최선을 다해볼 테니까 몸부터 챙겨."

"믿기는 이제 와서 뭘 믿어요, 다 끝난 거지."

"다 끝났으니 믿어도 손해 볼 거 없잖아. 그래도 우리는 기술이 있으니까 어떻게든 길을 찾을 수 있을 거야. 자, 누구 크게 다치지 않은 사람이 내 차로 이 부장하고 많이 다친 사람부터 병원으로 옮겨. 다른 사람들은 택시를 잡아보고."

잠시 쭈뼛거리던 직원들은 젊은 직원 한 사람이 열쇠를 받아 자동차로 달려가자 금세 무슨 일이 있었느냐는 듯 한마음으로 움직이기 시작했다.

말을 앞세우거나 이익을 주고받은 관계가 아니라 땀방울과 눈물로 나눈 정이란 그런 것이리라. 비록 잠시 오해와 욕심이 뒤엉켜 갈등을 빚기는 했지만 서로의 땀과 눈물로 진심을 확인하면 그것으로 훌훌 털어버릴 수도 있는…… 하나 그저 털어

버리고 잊을 수만은 없는 일이었다. 이제 다시 성도에게 모든
짐이 넘어온 것이었다.

39

바깥세상 일이라는 게 그리 만만치는 않으리라 생각했지만 이처럼 피 흘리는 일까지 당할 줄이야. 윤미는 집 안에 틀어박힌 자신의 삶이 무의미한 생의 소멸인 줄만 알았는데 그게 아니었다는 생각이 새삼 들었다. 남편이 이건 정글이라고, 살얼음판 같다고 지쳐 중얼거리면 괜한 생색이거나 구차한 변명이려니 했는데 실제 삶의 길목이 그랬던 모양이다. 그래서 그리 환하거나 들썩거리지도 않는, 때로 윤미에게는 지겨워 숨이 막힐 듯하던 집이라는 공간이 그에게는 가장 편한 안식처였던 모양이다. 그런 줄도 모르고 그저 지친 몸으로 들어왔다가 눈을 뜨면 변변한 말 한마디 없이 하숙생처럼 문을 나서는 뒷모습에 얼마나 서운해했던가. 무심해서가 아니라, 정이 떨어져서가 아니라,

언제든 안심하고 돌아와 머물 곳이기에 그리했던 것을. 그래도 온갖 짐을 내려놓으려 하거나 나눠주려고도 하지 않고 온전히 혼자서만 걸머지려는 그 어리석음만은 탓하고 싶었다.

"이젠 어떡할 거예요?"

입원한 이 부장과 다른 직원들을 살펴보고 온 성도에게 윤미는 작심하고 물었다.

"글쎄…… 다들 처지가 어려우니……."

"그럼 속 끓이지 말고 창주 씨하고 맺은 계약 취소하고 그냥 공장만 운영하든가요."

"공장 운영해서 앞날이 보일 것 같으면 그런 생각도 안 했지. 이젠 틀렸어."

"그럼 새로 만들겠다는 공장에 다들 데리고 가든가요."

"뭐? 그게 말이 돼?"

"그럼 이러지도 저러지도 못하면서 뭘 그렇게 고민해요."

"그러니까 내가 한심한 거지."

윤미는 마음과 달리 부아가 치밀었다. 분위기 파악도 못 하고 뭘 그리 한심하다고 자책을 하는 것인지.

"그럼 회사 정리한 돈 다 줄 테니까 그걸로 직원들 데리고 어떻게 꾸려나가 봐요."

그제야 날 선 소리를 알아들은 성도는 비로소 윤미를 똑바로 바라보았다.

"당신 왜 그래?"

"나는 아무리 생각해봐도 당신이 자신을 한심해하거나 자책할 이유를 찾을 수가 없어요. 도대체 당신이 왜 끝까지 다 책임져야 한다는 거예요? 그 사람들은 생각이 없는 사람들이에요? 그래서 당신이 평생을 책임지겠다고 약속하고, 그냥 생계비만 주고 일 시켰어요? 아니잖아요. 당신이 준 월급에는 이런 경우도 있을 수 있으니 그때는 할 수 없다는 무언의 전제까지 포함되어 있었던 거잖아요. 모든 사람이 그런 조건을 받아들이며 월급을 받고요. 그런데 당신만 왜 그래요?"

"그래. 뭐, 따지자면 그렇지. 하지만 사람 일이 어디 그래? 조금이라도 형편이 나은 사람이 자기보다 못한 사람들 보살펴주는 게……."

"진짜 당신이 그래도 될 정도로 뭔가 있어요? 나 모르게 어디 감춰둔 거라도 있냐고요?"

말까지 자르고 나서는 흥분한 윤미의 태도에 성도는 두 눈이 휘둥그레졌다.

"당신 오늘 왜 이래……?"

"아무것도 없잖아요. 그러니까 제발 좀 내려놔요. 왜 당신이 모든 걸 다 걸머지고 가려고 해요. 당신이 내려놓아도 다들 살아가게 돼요. 당신은 그게 독한 짓이라고 생각할지 몰라도 상대방은 그렇지 않아요. 처음에는 섭섭해할지 모르지만 그 사람들도 살다 보면 당신 이해하고 욕 안 해요. 아니, 욕 좀 먹으면 어때요? 그러니 제발 하나는 내려놔요."

"내가 뭘 그렇게 많이 걸머졌다고 그래? 이제 직원들 일만 남았는데."

"당신 그거 정말이에요?"

"아, 그럼 또 뭐가 있겠어?"

너무도 태연한 남편의 대꾸가 윤미는 믿어지지 않을 지경이었다.

"막내 서방님은요?"

"뭐……?"

성도는 말문이 막혔다. 자신이 생각해도 어이없을 만큼 까맣게 잊어버리고 있었던 것이다. 윤미는 그 모습에 더욱 기가 막혔다.

"당신 정말 막내 서방님 잊어버리고 있었던 거예요?"

"당신하고 약속했으니까…… 그리고……."

"그게 잊혀요, 영원히? 언제든 다시 생각날 일 아니에요?"

"……."

"어떻게 그래요? 당신이 그렇게 아낀다는 동생은 잊어버리고 회사 사람들만……."

"그래도 명도는 어떻게든 살아가잖아."

"어떻게든 살아간다고요? 그럼 회사 사람들은 어떻게든 못 살아갈까 봐서 그래요?"

성도는 갑자기 막내 이야기를 꺼내는 아내의 속을 알 수가 없었다. 그렇지만 아내 말이 틀린 것은 아니었다.

"알았어. 내일이라도 창주 만나서 한 번 더 부탁해보고 안 되면 이대로 정리하자고 직원들 설득할게."

"뭘 부탁해요?"

"직원들 창주 공장에라도……."

"관둬요! 제발……."

윤미는 눈물까지 글썽이며 송주에게서 받았던 종이쪽지를 내밀었다.

"이게 뭐야?"

"읽어봐요, 경주가 쓴 시예요. 그리고 막내 서방님이 왜 날 위해 약까지 지어왔겠어요? 그건 내가 당신 아내이기 때문이에요. 난 그 약재를 구하겠다고 서방님이 얼마나 애를 썼는지 듣고……."

윤미는 기어이 눈물을 뿌리고 말았다.

아무리 마음이 간절해도 닿지 않는 곳이 있다. 소홀하다 해도 절대 속마음까지 그렇진 않았다. 막내의 경우가 그랬다. 문득 떠오르는 순간에는 가슴이 아린데도 그 순간에는 해줄 게 전혀 없었다. 그래서 다음에는 기어이, 하지만 또 기회가 닿으면 먼저 처리해야 할 일이 있었다. 멀리 떨어져 있어서 그런가 싶지

만 꼭 그것만도 아니었다. 무슨 일이라도 있어 눈앞에 나타나
도 있는 듯 없는 듯 조용하니 또 무심히 넘어가게 되었다. 아무
래도 녀석이 너무 착한 까닭이 아닌가 싶었다. 집안 제사 때 생
율生栗을 치는 조금 어려운 일이든 그보다 더 중한 일이든 아무
리 궂은일이라도 마다하는 법이 없었다. 힘들다는 내색도 하지
않았고 어떻게 해주기를 바라는 빛을 내비치지도 않았다. 마치
성도 자신을 죄인으로, 빚쟁이로 만들려고 작정한 녀석 같았다.
미안하고 또 미안했다. 그러나 지금 이 순간 역시 아무것도 해
줄 게 없었다. 그래서 더더욱 미안하기만 할 뿐이었다.

"당신에게 막내 서방님은 어떤 사람이에요?"

흐느낌을 멈춘 윤미가 알아듣기 어려운 질문을 했다.

"글쎄…… 어쩐지 동생 같지만은 않아."

"그럼 자식 같아요?"

"글쎄, 꼭 그렇다고 말하기도 어렵지만, 어쨌든 미안해."

"뭐가 그렇게 미안해요? 다른 동생들보다 조금 못 돌본 건
사실이지만 그게 평생을 두고 미안할 일이에요?"

성도는 힐끔 윤미의 눈치를 살폈다. 가시 박힌 듯한 말과 달
리 아내의 눈빛은 처연했다.

"막내는…… 아버지 얼굴을 몰라. 난 그래도 아버지 얼굴을
기억하고, 아련하지만 목소리도 생각나고, 추억할 것도 있는
데 막내에게는 그런 게 하나도 없잖아. 당연히, 아니 막내니까

297

뭐든 더 많이 받아야 하는데 명도는 전혀 그렇질 못했어. 그래서 많이, 아주 많이 미안해."

"그게 왜 당신이 미안해야 할 일이에요?"

"모르겠어. 어쩌면 나만 너무 많이 가진 탓인지도 모르지. 아니면 내가 아버지 노릇을 대신해줘야 하는데 그러지 못해서 인지도 모르겠고. 철도 들기 전에, 기억이라는 게 남을 수 있는 때부터 나는 줄곧 곁에 없었어. 그런 것들이 다 미안해."

처연한 남편의 고백에 윤미도 마음이 시렸다. 그것도 미안한 일이라면 미안한 일일 수 있고 영원한 빚이 될 수도 있을 듯했다. 그런데도 남편은 자신의 뜻을 따른다고 마음속에 묻었던 것이다. 못할 짓을 했구나, 마음이 무거웠다.

"당신 이번에 하겠다는 공장 잘못되게 하지 않을 거죠?"

성도는 뜬금없이 무슨 소린가 하면서도 고개를 끄덕였다.

"당신 건강해요? 종합검진 언제 받았어요?"

"작년에. 특별한 문제는 없대."

"나 꽤 오래 살 텐데 나보다 더 오래 살 자신 있어요?"

"……?"

동그래진 남편의 눈을 보고 윤미는 멋쩍게 웃었다.

"그러네요. 당신이 나보다 오래는 못 살겠네요. 그럼 비슷하게는 살아줄래요?"

"도대체 무슨 소리야? 왜 그래?"

"당신, 이제 짐 다 내려놓고 편하게 살아요. 새 공장은 막내 서방님하고 같이 해요. 당신보다 훨씬 젊으니까 공장 일 잘 가르쳐서 뒤 잇도록 해요. 어차피 준수는 당신하고 길이 다르고, 좀 약삭빠른 생각을 하자면 기운도 서방님이 훨씬 더 세니까 덕분에 당신도 덜 힘들 거고요."

성도는 고개부터 내저었다.

"당신 생각은 고마운데 괜찮아. 살다 보면 자연스럽게 뭔가 할 수 있는 날이 오겠지."

"아니에요, 진심이에요. 막내 동서가 있다가 없으면 뭔가 빈 것 같고 허전하네요. 경주하고 송주도 눈에 아른거리고요."

"준수 제대하고 은주 대학 들어가면 아무래도 덜 하겠지."

"당신도 바보네요. 아이들 크면 부모는 놓아줄 준비를 해야 돼요. 그러지 않으면 아이들 앞길에 걸림돌이 되거나 나중에 서로 원망이 생길 거라고요."

"그렇지만 당신이 너무 그러면 아이들이 외로워할지도 몰라."

"경주하고 송주 예뻐들 하니까 가까이서 형제같이 지내면 나중에도 외롭지 않을 거예요."

"왜 그런 생각을 했어?"

윤미는 그저 빙긋이 웃는 것으로 답을 대신했다.

"당신이 아이들 앞날 걱정하는 거 엄마로서 또 부모로서 당연한 일이야. 내 마음도 다르지 않아. 하지만 남자들은 바깥일을 하다 보면 본의 아니게 집안일에 소홀할 수밖에 없어. 당신 말이 옳아. 난 이제 당신 말대로 할 거야. 아무 불만 없으니까 일부러 이러지 않아도 돼."

"그래서 물어본 거예요. 당신 건강하고 회사 망하지 않으면 별 문제 없잖아요. 공장 정리하는 돈으로 새 공장 해요. 지난번 회사 정리한 돈은 이제 당신이 달래도 없어요. 요 옆 동에 작은 평수의 아파트를 하나 알아봤는데, 요즘 집값이 떨어져서 융자를 좀더 받으면 살 수 있을 거 같아요. 막내 서방님 이름으로 사주고 우린 차용증 받아둬요, 적금 들어서 나중에 갚으라고 하고요."

"여보……."

가슴이 먹먹해져 말을 제대로 못 잇는 성도의 품에 윤미가 살포시 안겼다.

"대신 당신 일 잘해서 막내 서방님 월급 많이 줘야 될 거예요. 융자금도 갚아야지, 우리 빚 갚으려면 적금도 들어야지…… 한동안 많이 고달프겠다. 그래도 당신하고 같이 일하면서 기술 제대로 배워두면 우리 떠난 뒤에도 잘살 수 있을 테니까 혹시 알아요? 준수 은주까지 돌봐줄지."

성도는 모처럼 아내를 힘껏 껴안았다.

"고마워."

"그렇게 고마워할 거 없어요. 당신 그동안 열심히 산다는 핑계로 나를 팽개쳐뒀으니 이젠 가끔씩 내 옆에서 자리도 지키고 도와주기도 하고 그래요. 누구보다 막내 서방님이 있으니 당신도 마음 놓고 시간 좀 낼 수 있을 거 아녜요. 나 그런 것부터 계산하는 약은 아줌마라구요."

"내가 곁에 있으면 귀찮기만 할 텐데?"

"아마 당신이 더 귀찮을 거예요. 나도 이젠 무거운 장바구니 감당하기 힘들고, 여기저기 놀러도 가고 싶고 맛난 것도 먹고 싶어요. 자주 만나지도 못하는 친구들이나 이제 바빠질 아이들에게 억지로 시간 내라고 해서 나다니는 것보다 당신하고 함께 있으면 훨씬 마음 편하고 좋아 보일 것 같아요."

"그래, 뭐 그런 거라면 어렵지 않겠네."

"쉽게 생각하지 말아요. 잔소리가 엄청날지도 몰라요."

"그만한 일에 잔소리할 게 뭐 그리 많을라고?"

"당신 옷차림부터 바꿔야 할걸요."

"내 옷이 어때서?"

"그래서 문제예요. 잔소리 듣기 싫으면 은주한테 물어보세요. 나도 후줄근하고 표나게 나이 들어 보이는 남편이 따라다니는 건 싫어요."

"허허, 뭔지 몰라도 진짜 고달파질지도 모르겠네. 허허, 허허……."

가슴이 벅차고 뿌듯했다. 긴 세월 짊어지고 있던 무거운 짐을 내려놓은 것처럼 홀가분했다. 그러나 돌이켜보면 그 짐이란 너무나 사랑하려 했기에 스스로 걸머진 삶의 행복한 기운인 듯했다. 받고 싶어 가슴 태우기보다는 주는 편이 훨씬 더 수월하고 기쁘다. 사랑해야 할 사람이 많아 꼭 살아야 할 동력이 되었으니 이 역시 얼마나 고마운 일인가. 그래도 아쉽긴 했다. 어느 한 사람에게도 흡족하게 사랑을 주지는 못했기 때문이다. 아무리 부족해도 갈증은 느끼지 않도록 사랑하려 했지만 번번이 돌아보면 먼저 목이 마른 사람은 자신이었다. 그럴 때, 그렇게 목이 마를 때, 맏이라는 자리가 힘겨웠고, 운명이 원망스럽기도 했다. 하지만 또다시 맏이로 태어난다면 그때는 정말이지 모두에게 아쉬움 없이 사랑을 주고 싶은데, 어떨지 모르겠다. 그렇지만 너무 힘들다거나 원망스럽다는 생각이 들지는 않을 것 같다. 홀로 외사랑에 빠진 게 아니라 자신 역시 사랑받고 있음을 깨달았으니 말이다. 참으로 바보 아닌가, 바로 곁에 있는 그 깊은 사랑조차 느끼지 못하고 살아왔다니……

40

아직도 상흔이 남아 있는 성도의 모습을 창주는 한심하다는
듯 바라보며 혀를 찼다.

"그러게 왜 끼어들어? 그냥 뒀으면 그렇게 꼴사나운 일은
없었을 텐데."

"그래도 강제로 끌어내면 어떡해. 그러지는 않기로 했잖
아."

"세상모르는 소리 좀 하지 마라. 그 친구들 버둥거리기만 했
지 탈 없이 끌려나오고 있는데 네가 갑자기 나타나서 난리 피
우는 통에 용기백배해서 일이 커진 거야, 알아?"

"그렇다면 미안하다만……."

여전히 혀를 차는 창주의 입가에서 웃음이 배어났다.

"그래, 직원들하고 마지막으로 한편 먹고 나니 속이 시원하냐? 너희 직원들은 뭐래? 아주아주 고맙대? 한편 먹어줘서 말야."

"결과가 다르지 않은데 뭐가 고맙겠냐."

"그러니까 처음부터 모르는 척하랬잖아. 아무튼 어떻게? 위로금이나 뭐 그런 문제는 해결했어?"

"아니…… 아직 병원에 있는 사람도 있는데 무슨……."

"그런데 뭐하러 왔어?"

"저 그게……."

"뭐 기왕 왔으니 돈이나 받아서 가. 공장 안의 기계들은 어떡할래? 임시로 창고 만들어도 한 달 정도밖에는 맡아줄 수 없을 거 같은데?"

창주의 냉정한 태도에 성도는 점점 입이 붙어 말을 꺼내기 어려웠다. 어떻게든 마지막으로 통사정이라도 하려고 걸음한 것인데…….

"새 공장에는 사람을 얼마나 쓸 거야?"

"서너 사람이면 돼. 지금 내 처지에서 처음부터 더는……."

"외국인들만 쓸 거야?"

"뭐, 그래야지."

"그래도 믿을 만한 한국 사람 한둘은 있어야 하지 않아?"

"그건 내 막냇동생을 데려다 시키려고."

"기계일 하는 막내가 있었어?"

"아니, 그건 아닌데, 시키면 잘할 수 있는 놈이라서 가르쳐 보려고."

"그럼 나머지 인원이 모두 스물여섯…… 일곱이나 되네?"

"……?"

무슨 소리인가 싶어 성도는 눈을 동그랗게 뜨고 창주의 다음 말을 기다렸다.

"아무래도 이 부장인가 그 친구는 좀 불편한데…… 그 친구 말고 다른 사람들은 본인들이 원하면 우리 공장에 다 받을게."

"뭐? 저, 정말이야? 정말? 야, 고맙다!"

"좋아할 거 없어. 일단 네 회사에서는 퇴직이고 신규로 채용하면서 기술 능력에 따라 원칙대로 경력 인정해줄 거니까."

"아니야, 차라리 내가 땅값에서 일부를 덜 받을 테니까 최대한 좀 봐줘라. 그리고 이 부장 그 친구도 그리 나쁘지 않아. 네가 관용을 좀 베풀어, 부탁이야."

"내가 왜 전부 받아주려는 줄 알아?"

"그러게, 왜?"

"문 닫는 회사 사장인데도 두들겨 맞으니까 온몸으로 감싸더라고 하기에 나도 뒷날 좀 대비하려고 그런다. 그러니 사람들한테 나한테 무슨 문제 있으면 그때도 꼭 그렇게 해줘야 한다고 전해다오."

창주의 입가에 비로소 푸근한 웃음이 번졌다.

"그래, 내 꼭 그렇게 말할게."

"땅값은 당초 계약대로 줄 테니까 그걸로 직원들 이사 비용을 지원해주든지 알아서 해. 물론 네가 잘해줬으니 그렇겠지만 요즘 같은 세상에 그래도 의리가 있는 사람들이라, 농성이라면 생각만 해도 몸서리가 나지만 나도 한번 믿어보려고 한다."

"그래, 고맙다, 정말로 고맙다!"

아주 못할 짓은 안 하게 된 것 같아 마음이 놓였다. 누군들 끝까지 함께 가고 싶지 않겠는가. 하지만 그런 일은 차라리 기적이라 해야 할 세상이니 어쩌겠는가. 헤어질 때는 언제나 서운함이 더 크게 느껴지는 법이지만, 그래도 당장의 섭섭함 때문에 그간 맺어온 인연을 통째로 내팽개치는 어리석음만은 저지르지 않아야 할 것이다. 다시는 보지 않으리라, 원한을 품고 돌아서도 어느 날 어디서 어떤 인연으로 다시 마주하게 될지 모른다. 운명이라면 운명이다. 혹여 다시 만나지 못하더라도 가슴에 품은 한은 오직 제 가슴만 병들게 할 뿐인 것을.

무엇하나 물려받은 것 없이 알몸으로 세상 속에 뛰어들어 피눈물로 살아낸 이들은 비단 지금의 우리들만이 아니었다. 우리 아버지가 그랬고, 그 아버지의 아버지도 그랬다. 당신들은 사실 더 헐벗고 굶주렸다. 그래도 사랑할 사람이 있었기에, 그 사

랑하는 사람의 눈물을 덜어주고자 이 악물고 살아낸 것이 아니
던가. 한으로 말하자면 그들의 한이야 더 말해 무엇하랴. 그래
도 한이 아니라 사랑하는 마음으로 세상을 살았기에 이만큼이
나마 숨 돌리며 살 수 있었으리라. 누구에게든 삶과 세상사는
평탄치 않고 자신의 고통이 가장 크게 여겨지지만 그래도 앞서
산 이들의 고통만이야 하랴.

사랑을 한으로 할 수는 없지 않은가. 서릿발처럼 날이 선 한
으로 사랑을 한다면 결국은 상처가 남을 텐데 그래서야 어찌
사랑이라 할 수 있겠는가. 하지만 서릿발도 따뜻한 기운이 어
리면 물로 녹아 부드럽게 스며들 수 있으니 마음 한 자락만 바
꾸면 한을 녹여 사랑을 만들 수 있으리라. 고달픈 세상에서 말
이로 태어나 허둥거리며 몸만 바빠 움직였을 뿐 무엇 하나 해
준 것은 없지만 그래도 사랑해야 할 이들이 있어 살아낼 수 있
었다. 참으로 다행스럽고 고마운 일이었다.

성도는 명도에게 전화를 했으나 불통이었다. 잠시 후 다른
번호를 찾아 전화기 버튼을 눌렀다. 이번에는 금방 신호가 멎
고 목소리가 들려왔다.

"예, 아주버님."

"전화 신호가 안 잡힌다는데, 명도는요?"

"헤헤, 경주 아빠 또 산에 갔어요. 아마 깊은 산이라서 그
럴 거예요."

307

"산에요? 왜요?"

"생지황 약효 좋을 때 경옥고 더 만들려면 복령을 캐야 한다고요."

"예? 이런 자식, 아무튼 연락되면 당장 내려와서 서울로 오라고 하세요."

"왜요? 무슨 일 있으세요?"

"예, 아주 큰일이 있어요. 명도 없으면 안 되는 일이니까 쓸데없는 짓 하지 말고 당장 오라고 하세요."

"그게 왜 쓸데없는 일이에요. 아무리 바빠도 이제는 아주버님도 큰형님하고 같이 약 좀 드셔야 돼요, 헤헤."

"허, 참……."

"경주가 큰아버지 바꿔달라는데요? 헤헤……."

철이 없는지, 속이 없는지 성도의 막내 제수씨는 여전히 헤헤, 웃음을 흘리고 있었다.